沂河浅唱

畅吟流彩色　落地荡金声

选收一千六百多首

李保田　著

团结出版社
UNITY PRESS

图书在版编目（CIP）数据

沂河浅唱 / 李保田著. -- 北京：团结出版社，
2023.12

ISBN 978-7-5234-0767-7

Ⅰ．①沂… Ⅱ．①李… Ⅲ．①诗词-作品集-中国-
当代 ②散曲-作品集-中国-当代 Ⅳ．①I227

中国国家版本馆 CIP 数据核字（2024）第 004366 号

出　　　版：团结出版社
　　　　　　（北京市东城区东皇城根南街 84 号　邮编：100006）
电　　　话：（010）65228880　65244790（出版社）
网　　　址：http://www.tjpress.com
E － mail：zb65244790@ vip.163.com
出版策划：力扬文化
经　　　销：全国新华书店
印　　　装：四川科德彩色数码科技有限公司

开　　　本：185mm×260mm　16 开
印　　　张：18
字　　　数：259 千字
版　　　次：2024 年 3 月　第 1 版
印　　　次：2024 年 3 月　第 1 次印刷

书　　　号：ISBN 978-7-5234-0767-7
定　　　价：88.00 元

序一

序《沂河浅唱》

林从龙

　　壬辰年十月，保田给我送来他的诗词作品选稿让我修正，言及准备出版《沂河浅唱》，并请我作序。虽然我近来身体总是有点不舒服，但我还是很乐意地接受了他的请求。

　　初识保田是在 2008 年暮秋。当时他请我为他的《古今词人名作词牌选编》作序，并把他的手稿留给我。翻阅手稿后，我心中又惊又喜，想不到 50 壮岁还在工作岗位上忙碌的人，竟挤出时间编纂了如此浩大、如此实用的工具书，更为保田的知识功底和文字功力而高兴。

　　而后，我和保田的多次接触，使我逐步对他有了全面的了解和认识。保田有很强的事业心，敢于开拓，勇于创新。他以诚待人，平实近人，诚实做人，易于交往，为人忠厚、热情，胸怀坦荡，是可以以心相托的人。

　　保田古文功底深厚，深谙诗经之六义，不仅写古体诗、近体诗，也写新诗，兼攻词曲。他的诗词讲求对仗，善于以直化曲，以大化小，以实化虚，以静化动，以繁化简。重立意，重抒情，重理趣，他把哲理化于诗作。格高味厚。如《绝句·感于燕雀处堂》："燕子堂前自乐呵，怎知麻雀造风波。谋皮猛虎痴人梦，灾难临头怎筑窝。"运用自然界飞禽相争的故事讲出了"道不同不相为谋"的道理。

　　保田的诗词作品大都源于生活，并把生活艺术化，如"绿波撕碎湖中影，金鲫连成水面舩"（《七律·游郑风苑》），采用拟人化的比兴手法把动静结合、虚实结合，呈现给读者一幅极其美丽的画面。而"泠夜青光人望尽，不知秋思在谁家"（《七律·庚寅中秋夜赏月感怀》），则采取以直化曲的表现手法提出了一个耐人寻味的问题：又是一年月圆时，几家欢乐几家愁。"英年忠骨今何在，兰考城边松柏春"（《绝句·焦裕禄陵园凭吊》），采用象征手法表达了焦裕禄精神永存。这样的佳句丽篇在选稿中比比皆是。再看《绝句·江西鹰潭见闻》，"晨鸡已报九天昏，曙色悄然青黛浑。半亩方塘水光潋，田中已有插秧人。"这是黎明时他在火车上见到的一幕。拂晓之前，夜色将退未退之际，水光潋滟的稻田中已经有人在劳作。上联写静景，下联写动景。从字面上看不出有动的现象，但是"插秧人"三字写出了"动"。动静结合，以静衬动。主题鲜明，赞扬了劳动人民的勤劳。

看到什么只要觉得有意义，就写，保田做到了信手拈来。《绝句·白杨树绒》："谁家网套未收弓，随意轻抛散半空。欲做妆衣地当被，铺了松厚一层绒。"这是他晨练时看到大白杨树的花绒落了厚厚的一层，松松软软的，便随口吟出的一首。首句用俊逸飘洒的问句形象化地点出本诗的题旨——杨树绒飘飘扬扬轻轻落在地上成了厚厚的一层，就像等待出阁的少女的新被子和做嫁衣用的棉花。《绝句·无名花》："老绿蓬蒿枝乱剪，碎花红紫迷人眼。新织七女布一杠，又缀蓝天星万点。"更是充分运用了拟人与夸张的手法，借自然景物反映了作者的极致情绪。《七律·小城晨景》："蛙唤鸯呼人字剪，荷田芦片岸青屏。竹篱击打银花绽，渔筏轻颠镜上悬。燕子穿云斜掠水，鹭鸶腾苇直冲天。堤边晨读人三五，看似悠闲又不闲。"则都是他顺着护城河堤游玩时看到的景象。动静结合，相映成趣，佳句天成，丝毫不显雕琢之痕。

保田的诗作重视教化作用，不但赞扬歌颂，也敢于批评和抨击。如《绝句·污染》："褂子新穿白染皂，风吹粉尘遮阳面。矿山自有矿山殊，何日水清天蔚观。"道出了他对环境污染的担忧和改变环境、保护环境的期盼。

保田的诗作往往有出人意料之处，不循常理常规观察事物，从而启迪人们、警醒人们。如《绝句·垂柳》："逊于寒竹叶怀襟，难胜冬梅瘦骨琴。柔软无椎腰膝软，东君枉费度其心。"一反古今诗人对柳枝、柳叶的赞美，用二分法写出了"柳枝"的不足之处，用物理教学三棱镜的道理讲出了这样一个道理：横看成岭侧成峰，远近高低各不同。观察事物，分析问题，没有人云亦云，随波逐流，保田有自己的见解和立场、观点和方法。

保田的作品熔现实主义与浪漫手法于一炉。如《七言古风·游八里沟记》："直下匹练八千丈，天河倒泻银花灿""凌云直将天门上，尽览群峰翠微间""珍珠泉，错杂弹，大珠小珠落玉盘。大珠嘈嘈如急语，小珠切切如私喃"，颇得李白作风之真谛。《七律·观看庆祝建国六十周年大阅兵有感》："金戈铁马战旗红，导弹战车列队行。飒爽英姿三尺剑，风云叱咤九天鹰。携着五岳风雷走，乘定长江波浪冲。守土卫国民乐泰，地天合璧筑长城。"则有豪放阔达之气势。

保田的词也值得一读。正如他自己说过效李（清照）晏（殊），拜苏（轼）辛（弃疾）。《鹧鸪天·同学相会》："萧索凄风秋意残。悲声苦雨夜敲阑。杯传鹦鹉邀金兔，牛女银桥泪泫然。　　铰不断，理还团。一宵愁得鬓丝斑。建安风韵随云散，何日弹词啸竺边。"表达对同学匆忙相会，而又匆匆别离的感伤。《秋夜月》："三秋佳节。夜清凉，凝玉露，茱萸千结。菊蕊身旁香放，庭院银屑。把书本，摊桌上，未翻一页。思念、蓬荜妻儿心切。　　匆匆相别。走千家，询万户，启思醒觉。不想西窗添烛，语欢情悦。只因是，为办学，开创事业。夜深、凝视窗前明月。"表达了对妻儿的思念和公而忘私、舍小家为大家的高尚情怀。《江城子·戊寅年正旦夜梦母》："八千日夜两茫茫。不牵肠。总难忘。一抔黄土，埋葬我亲娘。每到忌辰钱馃送，双膝跪，泪汪汪。　　尤其深夜梦还乡。母慈祥。站床旁。相看无语，却是泪流长。人上年龄多漫想，常注目，眺西方。"深深地表达了对母亲的怀念，读来令人柔肠寸断。《桂殿秋·登山》："登峻顶，汗湿巾。天高气朗荡秋心。迎风站定轻舒臂，举手撷来片片云。"抒发愉悦阔达之情。《江城子·心愿》："学诗仙拜少陵郎。效苏黄。仿张姜。左边猫白，右手拉京黄。野鹤闲云垂钓叟，琴拨弄，诵情殇。　　凌虚愿作大鹏扬，驭苍茫，搏疆场。长风乘定，王母寿桃尝。何日登堂临殿室。诗苑地，列门墙。"《水调歌头·登滕王阁感怀》："叠叠楼台耸，直上九重霄。远望一派茫翠，分外楚山娇。未睹落霞秋水，却赏赣江春涨，一脉楚天辽。迟慢沙鸥剪，徐缓信风撩。　　地天迥，环宇广，逸兴高。安贫乐道，舟泛大海舵扶牢。已失东隅不晚，幸喜桑榆刚到，泼墨蘸狼毫。效阮籍狂妄，学薛孟清高。"表达了老骥伏枥，志在千里的情怀。而《浣溪沙·樱桃》："密叶繁枝墙外披，珠圆玛瑙压枝低。殷红暗绿眼中迷。　　深院柴门犹紧闭，落尘便烂即成泥。最红深处有黄鹂。"通过细腻描写表达了对樱桃的赞美。《玉楼春·山乡之春》："春风青石般桥驻。拂柳弄娇摇杏树。鸬鹚嬉戏碧湾游，燕子衔泥涂旧住。　　足停乡野红英处。阡陌车流油面路。西方不亮亮东方，华夏万方尧舜富。"是对祖国大好河山及改革开放以来的重大变化的由衷歌颂。《长相思》："血水流，泪水流，万唤千呼声未休。已成梦里头。　　天也愁，地也愁，人命哪如钱袋牛。谁装心里头。"是对客车严重超载造成巨大惨案的批判。

保田创作的曲虽不多，但也不乏精品。如《家》，通过对家庭变化的艺术性描写，赞美了社会主义制度的优越性，歌颂了改革开放给农村带来的巨大变化。

保田从小就喜爱诗词，笔耕不辍数十年。如《堆土人》《泥身》《恶作剧》等都反映了其童年的快乐生活。《请示台》《最高指示到咱村》都有深深的时代烙印。

保田的诗词创作感情真挚，我以我口言我心，我以我笔抒我情，始终贯穿着一条红线，即：为人民鼓与呼，高扬正气，忠实反映现实生活。抒热爱祖国之情，热爱人民之情。保田的创作风格是豪放中不失婉约，浪漫中兼带现实，他的好多作品令人读来荡气回肠。重视形象，善于比兴，词工意蕴，既有苦吟之处，又有信手拈来之笔。这本选集是他从 1000 多首作品中选出来的，虽不能说都是佳作，却也不乏优秀篇章。

保田的作品跟他的人一样，真诚，朴实。谨祝愿保田在今后的诗词创作中更加努力，不断取得新的进步。

是为序。

2012 年 12 月 25 日于驭云斋

林从龙，1928 年 1 月出生，湖南宁乡人，著名诗人，原河南省文史研究馆馆员、中华诗词学会顾问、中华诗词文化研究所所长、中国杜甫研究会副会长、《中原文史》主编，编著有《元好问和他的诗》《林从龙诗文集》《遗山诗词注析》《古今名联选评》等作品，系列教学磁带 40 盘。著作曾获西南区优秀图书奖，河南省社会科学优秀成果奖，国际炎黄文化研究会龙文化金奖一等奖。

序二

畅吟流彩色　落地荡金声

郭　云

　　《沂河浅唱》是李保田同志数年来新作诗词曲及新诗汉俳等部分作品的合集，是一桌脍炙人口的美味大餐。他的作品具有时代特色，回荡着时代之旋律。李保田同志酷爱文学，耽悦诗词，是一位很有成就的诗人，在古老而文明的历史名城新郑市，担负着诸多的诗词界的头衔。同时也是中原大地，黄河之滨，轩辕黄帝故里的一位具有影响力的著名诗人。他生活和工作在这一方物华天宝、人杰地灵、大家云集的风水之地，数十年来受到这一方热土的沐浴与熏陶，受到这一方山水胜地的恩惠和人文社会的感染，所以他的作品富有历史感、时代感和正义感。在创作理念与技巧上，更富有自己的特色与个性。可以说他的创作风格和审美观念别具一格，他的作品往往耐人寻味。

　　他有饱满而热忱的情怀。他的《沂河浅唱》始终贯穿着这样一根靓丽的红线，即：还有"壁障拦闽水，重峦插宇空"（《寄情武夷山》）的壮烈之美，更有"石上清泉荡，崖前蜂蝶旋"（《山游》）的悠然之韵华，还有"竹篙击打浪花圆，渔网撒出一片天"（《渔歌子》）的平静之风雅，更有"小雨零星帽戴头，怡然自乐打门球"（《自乐》）的浪漫之神采。他始终穿梭于浅与深的辩证、褒与贬的统一、风与骨的并举的创作技巧之中。

　　诗是什么？大多数人会有一个不约而同的答案即吟咏情性，感物言志。而《沂河浅唱》充分体现了诗的更多含义：历史的音符、诗人的脚印、时代的旋律。《沂河浅唱》是李保田同志创作理念的结晶与印证，每一篇都张扬着人世之美好，鞭笞着尘世之丑恶，鼓舞着人们敢于"凌云直将天门上，尽览群峰翠微间"（《游八里沟纪》）的勇往直前的精神。下面我就《沂河浅唱》谈几点粗浅的感受，仅仅算是抛砖引玉。

一、凡言藏隽语，蕴底透真功

古人讲："诗用意要精深，下语要平淡。"（《随园诗话》）李保田同志诗词选集最有魅力的也正是这一点，这也正是李保田同志作品最重要的特点之一。平与深的辩证是文学创作的主要方法，是作者提高艺术水平不可缺少的基本功底。李保田同志的《沂河浅唱》中多数作品都贯穿了这样一个原则，因此读他的诗读者会感到风趣、自然、情真。几乎没有解不开的扣，疏不通的结。如他的《赶集》："翁妪相偕喜气昂，前拉后拽去圩场。离家远近三华里，说地谈天两不慌。包子凉皮鲜豆脑，油条烧饼肉丸汤。调调口味强身骨，幸福人家长寿康。"

这首诗反映了改革开放后农村的繁荣景象。主人公是一对已年过花甲的夫妻，在去赶集的路上潇潇洒洒，前拉后拽，那个高兴劲儿简直如同一对少年男女，风采浪漫，洋洋大方。人们看到如此精神抖擞的老者，怎能不惊喜万分？

颈联作者连续排列了六种小吃，不仅表现出农村集贸小市的丰盛，更反映出这一对老夫妻口袋里的钱多了，被这琳琅满目的小吃晃得眼花缭乱，都想尝个稀罕，品个究竟。

尾联"调调口味强身骨，幸福人家长寿康"，情景贯通、意境腾飞，说明了这一对老人既饱眼福又饱口福，展示了现代农民不仅仅是填饱肚子，更多的是要转换生活方式，追求生活质量的理念。"幸福人家长寿康"的生活模式已成为如今农村的时尚。

该诗的妙道就在于作者信手拈来百姓的口头语，抒怀出一篇感人肺腑的诗章；仅蘸了一滴水墨，画出了七彩纷呈的锦绣画卷；仅拾得普普通通的青砖灰瓦，构建了一座华丽的大厦。凡言淡句却能做到淡中透浓、俗中藏雅、浅中寓深，这便是能手，是诗人的境界。《赶集》并非保田同志的代表作，类似的佳作可以随手摘取。如"麦田除草松过土，围着墙根侃往年"（《村头街尾》）、"三餐一日风当饭，长夜漫漫露作茶""接力全依传棒手，凌波还仗舵船工"，这些诗句都给读者带来无穷意味和美的享受。

二、殷勤肥秀实，砥砺出锋芒

古人讲："伏枕苦吟无好句，描诗容易做诗难。"（《随园诗话》）大多数诗家都有如此体会。李保田同志是一个勤于创作、奋发耕耘的诗人。由于他对诗词的兴趣，数十年来他陶染和积渐而成的良好基础，成为他诗词创作的艺术源泉。因此在他的著作中有不少精品并且多有佳句，赞其余音绕梁亦不为过。请看他的《鹧鸪天》：

"沂水荒凉九道弯，干枝枯草满河滩。鹧鸪无奈思同伙，清汉何时落野川。衣带土，脚生烟。轻轻踩踏腐松喧。延伸小路黄苗地，数里稀禾叶不翻。"这首词作者虽没有明确题目，但是通过作者词中所呈现的景象可知这不是"好雨知时节""润物细无声"的春天，而是溪水断流塘枯竭、云雨久无鸟兽稀、沙土扬尘禾渴死的萧索冬日。上阕诗人望眼一收，画出了一幅远景。河水断流，草木干枯，水鸟在无奈中寻找伙伴，并发自肺腑的呼喊——银河啊何时能倾落人间惠恩万物。这是诗人之呐喊！是社会之呐喊！是自然界之呐喊！

下阕诗人笔锋回旋，精雕细琢，着笔于微观景象。使读者感到这哪里是春天，分明是严冬。艺术的成功就在于作者选择了一系列与意境有关的景象，通过艺术加工，虚实相生，动静相谐，情景贯通，层层递进，巧妙地展现出了一片萧索的场景。意境突兀而起，给读者留下了更多的深层次的想象与同情。

再看一首《浣溪沙》："村右沂河玉带流。相邀姐妹洗纱绸。抖开日晒石滩头。

细语叨叨心底事，红颜难道枕边羞。流连夕照把衣收。"这是一首喜剧性的小令。不仅结构精工，而是趣味无穷。一群新妇罩得几分天真，半掩羞涩，半敞襟怀，相互嘀咕着自己难以启齿之事。欲说还罢，欲罢还说的生动情景。读罢好像真的听到了她们的笑语欢声。可谓极致奇妙，妙趣横生，佳句连缀，真乃高手。这类好诗佳句绝非偶然，首先源于生活，赖于勤奋，还得益于"阳春白雪口中诵，下里巴人笔底呼"（《心愿》）、"沃土茁生参宇树，红花还赖绿芟姿"（《论诗词大众化》）。若是离开生活之沃土闭门造车，再有天分也是不可能的。真乃气象真如许，功夫假不成。

三、不为辞艳丽，耽得味深长

子曰："辞达而已矣。"做文章辞能尽其意为止，不宜过度华藻富丽。"采滥辞诡，则心理愈翳。"（刘勰语）作诗亦如此。王国维讲："词以境界为最上。"这也是李保田同志作诗的一贯原则。他把意味深长作为诗之生命，把求得新意作为作诗之宗旨。所以他的作品总是能与时俱进，隽永深长。如他的《红四方面军北上长征》："霜天满目枫林晚，漫道雄关赤脚蹬。门外贤妻肝胆语，山头送子母心声。灯花犹照两相梦，针线欲穿千道峰。炼狱熬经万般苦，换来山水九州红。"

这是一首咏史的诗。这类作品一般很难写好，然而保田却能作得十分巧妙神工。首联就给人一个笔锋俊逸，别出有神。"漫道雄关赤脚蹬"展示了红军的气势磅礴，力挽狂澜的无所畏惧的精神。"赤脚蹬"可谓壮哉！颔联和颈联则从不同角度画出了两幅小画，补足了开篇之内涵，反映了人民群众对于推翻三座大山的迫切愿望，表现出人民与红军之间的鱼水之情及革命战争的正义感。诗人用了贤妻的肝胆语，母亲的送子心，以及灯花针线等透视出亲人依依难别的留恋情感和相思之切，真令人一唱三叹，确有吟其句幻其真之感。尾联诗人把全部情感浓缩在"换来山水九州红"结句之中。好一个气派，豪放！大有落笔千斤之力。可谓一气呵成，喷薄而出。

艾青讲："一首诗是一个人格，必须使它崇高与完整。"王国维在他的《人间词话》里也曾讲到："词人者，不失其赤子之心者也。"这正是李保田同志数十年的诗词创作中从未停止追求的一个梦。他始终把人格作为诗格之本，而诗格又是人格的外化。古人讲："言者，心之声也，古今来未有心不善而诗能佳者。"（《随园诗话》）李保田同志就是这样一个"利剑刺穿黑幕帘，倾盆难抵号嘹天"（《雨中观天安门升国旗》）、"鄂豫皖边红烂漫，全因主义为民生"（《竹沟颂》）、"枝头不见鸟儿跳，桥上惟听落泪声"（《七夕》）爱国忧民怀有赤子之心的诗人。其人品融于其诗品，其诗品又映照其人品。无论在退休前的教育领导岗位上，还是退休后扛着一方诗词大旗，他始终不辞辛苦，专著如一。他常常高咏低吟"人未老，不心衰。追求进取志萦怀。常思前路春重度，再造辉煌天地开"（《鹧鸪天·感怀》）的壮怀之志，令人感慨。

总之，李保田的《沂河浅唱》涵盖广泛，高韵纷呈，特色诸多，但由于篇幅有限，不可能一篇小序覆盖穷尽。我衷心祝愿李保田同志能用更多的精品力作回报社会，回报读者，感染人间。最后用一首拙律作结祝贺这位老友《沂河浅唱》的付梓。

素手柔毫大雅章，白云绿野化行藏。敞襟痛饮长河水，搦管张扬轩祖光。舍得功夫酬国运，欲将樗栎削圆方。吟哦须替民呼唤，喜盼柴门落凤凰。

是为序。

壬辰十月于北京榴园斋

（2012 年 11 月 28 日）

郭云，笔名：竹风，字：渊谷，山西人，著名诗人，具有高级政工师与专家职称。中华诗词学会会员，北京、山西诗词学会会员，现任中华当代文学学会副会长，《诗词世界》杂志社主编。北京东方伯乐诗书画研究员兼客座教授，全球汉诗总会北京联络处顾问等。

再版序言

晨　崧

在第十四届中华诗词天籁杯颁奖大会上，李保田诗友给我送来他的《沂河浅唱》，嘱我在适当时候为之作序。我和保田已是多年的老诗友了。既然他有这个想法，即使我再忙，还是乐意地接受了他的请求。

《沂河浅唱》是保田同志数年来在诗词曲文学园地辛勤耕耘的结晶，他把诗词曲及新诗、汉俳等作品熔于一炉，为诗词曲爱好者以及广大读者奉上了一桌美味大餐。正像他自己说的那样：扣紧主旋律，讴歌新时代，奉献正能量。其作品彰显着时代特色，回荡着时代旋律，体现着民族的文化自信，达到了以文化人的目的。李保田同志酷爱文学，优于诗、词、曲，几十年的创作，令他成为一位颇有成就的、在诗词界具有影响力的著名诗人。

河南新郑，地处九州之腹、天下之中。历史上有过很长的辉煌时期。中华民族的人文始祖轩辕黄帝就诞生在这里，"天下第一国"——有熊国就定都在这里。它也是春秋初霸郑国、战国七雄韩国的都城。《诗经·国风·郑风》就产生于新郑。新郑还是白居易的故乡。这里文化灿烂，底蕴丰厚。保田生于斯，长于斯，深受历史文化的熏陶和影响。数十年来他受到这一方山水胜地的恩惠和人文社会的感染，所以他的作品富有历史感、时代感和正义感。在创作理念与技巧上，形成了自己独特的创作风格——意味隽永，耐人寻味，含而不露。这已成为他的作品的过人之处。

保田刚过花甲之年，但写诗的时间却不短。按他自己在前言中所说，诗词写作是从 20 世纪 60 年代中后期开始的，凭这一点，就能判断出他在创作方面的积累多么丰富，积淀多么深厚。这无疑为他提供了在诗词曲大海中游弋的深厚基础。

据保田自己介绍，他著有《黄帝刀经浅解》，1973 年长沙马王堆汉墓出土的《黄帝帛书》。"喜爱诗词，皆源于古典文学的引导。青少年时代大量接触古典文学，除了读过中国古典文学的《三国演义》《红楼梦》《水浒传》《西游记》这四大名著外，还读了诸如《封神榜》《封神演义》《东周列国志》《西汉故事》《东汉故事》《三国志》《隋唐演义》《说唐》《荡寇志》《三侠五义》《七侠五义》《大八义》《小八义》《包公案》《大红袍》《施公案》《儒林外史》《唐诗三百首》等，其中《平山冷燕》一书对他影响巨大。他除了白天在课堂上偷偷阅读课外读物，晚上睡觉也总是把灯台放到床头的桌子上，趴在被窝里看书。从不及弱冠就开始练笔，试着写小小说、小戏曲、小诗词。"他从优秀传统文化宝库里获取知识、汲取营养，造就了他的性格，锤炼了他的素质。"为天地立心，为生民立命""铁肩担道义，妙手著文章""惟歌生民病，愿得天子知"的传统思想深深地扎根于他的思想认知中。

保田的诗词之所以写得好，与他从事教育工作几十年储备了大量知识有关，也得益于他对诗经"六义"和"兴、观、群、怨"的真正理解，对诗词艺术的精益求精，以及屈原、李白、杜甫、白居易、贾岛、苏轼、王安石等历史文人对他的影响。

保田的诗词之所以能有如此成就，源于他有饱满而热忱的情怀，有一颗不间断的进取心，和笔耕不辍的韧劲、坚韧不拔的意志。正如马克思所说："在科学上没有平坦的大道，只有不畏劳苦，沿着陡峭山路攀登的人，才有希望达到光辉的顶点。"

保田的《沂河浅唱》选辑了他从1970—2018年的优秀作品1033首。时间跨越近47年。既有孩童时代的生活趣味小调，又有成年后的生活工作印记；既有对那曾经动荡岁月的记录，又有对改革开放以来安定生活的描摹；既有个人工作生活的感受，又有挥之不去的家国情怀；既有花鸟虫鱼的小中见大，又有江河山川的波澜壮阔；既有反映我党及其老一辈革命家艰苦卓绝的英雄气魄，又有反映我国社会主义建设中的优秀典范；既有歌颂社会主义建设时期的辉煌成就，又有其在黉门传道授业解惑的工作生活阅历。他的诗词曲涉猎古今中外、城市乡村、功臣黎民、名胜山川、花草树木。宏观微观、笔墨所至，包罗万象，淋漓尽致！语言朴素自然贴切，生活气氛浓郁悠长，这是他热爱生活、深入生活、注意观察生活的结果，也是他热爱工作，善于钻研，注意炼意锤字的结果。阅读他的作品是一种精神享受，可以体会到一种涌动在字里行间的生活情趣。

保田的诗词曲驾轻就熟，信手拈来，文笔隽美，言简意赅，意蕴丰满，鲜活通俗，生动形象。朗朗上口，俗中见雅，兴到笔随，佳句天成。富有超强的穿透力和感染力。让人浮想联翩，发人深省。

总之，《沂河浅唱》始终贯穿着一根靓丽的红线，即：浅与深的辩证，褒与贬的统一，风与骨的并举。

我们知道，诗，是诗人的感情，是诗人感情的表达，是诗人感情的抒发，是诗人感情的宣泄。是诗人生活经历所构成心灵的画图，是诗人热爱祖国、热爱人民、热爱社会、热爱生活的表现，也是诗人个人品德、修养、学问、素质的表现。

　　李保田的这些作品，十分充沛地表达、抒发了其热爱祖国、热爱社会、热爱人民、热爱事业的心境和其雄浑豪迈的壮志情怀。情感真挚。

　　诗词是我们的国粹，是中华民族优秀的传统历史文化，也是中华民族优秀传统美德的载体。如孝、悌、忠、信、礼、义、廉、耻，仁、义、礼、智、信、温、良、恭、俭、让，以及勤劳勇敢、尊老爱幼、高尚人品、道德情操等，都是从这些文学作品、文化活动、文化成果中传承下来的。这是中华文化的精髓，精神的命脉！是我们社会文明、精神文明，构建和谐社会、实现伟大复兴中国梦的积极因素。这些几千年的中华文明，一直是建设中华民族共有的精神家园，将中国人民的信仰根植于中华优秀文化的土壤，是现代社会文明的核心。因此，这部诗集的创作、出版，和作者在诗词界的活动及其成果，都是在弘扬中华民族的优秀传统历史文化，在传承中华民族的优秀传统美德，是在为社会文明、为精神文明建设和构建和谐社会作贡献，是在为当代实现伟大复兴的中国梦作贡献。

　　我阅读、欣赏、学习这部诗词作品，神情激荡，感慨万千，一方面为自己的休闲生活增添了乐趣，丰富了精神生活，同时也增长知识，陶冶情操，更是受到爱国主义教育，激励我们奋发向上，奋勇向前。

　　这里，草写一律表达我的心意。

　　向李保田诗友致敬！向李保田诗友学习！

祝　贺
《沂河浅唱》再版

　　　　一代豪雄敬保田，冰清玉洁美诗篇。
　　　　昂昂正气盈华夏，浥浥醇情育俊贤。
　　　　善辅龙飞仁义德，勤扶凤舞孝忠廉。
　　　　为圆中国复兴梦，砥砺征程未下鞍。

2018 年 6 月 16 日于北京

　　晨崧，1935 年生，又名肖锋，本名秦晓峰。曾用笔名：锋刃、小锋。现为中华诗词学会顾问、全球汉诗总会副会长、中华诗教委员会副主任、观园诗社社长、中华当代文学学会会长。自 1958 年从事诗词创作以来，写有格律诗词四千余首。有多种诗、文专著。部分作品被选入多种专集、辞书、辞典和碑林，有的为陈列馆收藏。2002 年，获国际炎黄文化研究会授予"对国际龙文化发展有突出贡献金奖"。

感言一

腹有诗书气自华

张文斌

　　认识李保田先生是 2009 年深秋，汝州市晚晴诗词协会举行首届"大唐汝陶杯"全球诗词楹联大奖赛给保田先生颁奖时第一次见面。此后在河南省诗词学会召开的会议上几次接触，印象愈来愈深，感情越来越厚，特别是多次电话交流后，逐步成为今天中州诗坛的莫逆之交。

　　李保田先生是新郑当地教师队伍的一位名流，资历深厚，经验丰富。他爱好广泛，学问渊博，尤其是对诗词曲的研究，功底深厚，堪称无冠的专家和学者。为了加快我市诗词事业的发展与壮大，经晚晴诗词协会常委会研究，由我出面聘请李保田先生为我市晚晴诗词协会的顾问，从此，我们的联系和交流就更频繁了。李先生经常给我们的会刊赐稿，提指导性建议和意见，对晚晴诗词协会的全面发展起到了积极的推动作用，得到我们协会全体同仁的高度赞扬和评价。

　　乙未年元春，在《晚晴诗词》的邮箱里，李保田先生给我发来了他的《沂河浅唱》底稿，请我阅读后提提建议写几句！但非常惭愧，因本人才疏学浅，岂敢班门弄斧！可是李先生又在电话中语恳意切，真让我无法推辞，只得硬着头皮滥竽充数几句。就把我的欣赏体会简单汇报交流一下，以此感谢李先生对我的信任。

　　李保田先生的《沂河浅唱》是由古诗词和曲组成的。选辑了诗人从 1976—2014 年的精品力作，时间跨越近 40 年。既有反映我党及其老一辈革命家艰苦卓绝的英雄气魄，又有反映我国社会主义建设中的优秀典范。既有歌颂社会主义建设时期的辉煌成就，又有先生在黉门传道授业解惑的工作生活阅历，以及日常生活中的所见所闻。如先生到兰考学习焦裕禄精神就填乡恋一词《乡恋·参拜焦裕禄墓》："……四面齐参拜，八方共颂夸。宣誓语，伴行发。亮节高风激后进，为民勤政业绩佳。圆梦大中华。"写得大气恢宏，别开生面，把敬仰焦裕禄的深厚感情写得出神入化，壮人襟怀！又如当他收到儿子考上清华大学的通知书时，他这样写道："手捧通知人顿傻，心潮澎湃落涟花。牙牙学语即萌志，十二寒窗枝画沙。立雪程门垂首拜，囊萤凿壁渡浮槎。三迁实现蟾宫梦，他日门庭再挂花。"喜悦心情，溢于言表，用典密聚，自然无痕。爱子心情表达得淋漓尽致！总之，李先生的诗词曲涉猎古今中外、城市乡村、功臣黎民、名胜山川、花草树木、宏观微观，笔墨所至，包罗万象！

拜读李保田先生的诗是一种精神享受，能体会到一种涌动在字里行间的生活情趣。语言朴素自然贴切，生活气氛浓郁悠长，这是他热爱生活、深入生活、注意观察生活的结果；也是他热爱工作，善于钻研，注意炼意锤字的结果。他还十分注意口语入诗，朗朗上口，俗中见雅，让人浮想联翩，巨味无穷！

李先生的诗词驾轻就熟，信手拈来，文笔隽美，言简意赅，意蕴丰满，鲜活通俗，生动形象。无论写景吟物，叙事寄意，或是怀古感今，都能兴到笔随，纵情放歌，声韵铿锵，起伏跌宕，富有穿透力和感染力。引人共鸣，发人深省；尤其是在颂扬真善美、鞭笞假恶丑、唱响主旋律方面，很有划时代的历史意义和现实意义！

《沂河浅唱》的付梓，是新郑市文化界的骄傲，也是河南省诗词界的一件盛事，它体现了中州传统诗词文化经过改革开放以来的发展与壮大。读罢李先生的集子，掩卷深思，无不为先生笔触生活面广而惊叹不已，最重要的是他的作品题材新、立意新、意境新、语言新。物中有人，言之有物，声声色色，虚虚实实，生动有趣！特别是他的诗充满激情，感情丰富，读后使人产生共鸣！不得不让人击节叫好。宋代大诗人苏东坡有诗"粗缯大布裹生涯，腹有诗书气自华"，用来形容李先生再也恰当不过了。余衷心祝愿李先生在今后的诗词创作口能有更多的无愧于时代的精品力作奉献社会，使命光荣，任重道远。现露拙赋律一首，作为《沂河浅唱》读后感：

七律·《沂河浅唱》读后（新声韵）

包罗万象诱人陈，慷慨激昂力万钧。

追美求真多妙韵，育才授艺赏瑶音。

彩毫巧绘气魄大，国粹传承翰墨馨。

串串珠玑穿锦卷，篇篇无处不镶金。

张文斌，汝州市晚晴诗词协会会长、《晚晴诗词》主编。

感言二

勤奇曲深　出彩出新

——李保田《沂河浅唱》读后

张希昆

我和保田同志因诗结缘，既是诗朋，也是挚友。我们初识于 2009 年 9 月在北京召开的第七届天籁杯中华诗词大赛颁奖典礼暨中华诗词论坛会上。而后，连续五届不期而遇，相会京都。对诗词的酷爱，共同的愿望，频繁的接触，使我对保田也有了更全面的了解。他生长在物华天宝的历史名城新郑市，为人平实谦和，办事勤恳踏实，酷爱诗词，诗风自然、情真。我国著名诗人郭云先生称他是"中原大地，黄河之滨，轩辕黄帝故里的一位具有影响力的著名诗人"，我觉得这话既中肯，也贴切，一点亦不过誉。

2014 年保田赠我一本由原河南诗词学会会长林从龙作序、河南人民出版社出版、他自己亲编的《古今词人名作词牌选编》，手捧鸿篇巨制，惊喜万分之余，令我对心目中的这位大家风范的挚友顿生钦佩之意！面对眼前这本工程浩大、如此实用的大型工具书，我也深为保田的深厚文学功底而倍感高兴和自豪！

今年 6 月我又收到保田寄给我的一本《溱洧潮》杂志。这是由他创意并担任主编、以刊发诗词为主的文学期刊，内容丰富多彩，文图并茂，形式新颖活泼，事业心、时代感尤为突出！"一朵奇葩争艳放，千家庭院溢香浓。"读后，情不自禁地令我为他点赞！随后，我在网上又看到了保田传给我的《沂河浅唱》诗词选集书稿，并嘱咐我读后写几句话给他。我兴高采烈，欣喜若狂，迫不及待地打开，从头到尾，认真拜读一遍，有不少地方看了又看，实在爱不释手啊！实话实说，我能有幸如此系统地集中赏读保田的诗词还是第一次！《沂河浅唱》是保田同志多年致力诗词创作的血汗结晶，弘扬主旋律，讴歌新时代；首首句句，字里行间，热情洋溢，情志满怀，给人以鼓舞，给人以力量；写作技艺巧，构思立意妙，突显个性，别有味道，深浅有度，褒贬得体，余音久远，让人回味无穷！读保田的诗简直就是一种看不够的艺术享受！

我不善于书评一类的文字写作，但保田同志的这本诗词作品确实有许多过人之处，个性与特色跃然纸上，令人羡慕不已！在他的多次盛情鼓励下，以"勤、奇、曲、深"四字为题，班门弄斧，概括写了如下几段粗陋感言，权当读后作业，恳请保田同志雅正。

一是"勤"。勤能补拙，勤是聚宝盆。勤奋、勤劳是中华民族的传统美德，也是事业成败的基础。"书山有路勤为径，学海无涯苦作舟。"学诗习词也是如此道理。过程是漫长的，不可能一蹴而就！要想有所建树，攀登诗词高峰，没有捷径可走，只有勤学苦练。在"勤"上下功夫，在"苦"上多磨炼。"宝剑锋从磨砺出，梅花香自苦寒来"，诗词要学好，就得多学、多练、多读、多看。这关键就是勤！要下决心，树雄心，持之以恒！保田同志做到了！他用三年半的时间，从古今数千家词人的数万首词作中筛选出500多个词牌、5314首各家的代表词作，编辑成《古今词人名作词牌选编》大型工具书，靠的是什么？靠的就是持之以恒的勤奋、勤劳的刻苦进取精神！保田同志日日勤于创作，时时奋发耕耘，近些年来坚持不懈精心创作了一千余首诗词，《沂河浅唱》正是他从中优选出的精品佳作集。这些读来耐人寻味的作品，既是时代风采的激昂体现，又是作者勤奋向前的足迹写照。诗词创作永无止境，诗途迢迢，任重道远，我们真正需要借鉴学习的正是保田同志这种持之以恒的勤奋精神！

二是"奇"。奇思妙想，奇花异彩。奇思、争奇是创新理念的迫切要求，更是繁荣诗词创作的必要途径。当然，奇思妙想不是胡思乱想，它是在勤学的基础上提出的进一步要求。勤学是创新理念、创新思维的基础和前提。守旧不前、墨守成规不可能推陈出新，更不会争奇斗艳，出彩出新！《沂河浅唱》的不少作品，都是保田同志绞尽脑汁、反复推敲、巧妙构思后才写出来的！我们说保田是一位极富成就感的诗人，是因为他善于打破常规，创新思维，在创作理念和技巧上，更富有自己的特色与个性。他的创作风格别有洞天，且有过人之奇。赏学保田的诗词精品，就要认真更新观念，增强创新思维，在精益求奇、出彩出新上狠下功夫！

三是"曲"。诗词贵曲，当忌直白。诗词大家林从龙先生高度评价保田的诗作"善于以直化曲"，实在是恰如其分。读保田的诗词我屡屡感受到豪放大气中不失婉约含蓄，浪漫中兼带现实。令人回肠荡气，足见功底敦厚扎实。诗词贵曲是诗词创作的高境界要求，以直化曲是保田诗词特色的集中体现，也是他历经千锤百炼修得的真功夫所在！记得2012年初我的诗词选集《江河新韵》出版之际，他曾赠诗一首表示祝贺，其中颈联"尤过攀险西川道，还掩别离安洛嵩"，巧妙地化用了李白的《蜀道难》和杜甫的《三吏》《三别》，意境顿妙，用典无痕，回味无穷，委婉见大气，浪漫又激情，彰显了挚友之间满腹情怀，使我深受感动和鼓舞！直至今天，对其化直为曲的精湛笔功仍然记忆犹新！

四是"深"。主要是说学诗填词要有真情实感，构思立意要深，要情深意厚。《随园诗话》指出："诗用意要精深，下语要平淡。"保田同志深得其精髓奥妙，平与深之间的辩证关系运用得心应手，这也正是他的精品佳作《沂河浅唱》最引人注目的地方。律诗炼句以情景交融为上，而能把深情厚谊寄寓于所描景物，且交融结合到位者更是难能可贵！保田同志常年生活在基层群众中间，他用饱满而热忱的情怀，深入社会生活，用诗人敏锐的眼光，认真体察关注民情，可谓入深入微，入木三分！这也正是保田的作品为什么感情真挚平实、情深意厚的真正缘由所在！我们的文艺都是为人民大众服务的，我以我笔抒我情。保田同志已经走在前面，作出了榜样，愿我们满怀深情，弘扬正气，为时代而高歌，为人民鼓与呼！

不废江河流万古，赏心莫误夕阳红。正在蓬勃复兴的旧体诗词创作热潮，犹似浩瀚大海，广阔无垠，势如千帆竞发，百舸争流，深深地吸引、激励、鼓舞着我们；数以千万计的习诗者正在乘风破浪，扬帆远航，为了迎接诗词文化繁荣发展的明天，尽快实现中华复兴之梦而努力拼搏向前！很高兴，我们也为能成为这千军万马队伍中的普通一员而倍感荣幸和骄傲！"常思前路春重度，再造辉煌天地开。"我们殷切期望领军一方的保田同志，坚持勤奇曲深，努力出彩出新，争取有更多的精品佳作问世！

2015 年 8 月 21 日于焦作

张希昆，笔名江河。1939 年 9 月生，北京大学毕业。高级工程师。现为中华诗词学会、河南诗词学会会员，中华当代文学学会副秘书长、常务理事，焦作市诗词学会副会长，温县诗词学会会长。诗词作品先后在《中华诗词》《诗词世界》《诗词百家》《中州诗词》等诗刊发表，多次荣获全国诗词大赛特等奖、一等奖、金奖。出版有《中国大洪灾》《防震减灾宣传概论》及个人诗词选集《江河新韵》；主编有《温县当代诗词选》等书。

前　言

诗歌是一种主情的文学体裁，它以抒情的方式，高度凝练，集中地反映社会生活，用丰富的想象，富有节奏感、韵律美的语言和分行排列的形式来抒发思想情感。

《尚书·虞书》："诗言志，歌永言。声依永，律和声。"《礼记·乐记》："诗，言其志也；歌，咏其声也；舞，动其容也；三者本于心，然后乐器从之。"

《毛诗序》："在心为志，发言为诗。情动于中而形于言，言之不足故嗟叹之，嗟叹不足故咏歌之，咏歌之不足，不知手之舞之足之蹈之也。"

二者说明诗歌是人发自内心的呼喊，是一种在真实的感情体验基础上，通过规范的语言、优美的声韵，展现善良和深刻的思想内涵的文学艺术产品。

诗歌的最基本功能就是兴、观、群、怨。《论语·阳货》：子曰："小子何莫学夫诗。诗，可以兴，可以观，可以群，可以怨。"

何谓兴，激发感情即为兴。是指诗歌的美感作用。何谓观，了解天地万物与人间万象即为观。是指诗歌的认识作用，通过它可以观风俗、识得失。何谓群，指合群。要懂得合群的必要。是指诗歌的教育团结作用，沟通人们的情感。何谓怨，讽谏上级即为怨。怨而不怒。是指诗歌的宣泄作用，特别是对社会政治的议论和讽喻。南宋诗人林升《题临安邸》："山外青山楼外楼，西湖歌舞几时休。暖风熏得游人醉，直把杭州作汴州。"对南宋小朝廷就极尽讽喻之能。

到底该给诗歌如何定义呢？

唐代诗人白居易在《答元九书》二，对诗的论述是这样说的："诗者，心声也，根情、苗言、华声、实义。"他用了比喻手法来阐述诗歌诸要素之间的关系，把诗歌比喻为一棵植物。

情，即感情，根情，就是以情为根芽，没有真实的感情体验，就失去了诗歌的创作基础，无所依托，无法生长，说明真情的第一性。

言，即语言，苗言，即以语言为苗木，光有根芽是不够的，还要通过苗木来生长，没有苗木作为载体，根芽就无以繁衍，说明语言的重要性。

声，即声韵，华声，即以声韵为花朵，植物的外在美，突出表现在花朵上，植物要结果也必须通过开花的过程来实现，说明声韵的关键性。

义，即思想，实义，即以思想为果实，植物的生长最终要结出果实才有意义，它体现诗歌创作的最终目的性。

在这四要素中，情是基础，义是目的，这些都是内容要素；言是手段，声是催化剂，这些都是形式要素。也就是说：要创作诗歌，就要在真实的感情体验基础上，通过规范的语言、优美的声韵，展现善良和深刻的思想内涵。

有人将"风、雅、颂、赋、比、兴"归纳为《诗经》六义。"风"为周王朝京都之外15个地方的民歌。因为"风"产生于民间，源于生活，其语句最贴近生活，最令百姓喜闻乐见，也最能够在民间经久不衰地传唱，所以，是《诗经》的精华部分。"雅"是周王朝直接统治地区的乐歌，即所谓正声雅乐。是宫廷宴享或朝会时的乐歌。大部分是贵族文人的作品。"颂"则是周王室宗庙祭祀时的乐舞曲，内容多是歌颂祖先的功业的，全部是贵族文人的作品。从思想性和艺术价值上看，三颂不如二雅，二雅不如十五国风。由此可知，生活才是诗歌的源泉。"赋"，是铺陈的意思，对事物直接陈述。"比"，就是比喻，以彼物比此物。"兴"，就是联想，触景生情，因物起兴。

诗歌有一个很重要的作用——教化作用。按国家诗教委副主任梁东老先生的话说，诗歌的教化作用有六点：1. 立德作用；2. 启智作用；3. 健心作用；4. 燃情作用；5. 育美作用；6. 创新作用。

本人也认为，所有艺术形态都是人的思想感情的表现。并通过自己的作品感化教育他人。为此，就要做到：意新语工，巧妙构思，诗画相配，含蓄疏野，突出风骨，运用比兴，创造意境，有滋有味。让读者犹如品尝美味大餐，才会在不知不觉中接受教育，陶冶性情。

而如何才能做到意新语工。梅尧臣说："诗家虽主意而造语亦难。若意新语工，得前人所未道者，斯为善也。必能状难写之景如在目前，含不尽之意见于言外，然后为至矣。""意新"是指立意要新，能够达到"前人所未道者"；"语工"则要求形式上（包括语言）要刻意求工，务必反复探求。而诗作是否具有"言外之意"，即在于是否"语工"。这样，"意新语工"便统一起来而落实到词语的铸造和组织上。

又怎样才会巧妙构思呢？中国韵文学会、中华诗词学会创始人，中国新闻学院教授周笃文先生在他的《生新奇丽话构思》中是这样讲的：诗词作品的高下，与构思关系密切。构思是包括立意、谋篇与完形的创作过程。有如工程的蓝图，攸关着艺术的质量。特别是立意，尤为重要。历代诗家无不在构思立意上下功夫。我主张从生新奇丽的角度来强化构思立意的着力点。"生"，是指大胆用一些生僻、生涩的文句来述情状物。也就是对艺术作"陌生化'的处理。"新"，指新颖独创的别开生面之意象。新鲜感是吸引受众的一道灵符妙药。"奇"，即奇异、奇警、奇创之意。一般来说，它是偏于昂扬、积极进取的精神状态。奇为诗中高境，新奇感是一切艺术的前提，也是医治平庸的良药。"丽"，诗是最精美的语言艺术，当然要丽，要美，要有魅力。

具体到诗画配，就要努力做到诗中有画，画中有诗。把任何一句诗词都看成一个具象的画面，把任何一首诗词作品都看成由多个具象组成的一幅无比完整完美的画面。

对于含蓄疏野来说，含蓄是要求诗歌创作的含意深远，含而不露，及至达到意在言外。疏野又是要求诗人感情奔放，一泻千里，尽情宣泄。能使读者阅读时，他的思想感情追随着诗篇也经历一个宣泄过程，获得精神的享受，不再需要去品味"言外之意"了。一为隐，一为露，在不同的作品中，该隐则隐，该露则露。

突出风骨又是指如何做到有质有形。刘勰《文心雕龙·风骨》对于风骨是这样说的："《诗》总六义，风冠其首，斯乃化感之本源，志气之符契也。是以怊怅述情，必始乎风；沉吟铺辞，莫先于骨。故辞之待骨，如体之树骸；情之含风，犹形之包气。结言端直，则文骨成焉；意气骏爽，则文风清焉……故练于骨者，析辞必精，深乎风者，述情必显。捶字坚而难移，结响凝而不滞，此风骨之力也。"

至于运用比兴，创造意境，有滋有味。是要求写成的作品不能像上海的瘪三，瘦骨嶙峋，而应该是像一棵沐浴春风夏雨的枝繁叶茂的大树，给人带来一种美感，像一顿美味佳肴，给人一种享受。

如何才能做到，首先要遵守创作七德。"一识理，二高古，三典丽，四风流，五精神，六质干，七体裁。"（唐代释皎然《诗式》）而后注意"情真，味长，气胜"。宋代张戒在《岁寒堂诗话》中说道："其情真、其味长、其气胜。"所谓情真，就是指诗歌中含蕴的不但是抽象的情，而是来自内心的真情。白居易《卖炭翁》通过对卖炭翁遭遇的叙述，以个别表现一般，深刻揭露了最高统治者及其爪牙公开掠夺人民，把人民推入无衣无食的困境的罪行。如果作者没有深厚的爱民之心，没有感同身受的真情，就不可能有这么细致的观察，也不可能写出这样的名篇。所谓味长，是指诗歌中含蕴的思想感情，不但是"真"，而且具有一定的深度和复杂性。读者需要经历一个反复体会的过程，才能完整地把握诗人的意念。所谓气胜，是指诗歌创作中内含和外溢的气势。这种气势决定于诗人的思想认识和对客观事物的体会的正确性和深广度。毛泽东的《沁园春·雪》就特别具有气势。最后抓住三境，即物境、情境和意境。从而达到由人境到仙境，最后到达化境这样一个过程。

本人还认为，诗的语言不同于散文语言。散文通过逻辑思维表达思想感情，散文语句根据文意可长可短，可白露可含蓄。诗词通过形象思维表达思想感情，律诗要么是八句四十个字，要么是八句五十六个字，不管作者如何驰骋想象，铺陈夸张，你都不能超出这个框框。这就需要作者有较强或很强的驾驭文字能力。表现在书面上就是要做到：化实为虚，虚实相生，用字不能太显露，否则，"露则直突而无深长之味"（《乐府指迷》沈义父）；化直为曲，曲直相衬，不能是啥就说啥，开门见山，不要使用白描手法，直观实写，尽量绕个弯儿，要含蓄，只有含蓄，才能让读者究其味；化大为小，小中见大，借一斑而窥全豹，借一叶而见森林，借鸿爪雪泥而知季节更替，小事情大主题；化繁为简，言简意丰，写景状物，要吝啬一点，学会珍惜文字，不要恐怕读者不理解、不明白，非得把事情说得明白清楚才算数；化静为动，动静结合，锤炼字句，用好动词、形容词，使作品有立体感，动起来，活起来。

　　绝句轻巧空灵，最需才气；律诗厚重，最需功力。而我既无才气，又无功力。只能靠邯郸学步，跟着大师比画，摸着石头过河。但是，余是始终抓着诗言志、词抒情、曲显智慧这一根本特征的。

　　本人是在学习中提高，在摸索中进步，在失败中成长。失败，成功，再失败，再成功。经过无数次失败，才写成了本人认为成功的习作。现在就把习作中的一部分（包括童稚诗、文革诗、风情诗、新诗）奉献给读者。

　　附带说一句，近体诗词中凡是用中华诗词学会编写的"中华新韵十四部韵"的习作，都在标题下面标明"中华新韵"四字。既不是用中华新韵，又不是用平水韵，用普通话四声写的习作，标明是用新声韵，未标明用什么韵的作品，律诗绝句全部用平水韵。用平水韵的有些标明是何种格。词全部用词林正韵。

再版前言
我的诗词创作之路和创作观

喜爱诗词，热衷诗词，皆源于古典文学的引导。我是从小学五年级正式接触古典文学的，最早的读本应该是《大红袍》，或者叫《海公案》。书中的故事情节，海瑞的刚正不阿形象使我入迷。自此竟喜欢上了古典文学。除了中国古典文学的《三国演义》《红楼梦》《水浒传》《西游记》这四大名著外，如《封神榜》《封神演义》《东周列国志》《西汉故事》《东汉故事》《三国志》《隋唐演义》《说唐》《荡寇志》《三侠五义》《七侠五义》《大八义》《小八义》《包公案》《施公案》《儒林外史》等，只要能够找到的都要想方设法找来看。同时期我又接触了古典诗词，唐诗三百首基本能背诵下来。那个时期，经济不宽裕，家人给一点学习费用，春节收获一点压岁钱，平时舍不得花，都用在了订报纸和购买书籍上。除了白天在课堂上偷偷阅读课外读物，晚上睡觉也总是把灯台放到床头的桌子上，趴在被窝里看书。从不及弱冠就开始练笔，试着学写小小说、小戏曲、小诗词。

我的诗词写作是从 20 世纪 60 年代中后期开始的，大体分三个时期：60 年代中后期到 70 年代后期，70 年代后期到 2006 年，从 2006 年起算第三个时期。

60 年代中后期到 70 年代后期。个人认为，这是练笔的时期，是积累的时期。人，无论干什么，首先是喜爱和兴趣。时间应该从六四年下半年算起，那时候我受三哥和村上另两位长者影响，开始接触古典文学。我看到的不是《封神演义》，而是《封神榜》；不是《三国演义》，而是《三国志》；不是《水浒传》，而是《荡寇志》。我看的好些书都是繁体字的线装本，绵纸的，草板的。最能引起我兴趣的是《平山冷燕》这本书。《平山冷燕》让我爱不释手，原因就是书中描写了四位年轻的才子佳人（平如衡、山黛、冷绛雪、燕白颔），他们的文才、诗才让我倾慕。书名即由四人的姓氏连缀而成，他们才华出众，深得皇帝赏识，最后双双成亲的故事。书中所写两个才女，一方面不但诗才卓异，而且机敏过人，老练成熟，令众多须眉自叹弗如；另一方面，又忠君孝父，恪守仁恕，是儒家伦理道德的化身和典范。全书情节，虽以爱情为主，却绝不涉及淫辞秽行，至其语言亦渐臻纯熟规范，达到"雅"和"俗"的统一，体现了东方文化所特有的风雅含蓄的美学。至今我还记得开篇第一回的开篇诗："富贵千年接踵来，古今能有几多才。灵通天地方遗种，秀夺山川始结胎。两两雕龙诚贵也，双双咏雪更奇哉。人生不识其中味，锦绣衣冠土与灰。""道德虽然立大名，风流行乐要才情。花看潘岳花方艳，酒醉青莲酒始灵。彩笔不妨为世忌，香奁最喜使人惊。不然秋月春花夜，草木虫鱼负此生。"

传统文化犹如一缕清风，将传统诗词的种子种在我的心田。刚开始，我对诗词的认知只是一种朦胧状态，觉得诗词读起来朗朗上口，好听、好记，最重要的是顺口。虽然也知道是押韵，但没有更深入地去思考和研究。平时只是看到什么了就练练笔。至于诗经之六义、意境、对比、对仗、夸张含蓄、画面等等基本不去思考或者很少思考。特别重视的是顺口。如果按现在对诗词的理解，充其量就是顺口溜。写了后也会反复推敲修改，并且很珍贵地存放起来，但遗憾的是，我家的房子翻盖了两次，搬家了三次，加上后来又搬家到城里住，大堆大堆的书籍和破本子只好忍痛割爱，便宜卖掉。其中记录个人成长过程的能够多多少少反映一些历史片段的所谓资料遗失。心中能够记起的，或零零星星能够见到的都又重新做了整理存在了我的习作集内。

70年代后期到2006年。1975年我曾参加新郑县有史以来的唯一一次文艺创作研讨会，这一会议对我的影响很大。全县大概是十二个人。个人认为，这个时期是我的学业上的充电期，也是对诗词的深入学习，研究、理解、悟彻的时期。格律观深深植入了我的创作意识中，开口必格律，提笔必格律，这个时期我接触了很多古代诗词理论。对诗词创作的甚多要求亦了然于胸。《诗经》足可当得我的启蒙老师。《楚辞》《汉赋》，唐代诗人李白、杜甫、白居易，南唐后主李煜，宋代词人欧阳修、辛弃疾、柳永对我的影响最大。不论是浪漫或现实，不论是豪放或婉约，或热情而奔放，或含蓄而深沉。深深体悟到我以我口述我心，我以我笔抒我情的真实。从诗风可以看出一个人的作风，从诗品可以看出一个人的人品，从诗的意境情景可以看出一个人的眼光境界。系统地欣赏和品鉴了从《诗经》到《楚辞》，到《汉赋》，到魏晋五言、七言，到唐格律诗，到晚唐花间派词，到宋诗，到金元曲，到《明词综》再到《全清词补编》。随着认识的提高和研究的深入，我对古体诗词有了比较全面的认识：中国古代诗歌发展曾经了多次的变革，每一种形式的生命期都不是很长，唯独格律诗，自盛唐以降，长盛不衰，就因为无论是诗的外在形式，或内在品质都达到了极致，达到了高度上的高度，顶峰上的顶峰。它身上体现了声乐美、音韵美、格律美、节奏美、文字美、简约美、意境美、修辞美、画面美，是诗与歌的重新结合，是诗与画的完美统一。为什么有那么多的格律诗词被人传唱，就因为她太美了。假如你左手中拿着一首优美的格律诗，右手中拿着一首优美的非格律诗，吟诵几遍后就会发现，二者的区别太大了，格律诗秀外慧中，实乃大家闺秀，令人有一种赏心悦目、荡人心扉、肃然起敬之感。正是有了这样的体悟，才是我一头扎进了格律中。

2006 年以后，尤其是从事市老年大学的诗词专业课教学后，我的认识又有了发展。认识到李白之所以是浪漫主义大诗人，就因为他的笔下海阔天空、驰骋夸张，从现实中走向了虚幻："飞流直下三千尺"（《望庐山瀑布》）、"桃花潭水深千尺"（《赠汪伦》）、"白发三千丈"（《秋浦歌》）、"朝如青丝暮成雪"（《将进酒》）。杜甫、白居易之所以是现实主义大诗人，是因为他两个的笔下展示了一幅幅战乱频仍、人民流离失所、痛苦不堪的画面："借问新安吏：县小更无丁？府帖昨夜下，次选中男行。中男绝短小，何以守王城？肥男有母送，瘦男独伶俜。"（《新安吏》）白居易是继杜甫之后的又一位现实主义大诗人，他则是从另一个角度展示了宦官污吏对人民的盘剥："卖炭翁，伐薪烧炭南山中。满面尘灰烟火色，两鬓苍苍十指黑。卖炭得钱何所营？身上衣裳口中食。可怜身上衣正单，心忧炭贱愿天寒。夜来城外一尺雪，晓驾炭车辗冰辙。牛困人饥日已高，市南门外泥中歇。翩翩两骑来是谁？黄衣使者白衫儿。手把文书口称敕，回车叱牛牵向北。一车炭，千余斤，宫使驱将惜不得。半匹红绡一丈绫，系向牛头充炭直。"（《卖炭翁》）三人的作品比较发现，李白的诗作文采飞扬，呈现给读者的是一幅仙境、妙境。杜甫、白居易的诗作用语平直白话，老百姓一看就懂，非常明白，震撼心灵。如果从诗词的社会教化作用角度讲，还是杜甫、白居易的诗作对社会的震力强、影响大。尤其是白居易，他的诗写成以后，往往拿给邻人看，如果邻人看不明白，他就重新写，一直到邻人能够看明白为止。

诗，用来自娱娱人。娱人，指的就是它的社会功用。如果诗歌仅仅在所谓的上流社会的圈子里（即现代社会的所谓诗人圈）流传，犹如珍珠埋藏在沙土里，既掩藏了它的光华，丧失了功能，也失去了它应有的意义。诗歌必须投放到社会上、百姓中。而百姓喜闻乐见的，不是生涩隐晦，要的是明明白白。当然，诗重文采，词必用典。文采也好，用典也罢，只有把书面语言变成生活语言才会发光出彩。如何把雅诗变成"风"，这是每一个诗人词家都要考虑的事情。

好诗好词都是练出来。很多道理书本上是见不到的，是作者经过长时间的积淀悟出来的。所以自认为，近十年，我的写作努力朝着语言的通俗化方向发展。

2022 年 10 月 20 日于新郑

目 录

乐 府 体

近 体 诗

绝 句

词

曲

度词（曲）

新　体　诗

乐府体

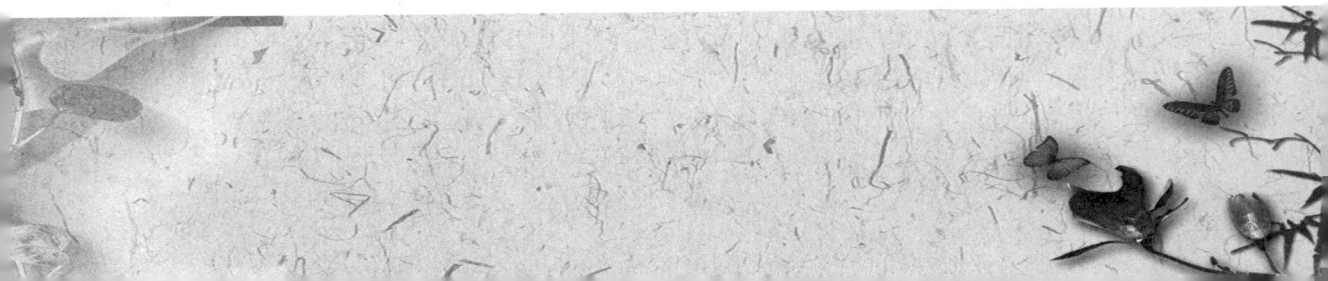

陈年旧事

拾坏红薯

总是放学后，撒莯地里游。
两眼不离土，左右仔细浏。
发芽胡萝卜，冻干红薯头。
萝卜随入口，红薯装进兜。
黄皮才真坏，白色是冻沤。
用水洗干净，晒片做珍馐。
一天一遍寻，越来越难搜。
童稚许心愿，保佑小瘦猴。

榆树皮面汤

榆树二层皮，灶上烤焦干。
要么嚼碎吃，或者石磨研。
做成榆面汤，挑起似胶黏。
虽非喝胶水，打转泪水涟。
强行咽下肚，大便可做难。
爹妈用手抠，黄童哭成滩。
村人竞相刮，榆皮也剥完。
好赖能填肚，胜进鬼门关。

割麦苗与捞杂草

一到三月天，多家断炊烟。
事情做得绝，办法想个全。
河中捞杂草，地里割麦苗。
清水淘洗净，面星拌牛槽。
先是用笼蒸，然后撒盐调。
虽说不好吃，强过榆皮胶。

烧屎壳郎

人言没啥吃，蜣螂可以刨。
发现蜣螂洞，直接用水浇。
引蛇出洞法，蜣螂无处逃。
秃头没有肉，有冠不能抛。
泡过几遍后，压紧煤火烧。
香味飘灶房，仔细认真剥。
母问好吃不？我答味道好。
虽然肉不多，胜过柿糠饼。

拾落柿

麦子出穗时，柿树落柿日。
叫上堂弟妹，柿园拾落柿。
大似樱桃果，小如蚕颗粒。
树下好拾捡，垄间不易觅。
跑遍全村子，寻觅野外地。
本村已光净，外庄或许积。
柿花穿麦秆，小柿入篮子。
忙活大半天，竹篮盖着底。

喝水中学会洗澡

　　1963 年夏季一次玩水，几乎丧命，谁知竟在苦苦挣扎中学会了游泳。

村西有水库，上学必经路。
过沟又爬坡，同伴相照顾。
夏秋拦山洪，长年水半库。
大人多洗澡，儿童不准凫。
看着眼中馋，心里早有数。
吃过中午饭，急忙把学上。
太阳当头照，布衫贴脊炕。
人们都午睡，路上无来往。
三人一商量，身上衣脱光。
水没过膝盖，胆气依旧涨。
水已过了腰，依然笑声朗。

水又过胸口，欲漂不漂状。
一到脖子后，再也不做主。
急向浅水岸，却是滑深处。
身体漂起来，水往嘴里灌。
扑腾几扑腾，喊又无法喊。
两手瞎胡拉，双脚乱蹬弹。
不知怎么着，终于往回返。
趴匐吐岸上，瘫卧青草甸。
谁知经此难，过了凫水关。
再不怕深水，越洗也越远。
无论啥水库，看去只等闲。

捉　蛇

无风草微动，青蛇头昂扬。
镰刀拿在手，两眼看端详。
七寸用力砸，彼身无法防。
将尾抓个紧，快速抡其僵。
踩定其尖首，倒提如插秧。
从上往下捋，血逆攻心脏。
时间一小会，乖乖便死亡。
再等数日看，白骨森森长。

割　麦

昨日风雨作，今天小麦黄。
场上工具备，家里磨镰忙。
喜鹊枝头叫，队长串街坊：
男女壮劳力，叔伯婶子娘。
大人要割麦，学生捡拾光。
一人两畦宽，干部分清详。
地头喝茶水，布衫贴脊梁。
烈日当空照，汗滴禾下藏。
忙过一月后，赶交公余粮。
算盘啪啪响，人分九十强。
人勤地不懒，肥多地打粮。
喝顿白面条，没油一样香。

煊煊大蒸馍，春节才得尝。
精打细算过，再等一年长。

早　饭

孩多能拿馍，力壮只端汤。
过来小队长，铿锵颜面光。
米饭堆香菜，黄饼两三张。
会计保管们，氽鼻炒菜香。
周围吃饭者，吸溜照脸庞。

饭　场

洋槐挡毒阳，树下议事场。
每到吃饭时，社员聚一堂。
右手拿饼子，左手端稀汤。
边吃边闲聊，秦汉及隋唐。
五鼠闹东京，晁盖与宋江。
中秋杀鞑子，少时朱元璋。
山西洪洞县，新郑土桥庄。
一担挑三子，租地开新乡。
迁居已十代，坟地人丁旺。
勤俭传家久，礼仪继世长。
乡邻乐亲近，民风淳朴倡。
老翁未曾走，小辈又驻防。
无意传子孙，家训心中装。

用人力车送密县关口老大娘
1969.6

　　六月，毒辣辣的太阳炙烤着大地，将近中午时分，从村北缓慢走来一位裹脚老大娘，到新郑岳口走亲戚。两地相距四十华里，况从关口到我们村道路曲折，高低不平，老人累得够呛。愿揹脚力费两元，求人相送。兄长安排我出趟远门。

　　蹒跚一老妪，踟蹰门前停。

岳口串亲戚，腿酸脚更疼。
实在走不动，求人酬劳佣。
帮困善念起，助乐良心生。
脱稚小伙子，拉车便登程。
急急人如马，粒粒汗似丁。
日慢头落顶，步疾肋乘风。
相互问答频，倒也挺从容。
我意断不取，大娘却不应。
双方起争执，老人脾气冲。
去回三十里，两元装兜中。

拉卖煤
1970 年春

叔兄一帮子，三更就起身。
空车哐当响，星夜传远音。
邻村鸡鸣路，瞌睡虫闹心。
合眼悠着走，摇身只管跟。
八十多华里，上午到河西。
赶紧开出票，及时把煤提。
荆圈装煤满，锨把挨边劈。
过磅仔细看，多卸少添齐。
全部忙结束，再填空肚皮。
路上不会停，中间未休息。
锁沟缠丝河，上坡相互盘。
拉脚有壮牛，一次三毛钱。
遇到有水处，停下饮甘甜。
要么住大隗，要么歇苟堂。
或者是索湾，或者是陈庄。
也许是干店，也许是晒场。
设若不到站，路边入梦乡。
干店可做饭，红薯玉米汤。
反之啃干馍，强咽进肚肠。
沉睡消劳乏，起床日不竿。
接车人到后，力量加倍添。
速度快一倍，车轮转二般。
除非坡太陡，完全各自攀。

摆开长蛇阵，过后荡尘烟。
下午日西挂，煤车回到家。
晚上好休息，天明重出发。
长葛白寨村，货卖回民夸。
周而复始也，汗水钞票擦。

登风后岭后山
（回文诗）
1984 桂月

游人登岭后，后岭登人游。
楼古依碧潭，潭碧依古楼。
幽风吹白云，云白吹风幽。
湫边花果香，香果花边湫。
喁啾莺翅展，展翅莺啾喁。
喉开放歌唱，唱歌放开喉。
收尽景目满，满目景尽收。

具茨山
1985 春月

峭壁罩葳蕤，危崖笼淡云。
路弯亲沃野，梯曲吻山门。
金鸡立南坪，太白寓北邻。
寺钟鸣半峦，潭水生谷根。
轩辕峰顶坐，遥看归一新。
铸鼎记疆域，典章图万春。
剩有游人处，见证锦乾坤。

从逊母口至常营
1996.6.23

刚在逊母行，又把常营访。
十里坑洼长，一路尘土荡。
火炉悬头顶，汗衫贴背上。

屁股不沾座，身体合又仰。
口干津作茶，腹空肠喧响。
创业多艰难，荣登领秀榜。

博　弈

1999 春

棋子起落间，方阵变万端。
你攻咱就退，我进你得还。
纠缠厮杀急，相互攻防难。
一着不慎重，瞬间输满盘。
斗智还斗勇，斯文早忘完。
红方眉紧锁，黑方展笑颜。
谁知风云变，形势大逆翻。
绝地又逢生，重开拉锯篇。

送同窗

（短歌行）

2002.11.18

萧瑟又西风，送君到城东。
上有咕咕之雁阵，下遍缠绵之枯藤。
长亭即在十里外，短亭却在眼前停。
清且涟漪含挽意，窈窕翠柳招手留。
桥下群鱼停游动，凤竹万杆直点头。
苑有扶苏荷仙笑，东城门开不预收。
夕霞渐起西天红，行云流水车如龙。
问君还有何所求，溱洧相送赴南东。
敢问师兄何日来，曰元宵之时再登程。
古道连着你和我，故里留着离人情。
偏遇此地断肠处，燕雀躲藏不忍听。

母逝二十年

（短歌行）

2007.1.2

娘逝二十载，亲容时面前。
扶养姐弟八，骨头油熬煎。
八旬患老病，痴呆治难痊。
自受迟钝苦，邻见更可怜。
元正全家喜，初二恸地天。
界河两相隔，掘地见亦难。
逢年过节日，携儿送纸钱。
无情岁月稠，愈加思母颜。

梦　母

2008 春节夜

歪扭蹒跚步，走停气不匀。
重压腰弯早，劳作背驼身。
白发慈祥语，手瘪疼爱心。
上前喊叫娘，扶母坐石磴。
一会咱回家，热水泡泡脚。
剪甲洗头发，揉肩捶背腰。
添锅打鸡蛋，和面擀面条。
虽不算孝顺，也好补补身。
儿子实在忙，缠身难报恩。
黄泉见面难，难过登天门。
辞世二十年，难断情难分。
飘忽无处寻，醒来已湿枕。

怨妇自食其果

（短歌行）

2008.12

鸳鸯自拆散，骨肉已除名。
甘当第三者，扶持新窝生。
房主前妇夫，子女享亲情。
大祸从天降，病床无呼应。
吃喝做大难，突然放悲声。
喃喃发誓咒，泼水怎收成？

上　坟

2010.4.3

纸帽坟头盖，铲土覆新苍。
鞭炮响炸天，通知泉台庄。
三炷灵香燃，冷馃台中央。
儿匝双膝跪，孙随父后方。
金钱送过去，低声诉心殇。
终生图辛苦，撒手走慌忙。
自古难两全，扎心站床前。
神医无回力，菩萨不发言。
良方已用尽，清魂赴黄泉。
啥时都是痛，涟珠落成潭。
行流五十里，丝发三百盘。
三叩额沾壤，伏惟佑孙男。

梦游八里沟记

2012

久已闻名八里沟，常在梦中到此游。
欲睹北方水世界，二仙桥过是洞天。
桃花瀑兮将军潭，东方偷桃植蟠园。
仙人迎客桥头站，醉仙桥上醉众仙。

百年修得同船渡，一涧造就并蒂莲。
极乐长生那里问，老子布道设道坛。
合十虔诚拜南无，观音洞里听讲禅。
诚心石上许下愿，回音壁前洗心顽。
遇洪荒，重繁衍，兄妹大义重任担。
伏羲女娲媾和地，石门库西有三龛。
悬宫峨矗在绝壁，青檀长在嶙峋岩。
狝猴葱茏深处嬉，麋鹿青坪面前欢。
垂空挂，百尺帘，瀑布挂在幽沟湾。
直下匹练八千丈，天河倒泻银花灿。
跌撞奔突乱石隙，浮云堆雪浪成烟。
势如雷霆收震怒，状若天门鼓震渊。
三台立，千仞剑，登峰堪比登天难。
凌云直将天门上，尽览群峰翠微间。
刀削百尺日照壁，山倒水中水含山。
珍珠泉，错杂弹，大珠小珠落玉盘。
大珠嘈嘈如急语，小珠切切如私喃。
诸葛城头把琴调，符节合拍拨琴弦。
当流欣上踏涧石，水声激激风吹寒。
忽闻水上琵琶声，石红水碧溪韵全。
青峰环抱平置镜，八仙台上憩八仙。
五步即潭十步瀑，碧水滢澈苍龙潜。
蜿蜒屈伸天一线，怪石林立云雾环。
低头勾背身贴壁，龙盘梯踏腿打颤。
浩荡迂回不见底，人抓飘带半空悬。
上山未曾汗湿衣，下山更比上山难。
道尽险道不为难，欢乐尽在山水间。
青莲居士今犹在，游过八里不看山。

农民修建国家领袖纪念馆

（短歌行）

2016.9.19

　　山东东明县朱口村农民佘石成是文盲老人，家中搜集保存有大量二十世纪六七十年代印发的毛泽东的书画、照相、语录等印刷品文物，加上别人赠送的有上万件。他将家里分的耕地用作修建纪念馆的基地，在 2008 年建成了三千多平方米的纪念馆，自任馆长，免费开放参观。其情感人，其行动教育人，提笔记之：

朱口农民佘石成，修馆纪念毛泽东。
家分耕地换馆基，夫妇艰苦住工棚。
东挪西借意念定，吃粗喝稀方向明。
所有参观皆免费，不为金钱不图名。
教育儿孙责任重，宽厚肩膀重担挺。
幸福生活谁给的，不忘党恩领袖情。

中秋夜月

（短歌行）

2017

初夜明月海上生，铅光尽出广寒宫。
一缕青泪落东海，汇涟成波思潮生。
俄见银盘挂梢头，秋影斑驳梳离愁。
偶听瞪搭喃喃语，清清秋夜丝丝幽。
渐次落在高厦顶，万家灯火万家情。
街灯皓月两相照，灯光难如月光明。
徐徐明月照旷原，犬吠笛铃近耳前。
又倾咩哞连声起，乡人路上少缠绵。
长天辽阔无纤尘，江山万里寂寂深。
化作冰盘悬皎夜，广袖作绢拭憾恨。
幽看神州九点烟，静听人间八方音。
心中唯念亲情远，盼住中天语频频。
南国北疆一个样，西峰东海同样丰。
目注各家摆香案，胸潮阵阵仙子心。
阖家欢乐共赏月，期盼团圆同尝饼。
悠悠唐尧千古事，月落诗家别样情！

重登园博园轩辕阁

己亥年正月戊子日

苍茫矗广厦，阡陌网中原。
平野黄河流，巍峨具茨盘。
绿树汇碧海，浪花是百园。
弯曲一泓湖，柳丝作琴弦。
名花依岸放，灵鸟点琼弹。
春风飘金缕，青竹围白轩。
幽径密林深，恍惚小桥前。
丹霞梢隙照，清香声中传。
寻她千百度，路尽红衣翩。
左右侧观之，电动游车环。
回首立处瞧，书画龙凤团。
健步登顶层，豁然又重天。
一篇《郑州赋》，蔚蔚一大观。

少时泪　老来情

（短歌行）

2019. 3. 12

父亲背上悠悠眠，急忙医院去送钱。
偏方难治饥饿病，草虫黄石都用完。
有心人，天不负，提前上学意志坚。
开花棉鞋雪水浸，身上衣薄不胜寒。
煤渣汲水灶上炕，母亲怀里把脚安。
肚子饿得咕咕叫，挖出白面小半瓢。
和成饼子香喷喷，狼吞虎咽消灭了。
青黄不接实难熬，黍糁面星蒸麦苗。
报纸换回薯面饼，珠笔购得萝卜条。
小麦灌浆籽粒饱，掐它几穗治肚疼。
暴雨连日河床满，严父背我蹚河行。
灯台少油灯花爆，写字算数不曾停。
夜深三更被窝趴，古典小说口中哼。

老母为我掖被角，老父喋喋几叮咛。
忆往事，目已泪，泪珠时常化雨飞。
老之所老多牵挂，唯向黄泉喊痛悲！

情 殇

2019. 3. 24

又是一夜未眠兮，思绪纷纭驰骋；
恰如野马由缰兮，往事历历脑中。
彼出身于寒门兮，不屈不挠奋搏；
道路坎坷曲折兮，意志愈挫愈坚。
尚志尚德笃行兮，自炼厚实根底；
立言立德立身兮，入心入脑入髓。
高风亮节之士兮，我自树为楷模；
文人墨客风骨兮，吾则尊崇有加。
优秀传统八德兮，时时莫能忘记；
追赶身边先进兮，暗暗与之相比。
忠诚教育工作兮，亏负爹娘妻儿；
房塌沤粪不管兮，事忙无暇顾及。
三过家门不入兮，为了创造辉煌；
冒雨四顾茅庐兮，良才可遇难求。
素面淡汤清茶兮，坦对病疾侵身；
寸步难行难衣兮，夜夜无不呻吟。
欲学拼命三郎兮，到头唯有叹息；
续我专长最爱兮，研习文学诗词。
肝胆直言相告兮，谁人听得进去；
承担安抚之责兮，创办综合季刊；
呕心推展理念兮，自将印寄款出。
光大诗词文化兮，是金子就要发光；
闻鸡宵衣起舞兮，忘记圆缺盈亏。
遴选古之词牌兮，经五年而不辍；
教学倾囊相授兮，历十载之沧桑。
桃李虽然不言兮，依然下自成蹊；
捧回参赛硕果兮，人人皆大欢喜。
精心编著教材兮，诗词曲册万字；
诗论评析百篇兮，征引有理有据。

牢记诗经六义兮，把握兴观群怨；
习作泱泱可观兮，五十年之累积。
担纲光大重任兮，朋友诚相论诗；
建设全国之群兮，诗人词家欣聚。
倡议意象流派兮，群议共襄盛事；
为人一诺千金兮，榻前虔诚拜师；
问我可有所求兮，惟把心愿继之。
埋入文字堆里兮，如迷如狂如痴；
持守信念坚定兮，奉献绵薄之力。
令我感叹兴发兮，诗界浮躁之极；
几多图其虚名兮，视作周进工具；
拍马吹捧抬轿兮，实则为了自己。
拉帮结派山头兮，为了形成圈子；
方法形式多样兮，梦想增加收入。
不求甚解充数兮，只是视作游戏；
叹息浅薄之徒兮，不知圈内凡几。
井底之蛙发问兮，只因坐井观天；
夜郎夸口自大兮，悲其不知有汉。
诗人到处都是兮，帽子满天乱飞；
呼其名曰创新兮，恐要割断历史。
知我者谓我心忧兮，不知者谓我何求？
身置波涛海浪兮，颠簸渡船悠悠；
广漠中之奔跑兮，哪里寻找绿洲。
登龙盘之高山兮，敢问四邻何在；
漫漫长路艰苦兮，谁人可以相伴。
行旅之盼梅林兮，缓解口中之渴；
大旱之望云翳兮，因有七月流火。
视之如弃敝屣兮，无非锦衣玉食；
如宝珍爱有加兮，历史四大诗人。
斗室成就一统兮，优秀传统赓续；
忍度冬夏春秋兮，依然甘之如饴。
既不妄自尊大兮，亦不妄自菲薄。
坚实楼厦路基兮，恒河沙粒之一！

梦登珠峰而倾

2019. 7. 15

梦中登珠穆，山道崎岖路不通。
身侧深涧不见底，顶上巉崖排列空。
飞湍似烈马，奔腾撞青峰。
狮虎林间啸，豺狼周围拥。
秃鹫掠着头顶旋，哀猿危立崖鸣，
更见野人笑狰狞。
骷髅舞于径，蟒蛇蠖吐信。
小鬼咯咯笑，判官嗷嗷唇。
黑云弥漫滚疯狂，瘴气蒸腾升氤氲。
悲鸟号古木，鹰鸷扑青魂。
飕飕暗箭飞，灼灼明枪喷。
山峦崩倒天地裂，压头竟然以毫分。
躲藏无窟窿，逃脱竟定身。
肝胆早破碎，皮肤已成鳞。
七窍剩一缕，悠悠赴太虚。
丹阶泣血诉，娓娓指迷津，木焉秀于林。
察布则无私，只须和同尘。
瑶池亦此般，不需到紫垣，灵霄照样不渡人。
晨曦促啼，昴日醒晨，
孤零小楼不计冬和春。
伫有三寸气，便要扶昆仑！

缅怀父亲

己亥年申月癸未日

戊子庚申日，驾鹤昆仑虚。
自此有挂牵，时已三一年。
年年来上坟，坟前涕泗潭。
凄凄对坟语，地下可有知。

孙男和孙女，各自已成家。
儿亦六十五，双鬓已然花。
人近古稀时，愈是思念勤。
耳边有声音，梦中常见人。
举重若儿戏，魁伟身如松。
腰板挺且直，声音如洪钟。
技艺十八般，样样都精通。
犁地播粮种，炕烟管菜园。
场上一把手，锛砍称木工。
修房邻居叫，堪舆毗村请。
为人多耿介，处事身影正。
唾沫敢落地，准能砸个坑。
宽厚总吃亏，交往见实诚。
脾气如奔雷，行动急似风。
眼中不进沙，遇事求公平。
膝前儿女多，日夜勤操劳。
人多土地少，地瘦收成薄。
赶车拉卖煤，石坑石磙凿。
日子紧巴过，可叹难温饱。
泪不当面流，从来不言愁。
铮铮人前走，刚强不低头。
伏枥老当壮，未见有停闲。
弄孙小庭院，劳作大田间。
三伏炎炎日，病发左半瘫。
弟兄未曾离，昼夜侍床前。
那年今日去，鹤赴玉帝谏。
勤劳与正直，遗爱儿孙留。
喃喃告知事，遗愿当所酬。

将进酒·无争

三更天，无睡恹，
该奉献时就奉献，不该揽权莫揽权。
如日中天权炙手，白发蹒步谁能延。
休问道，莫炼丹，修今世，求自安。
百亿千万谁成仙，疏通经络破玄关。

半部论语治天下，小国寡民老子盼。
五霸盟，七雄战，
南北两朝五胡乱，五代十国虬龙蟠。
群雄拱起魏蜀吴，谁知黄雀司马炎。
开皇冠，坐长安，电动三轮也怡然。
奇装异服匆忙客，凉馍冷茶强下咽。
花园别墅室宽敞，褴褛垢面住房檐。
一夜欢歌值万贯，佳肴美味不动钱。
明镜高堂悲白发，青丝二郎谁常念。
如梦初醒初醒易，难得糊涂糊涂难。

将进酒·面对

父命违，终不悔，愧对高堂白发泪。
弱冠郎，离关乡，慈母针线随路长。
悲来狂饮五月酒，怆后还是照恓惶。
天生我才必有用，歧途无为两茫茫。
凄风雨，坎坷路，驱牛犁田莫肯顾。
身上衣，口中食，
乐登单车行，笑对捷达宝马驰。
王侯将相宁无种，恰恰黄鹂自在啼。
宠物高兴楼厦住，泥腿幸福工棚栖。
砂锅炉火煮三味，佳肴珍馐不用提。
历冬夏，经春秋，
起早贪黑汗水流，大碗消得昼夜愁。

清洁工

2006. 10. 15

脚蹬箱三轮，身穿黄马甲。
手中畚箕提，肩头扫帚把。
启明晚追人，太白催回家。
晴日尘作汗，雨天泥裹丫。
瓶水解渴口，馒头充饥肠。
冻雪铲夜路，落叶扫晨阳。
夏伏煲脊背，冬风抚面颊。
喜闻酸臭味，乐采清洁霞。
身微言轻者，敢把地球擦。

人力车伕

2002. 11

路口一角停，迎送行人过。
空车眼巴巴，余看怪难过。
上前一声问："住地可远么？"
"离城二十里，北边杨家坡。"
"啥时进的城？""早上六点约。"
"没有吃早餐？""来时已吃了。"
"恐怕早已饥？""还没拉着活。"
"中午怎安排？"指指前篓包：
"装着一瓶水，准备两个馍。"
"那么晚饭呢？""回去把汤喝。"
"能挣多少钱？""这个不好说。"
"可能二三十，也许十几元。"
"咋不干其他？""工头光欠钱。"
"蹬蹬三轮车，多少装兜啰。"

除夕夜花絮拾坠

2014

灯光千村灿，除夕万家欢。
夜深回桑梓，徘徊叩乡关。
打开柴院门，迎接漂流男。
调匀洗脸水，端上饺子鲜。
将儿细端详，风霜已留颜。
离家十余载，子身把家还
乌发三五白，黑脸额纹添。
饭后叙家常，道尽苦和酸：
"爬楼扛沙袋，登门送快餐。
酒店端盘子，卡拉做保安。

能干都干过，落个肚子圆。
要啥没有啥，朋友无从谈。"
"合租两居室，各自小天地。
相互不多问，出入少见面。
常想做生意，苦于无本钱。
想问家里要，父母种地难。"
"家里无背景，我也无专长。
下力挣个钱，不敢奢想房。"
"农村见面礼，十万零一元。
别的先不说，车房是关键。
父母扣牙缝，儿子拼命干。
媳妇娶到家，房奴半生担。
月月还两贷，压得喘气难。"
"车来车去的，看着怪光鲜。
债背一屁股，各家有各难。"
"小钱看不见，大钱挣不来。
再不肯吃苦，还有啥自恋。"
围坐纷纷语，相问工资数：
"或言五千五，或说七千三。
按说有钱花，养老没困难。
都被儿孙用，大坑没法填。
时兴啃老族，咋花咱有权！"
此类何其多，谁还有心言。

月圆之夜

——庚子中秋为新郑巨变而作
（长歌行）

裴李岗，八千岁，有熊部落尽朝晖。
肇始文明五千年。人文初祖黄帝传。
春秋扬威郑初霸，战国争锋韩称雄。
江河流转朝代换，历经沧桑老面孔。
老面孔，谁来更，共产党人换新容。
七秩生息谋发展，追梦小康玉楼琼。
发展之要富百姓，改革开放顾三农。
联合机械收播快，耧犁锄耙各尽藏。

国家补贴种子款，取消种地要纳粮。
农村产业调结构，经济收入逐年长。
田间地头变卖场，砍低抬高价格商。
小麦玉米换票子，东邻西舍喜气洋。
能人二三产业搞，无知无技打工忙。
翁婆闲暇拉家常，妯娌凑堆论短长。
拍摸捏抻身上衣，幸福洋溢在脸庞。
"媳妇买的穿身上，闺女买的放进箱。
早饭两口去赶集，油条稀饭胡辣汤。
回来再把午饭捎，煎包火烧袋子装。
儿子开车去饭店，家里灶火今清闲。
新房去年才盖好，屋里装修真漂亮。"
大街小巷全硬化，健身广场村中央。
秧歌街舞单双杠，盘鼓弦子老本腔。
城乡公路连成网，公交运行串村庄。
冬不冒寒踏冰雪，夏不雨淋踩泥浆。
喝的深井纯净水，水管接到灶台旁。
做饭气灶电磁炉，炊具碗筷厨柜放。
有线宽带连接上，电商时尚又便当。
小县城，觅无影，高楼广厦接天穹。
公益设施全而多，广场时刻有活动。
琴瑟丝弦卷席筒，银屏广播市民风。
麻将扑克象棋赛，长衫银剑太极功。
围听坐站人谈论，古往今来大事情。
街心公园多故事，历史名人定园名。
纵横交错织路网，车来车往画中行。
轩辕黄帝有遗祠，郑韩故都牛角城。
陉山顶上子产墓，郑国墓葬车马坑。
居易故里诗声琅，欧阳修陵烟雨生。
苑陵霜雪华阳月，餐风耽睡北周陵。
子产邓析韩非子，郑国张良许仲平。
中唐诗人白乐天，隆庆首辅高肃卿。
风水宝地山河秀，罗列旧景生新景。
具茨遍布史文化，溱洧二河环抱城。
天推波浪白云跑，岸抚蓁风草木倾。
绿竹青松莺唱川，碧莲红蕾柳烟中。

金光翠湖卧彩虹，瀛洲玉璧更清茏。
泆汤青史兴中华，广袤九州千古情。
义务教育实施早，幼儿小学初高中。
均衡教育权力共，就近入学划片生。
本专科，大学城。
升达经贸管理细，中原工学高一层。
河南工程重质量，商务信息追先锋。
国际学院西亚斯，民办华信郑理工。
公铁两路成网络，普通高速排列行。
贯穿南北大动脉，连接东西血流通。
你在岭南我塞外，你居广州我北京。
你从江苏连云港，我起霍尔果斯城。
上午乘车下午到，疾似鹰鹘快如风。
国际机场外辐射，穿云银燕飞蓝空。
郑新快道中华路，新孟公路神州行。
每村打有深水井，自来水管通家中。
改造厕所净环境，排污管道地下通。
垃圾桶在街边放，垃圾车把垃圾送。
市区公德人遵守，随地吐痰不文明。
三废投放垃圾箱，小区做到日日清。
天新地新人亦新，物旺财旺人亦旺。
民生幸福高指数，不愧开元黄帝城。
中秋赏月品月饼，月饼含义要弄清。
团圆一家民族愿，拆散两岸理不通。
华夏复兴初祖梦，地球村中求大同。

梦游天庭吟

2021.9.21

昨夜玉帝诏，邀我跨青鸾。
"天门为汝开，玉宴为你馔，温好老
君酒，备齐王母蟠。"
青鸾未及到，即刻乘骢骖。
值司门前迎，文武天街站。执之天
君手，落座于帝垣。恒娥长袖舞，七女
抚琴弦。帝居其首陪，左右众神仙。问

君"何所事？""下界是怎般？""人间无
限好，万象胜过天。琼浆照样饮，三餐
有珍鲜。道路宝马驰，村镇宫殿安。"
"愿进天庭否？"
"凡间不亚仙。"
"能否代为话，下界走一番？"
"宇宙路已通，来往有舟船。"
"何处乘舟便？"
"先去空间站，后返禹甸园。"
酒过三巡后，送我亦回銮。

相和歌辞·陌上桑

2021.12.25

日出东南隅，照我慎独楼。
蓬荜鎏金彩，柴院来风柔。
澹荡云雨沐，幽静岁月悠。
斗室天地小，书案乾坤道。
欣开柏梁宴，喜当铜雀讴。
权充四名楼，且会兰亭俦。
建安风骨傲，啸台亦风流。
管鲍之交正，钟俞相知尤。
江南、白头吟，艳歌行、箜篌。
"孔雀东南飞"，"照我秦氏楼"。
阳春白雪妙，下里巴人优。
此友非彼友，争相颂金瓯。
先作清商曲，再把清徵喉。
笔开宇宙日，情倾九州秋。
愤悲恩怨仇，喜怒恐惊扰。
人问图何也，答曰良心酬。
不需绫罗缎，三餐外无求。
不作凌烟想，安图青史留？
耻交拊须相，闻听拍马呕。
仰人鼻息累，紧箍戴头愁。
厌恶帮派圈，散仙也是修。
崖泉行有师，林涧听鸣鸠。

渡每勇踏浪，辨风能行舟。
渴时水当酒，困时肘枕头。
官宦撼山韧，匹夫志难休。
大树靠根发，小草亦绿畴。

短歌行

2022.1.20 夜

夜半更深，常坐累身。
晚露溥溥，晨霜洇洇。
征雁南飞，明月西沉。
何以记年，诗群词林。
耗我心血，作汝资薪。

春耕夏种，冬雪秋霖。
越陌度阡，旷想留存。
纳贤聚德，拜圣求星。
老而弥坚，后昆更菁。
元婴阁楼，羲之兰亭。
铜雀尚欠，梁园告成。
嘉宾聚首，柏梁传觚。
歌哉舞哉，鼓瑟箫笙。
叩问上苍，何时毕功?
岁时鉴行，天地证心。
百花盈园，无吾半分。
告慰先师，尧舜于今。

近体诗

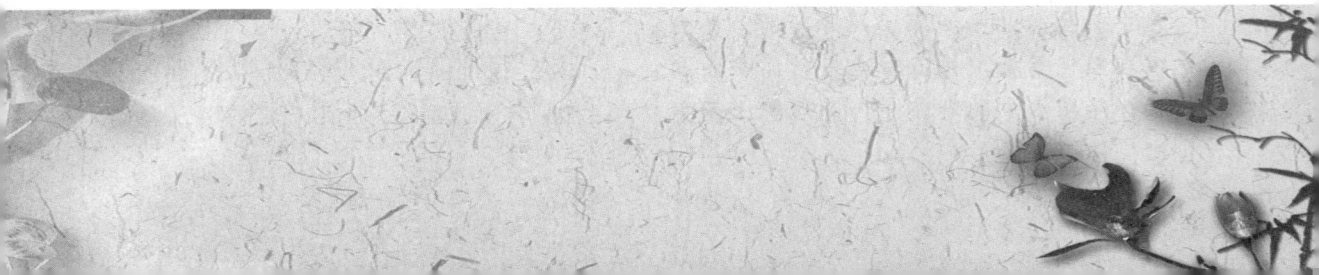

送友人

2003.10

霞染夕阳红，溱洮郑墠葱。
劝兄杯下酒，杞路玉无盅。
望眼浮云暗，扶栏洒泪穷。
凉亭登复看，雁阵过长空。

过通许访同窗

1995.9

阶前夜雨晓如疯，羁旅依窗盼彩虹。
渠岸濛濛新柳瘦，河滩郁郁草茎丰。
今朝不遣鸿传信，往事邮差鸽述翁。
思绪千般秋已老，离愁一片心自充。

寄情武夷山

（孤雁出群格）

2008.7.1

碧嶂拦闽水，重峦插宇空。
川开巴掌谷，峡锁路蛟龙。
烟笼高低翠，光辉深浅浓。
心随云顶上，志在险崖松。

小城晨景

2011.5.30

　　余早晨散步，不知不觉便走到了古护城河边，宽宽的河堤，在微风中发出轻微声音的大白杨叶，宽阔而寂静的河水中衍生着几丛芦苇，几片野荷，养鱼人在轻轻荡舟，并不时地用竹篙击打水面，浮在水中的野鸭子，身后剪出两串

人字，燕子斜冲而下，抄水而起，惊动了芦苇丛中的鹭鸶，冲天而上。河堤上有几个学生在读书。余一时兴起，随口占一首七律。

　　鸳呼蛙唤剪人连，芦叶荷田岸芷绵。
击打长篙碎花灿，轻颠小筏青玉悬。
穿云燕子斜抄水，腾苇鸬鹚直破天。
晨读堤边勤学子，悠然其实不悠然。

凭吊南阳诸葛庐

2006.5.7

演推八卦策书忙，伤势愁时蓍宛襄。
三顾茅庐创鼎足，七擒孟获定蛮荒。
托孤不忘兴西蜀，伐魏常思复汉疆。
四十春秋重吊古，汪洋淹没卧龙冈。

谒三苏坟①

2007.9

巴蜀移居颍水滨，伏牛深处有苏坟。
青山碧水诗词韵，石马苍松父子魂。
五姓八家享唐宋，一门三士振儒林。
细观碑刻情怀烈，复见铮容贯古今。

　　注：①三苏墓，位于河南省平顶山市郏县城西27公里处的小峨眉山东麓茨芭乡苏坟村东南隅。背嵩阳，面汝水，山川秀丽，风景宜人。北宋大文学家苏轼、苏辙与其父苏洵衣冠葬此。

鸿沟感赋

2009.4.21

鸿沟①见证项刘争，耳畔犹闻战鼓鸣。
九鼎从来血浇铸，王冠更是骨堆成。

形销饿殍农家泪，酒舞筵歌皇室笙。
唯有人民权在手，和谐和睦享和平。

注：①鸿沟，是中国古代最早沟通黄河和淮河的人工运河。位于今河南省郑州荥阳。东周末期战国魏惠王十年（公元前360年）开始兴建。经过秦、汉、魏、晋、南北朝，一直是黄淮间中原地区主要水运交通线路之一。西汉时期又称狼汤渠。楚汉相争时曾划鸿沟为界。鸿沟以西者为汉，鸿沟而东者为楚。

游郑风苑①

2003.8

翠柏青松莺唱川，碧裙红蕾柳生烟。
绿波撕碎湖中影，金鲫连成水面船。
丝竹飘悠天际闻，吊桥晃荡眼前悬。
洧溱汤荡流风韵，女曰鸡鸣②千百年。

注：①"郑风苑"是以历史上春秋初霸郑国的文化史实为背景，临河而建的集休闲、娱乐与追思、研究郑国文化为一体的公园。②"女曰鸡鸣"乃《诗经·郑风》中的一篇。

再观海

（孤雁出群格）

1996.5.11

后浪怒推前浪翻，危墙丘岳又成渊。
机帆数点船乘浪，黑幕千层海吻元。
往世今生谁悟透，休囚病死自衡权。
律规不以人移转，违和焉能保泰然。

枣园风情

（孤雁入群格）

2002.8

古树株株交错连，红珠粒粒叶间圆。
轻抓宝石晶莹绿，衔住黄榴翡翠妍。
升起丹田思食味，消沉腹内欲升仙。
绵绵千载传朱果，笑语迎人逐枣喧。

注：1979年，在"裴李岗遗址"出土的第二批文物中，由中国社会科学院考古研究所专家鉴定：发现八千年前的"枣核"，足以证明新郑红枣已有八千年的历史。《韩非子》一书对枣有最早的记载，可见，新郑大量种植枣树最少也有两千多年的历史。

戈壁之魂

2009.6

戈壁滩风沙漫漫，黄烟滚滚，干旱少雨，风景凄荒，鸟兽不存，人迹罕至，唯有俗称千年不死，死后千年不倒，倒后千年不坏的胡杨树傲寒凌沙，独成为荒漠的一道风景线，堪称沙漠之魂。

瀚海凌沙雨，戈岩傲雪霜。
长根穿铁土，耿骨柱皋阳。
一世成雄魄，千秋做战骧。
忠贞谁敢比，气节自吾强。

红旗渠

丙戌年春

人民立志铲山忙，十万天兵战太行。
千里银河行峭壁，一渠碧水润穷乡。

巨龙卷浪清漳到，秃岭荒山换绿装。
血汗花开结硕果，牛肥羊壮谷盈仓。

作　诗

2007.3

秀水灵山诗配画，支花棵草也含情。
片岩独木皆能用，想象夸张展翅行。
敏锐精深观察力，褒扬针砭笔端声。
符规押韵牢牢记，心有灵犀一点明。

厦门游

2008.7.2

海在城中作浪丘，山堆海内矗高楼。
避开白昼骄阳睡，听唱三更皓月讴。
车去车回蓝水底，鸥飞鸥落鹭鸶洲。
四时芳馥三茬果，来往商船几掉头。

泥水工

2008.10.20

顶秃毛稀双鬓白，纵横满面瓦楞沟。
筋挑皮糙公鸡手，齿掉唇干哑嗓喉。
裤腿斑斓泥水染，布衫破损砟砖留。
风霜岁月参和过，至少纾磨梦里愁。

注：2008年以前农村房屋建筑一个
农民工杂工一天的工资最多是二三十
块钱。

项　羽

2009.4.20

拔鼎扛山号楚雄，沉舟破釜断回戎。
功输霸上慈人念，败获乌江恶浪洪。

百二秦关成落日，八千子弟未归东。
矜持狂妄重瞳短，剩有乌雅哭昊空。

注：中国史书上记载项羽目有重瞳。

杜甫故里瑶湾遐想

2010.4.22

笔架山前细考研，瑶湾洞外想先贤。
寒门才子肩高义，妙手茅堂握巨椽。
怒叱歌功旌表语，高扬抨斥讽讥篇。
滔滔洛水流千古，邙岭青青叹纪年。

注：杜甫家住的窑洞建在笔架山下，
杜甫埋葬于巩义市境内的邙山岭上。

黄山景

2010.4.25

峭壁飞流出绿嶂，琼楼玉树傍银涟。
飞红凝紫生妍璀，铺翠染枫包丽天。
云海温泉酿仙境，奇松怪石秀千般。
无穷宇宙乾坤袋，变化恒于一瞬间。

荷　塘

2010.7

荷叶田田作舞裙，旋生一阵紫芳芬。
长卿宫苑排兵阵，①翠玉杆头二女军。②
骀晕夏风翻碧浪，摇醒秋水聚鱼群。
蛙声阵阵消清夜，催皱方塘漾潋纹。

注：①"长卿宫苑排兵阵"，指"兵
圣"孙武（孙子）见吴王，受任为将，训
练军队，以报楚仇。吴王问："可以用妇
人试试吗？"孙武答："可以。"吴王允。
于是从宫中选出美女百人。孙武将之分为
二队，以吴王的宠姬二人各为队长。训练

中，二人大笑。孙子反复强调军纪。仍不听。孙子下令将左右队长斩首。②"翠玉杆头二女军"指荷花骨朵。

赴民权招生

（孤雁出群格）

1995.4.18

肠鸣腹内欢，嗓冒干喉烟。
尘土遮风挡，汗珠赛雨绵。
群星天幕挂，饭店路边连。
闪闪车灯亮，茫茫旷野穿。

夜　思

（进退格）

1995.12.28

夜到深时犹自痛，男儿有泪不轻弹。
非因冷血伤心处，缘是殷言绕耳环。
创业何需英气短，守成只要鼠光阑。
欣迎路上千重嶂，告慰苍天带笑颜。

明　白

（新韵入群格）

惟能困苦塞肠饥，领导无须侧耳悉。
荒土炼金何所用，益言载道步云梯。
是非非是人间事，云覆覆云唇上题。
笑脸从来和泪看，柔情化作一行诗。

庚寅年中秋夜赏月感怀

庚寅年仲秋

当空轧露银盘挂，瀚宇星嵌三五瑕。
素女愧惭吞妙药，①吴刚懊恼醉仙涯。②

臼中生粉酬宫兔，③树上凝珠浸桂花。
泠夜青光人望尽，不知秋思在谁家。

注：①《淮南子·览冥训》："羿请不死之药于西王母，恒娥窃以奔月。"②吴刚伐桂，道教典故。相传吴刚是樵夫，西河人氏，醉心于仙道，但始终不肯专心学习，天帝震怒，把他留在月宫，要他砍倒桂树，方可获仙术。③相传有三位神仙变成三个可怜的老人，向狐狸、猴子、兔子求食，狐狸与猴子都有食物可以济助，唯有兔子束手无策。兔子说："你们吃我的肉吧！"就跃入烈火中，将自己烧熟，神仙大受感动，把兔子送到月宫，成了玉兔。陪伴嫦娥，并捣制长生不老药。

痴

（辘轳格）

1996.7.19

喂饱蛾蚊能睡觉，冻疮满脚笑开颜。
玻璃窗坏真凉爽，木板床光似炙丹。
住校三年忠职责，过家半次怕时间。
且将薪水当经费，唯有赤诚心里安。

晚　餐

1996.11.28

心中挂念师生事，电掣流星掩月穹。
村里频传香饭味，口中狂咽涩霜风。
提包倒转余心喜，烧饼残渣两手笼。
餐与饥肠拍饱肚，直呼美味送寒宫。

登八达岭长城

1987.9.28

闪转腾挪意欲腾，遮风挡雨展芳菁。
羌兵匈骑寒风烈，火炮雕弓热血贞。
胡服扬威成历史，汉装复盛获新荣。
居安莫忘清宫恨，前鉴随时会发生。

长 征

2016.10

欢呼山震撼，泪水长江浪。
斧子镰刀锐，红军战士强。
驱倭头可断，荐血国存亡。
推倒封官帝，吾华笑脸扬。

大渡河铁索桥

1987.10

玄冰化作索桥连，烈火熊熊熔铁顽。
生命铺通天堑路，身躯阻断弹枪绵。
丹心铸就轩辕剑①，鲜血花开展笑颜。
日月山河九州变，莺歌燕舞换新天。

注：①轩辕夏禹剑。中国古代十大名剑中的第一名剑，是众神采首山之铜为黄帝所铸，后传与夏禹。剑身一面刻日月星辰，一面刻山川草木。剑柄一面书农耕畜养之术，一面书四海一统之策。

过梁山忆水浒

1994.11

草菅人命害苍生，结拜梁山歃血盟。
行道替天惩恶劣，义旗高举护孺婴。

招安企授花翎戴，忠孝希遮聚义声。
毒弟谋兄剿一类，千年耻柱钉公明。

庆祝中华人民共和国成立六十周年大阅兵

2009.10.1

金戈铁马战旗红，导弹雄鹰震地空。
强将精兵献忠胆，蟊贼敌寇动颜容。
扶持五岳三山稳，推动江河湖海汹。
守土卫国民乐泰，地天合璧筑长城。

赶 集

2010.5.20

翁妪相跟喜气昂，前牵后拽去墟场。
离家远近一公里，说地谈天不紧张。
包子凉皮豆腐脑，油条烧饼胡辣汤。
调调口味强身骨，美满安康福寿长。

伯乐相马①

2002.10

伯乐能相马，赖于双目明。
制柙猿作狱，造圈豚亦同。
辱没庸人手，难驰千里程。
其真无马也，实是不知能。

注：①《韩非子说林下》：伯乐教二人相踶马，相与之简子厩观马。一人举踶马。其一人从后而循之，三抚其尻而马不踢。此自以为失相。其一人曰："子非失相也，此其为马也，蹄肩而肿膝。夫踢马也者，举后而任前，肿膝不可任也，故后不举。子巧于相踶马拙于任肿膝。"夫事有所必归，而以有所肿膝而不

任，智者之所独知也。惠子曰："置猿于柙中，则与豚同。"《战国策·燕二》：人有卖骏马者，比三旦立市，人莫知之。往见伯乐曰："臣有骏马，欲卖之，比三旦立于市，人莫与言。愿子还而视之，去而顾之，臣请献一朝之费。"伯乐乃还而视之，去而顾之，一旦而马价十倍。韩愈《马说》：世有伯乐，然后有千里马。千里马常有，而伯乐不常有。故虽有名马，祇辱于奴隶人之手，骈死于槽枥之间，不以千里称也。马之千里者，一食或尽粟一石。食马者不知其能千里而食也。是马也，虽有千里之能，食不饱，力不足，才美不外见，且欲与常马等不可得，安求其能千里也？策之不以其道，食之不能尽其材，鸣之而不能通其意，执策而临之曰："天下无马！"鸣呼！其真无马邪？其真不知马也。

妻在病中

2005.9

车祸发生廿二天，依然疼痛不能眠。
耳听贤内呢喃话，手拭余腮泪水连。
冲便洗衣无怠慢，揉搓摩按更难闲。
祈求菩萨多施善，保佑吾妻早复痊。

又

2005.12

今日贤妻试步行，跑前跑后未消停。
忧愁已做乌云散，悲痛渐消怨水清。
两手搀扶心念定，一双拐杖动真情。
直追萧弄①鸿光②事，鬓发银丝伴旅程。

　　注：①"萧弄"，指春秋时秦穆公的爱女弄玉，和羽冠鹤氅，玉貌丹唇，善

于吹箫的萧史结为神仙眷侣的故事。②"鸿光"语出：《后汉书·梁鸿传》，指梁鸿孟光结婚后相敬如宾举案齐眉的故事。

论诗词大众化

2010. 10. 20

阳春白雪翘翘楚，下里巴人鱼鲫池。
沃土茁生参宇树，红花依赖绿芳姿。
国风来自平民语，雅颂成于贵胄辞。
终是曲高和者寡，源于生活出真知。

红四方面军北上长征

2010. 12. 1

霜天满目枫林晚，漫道雄关赤脚蹬。
门外贤妻肝胆语，山头送子母心声。
灯花犹照相思梦，针线欲穿千道峰。
炼狱熬经万般苦，换来山水九州红。

秋夜三部曲

1983

一

流火伏天生，衣衫汗渍呈。
芭蕉扇子动，蚊子大声嘤。
搬把低方凳，乘凉夜二更。
银河难指数，对斗叙家情。

二

寂夜日喧平，蛐蛐又放声。
露珠流面颊，宿鸟扑枝鸣。
浩淼天河亮，亮银寒月清。
邻居均入静，滴漏度三更。

三

习习夜凉风，枝头落叶桐。
天寒霜降到，秋尽复冬隆。
老少棉裤袄，娘亲桌上绒。
情装补丁布，心寄线针中。

山　游

1984 秋

林幽芳草绿，压顶暮云缠。
石上清泉荡，崖前彩蝶旋。
山鸡亮歌嗓，童子骑牛犍。
环视停身处，桩标两界边。

晨　催

1988 冬

闹钟响罢四时声，急步轻敲宿舍棂。
屋内窸窣生动静，院中人影已行匆。
求学途路千般苦，折桂家庭万种兴。
鱼跃龙门凭毅勇，角逐谁会讲交情。

登具茨山抒怀

1995.4

逐兔赶鸟人，登天摘启辰。
遂吾游广豫，牵象走阡尘。
壮志书诗史，痴情绘校春。
众心归向日，天地碧萝茵。

过杞县与老同学相聚

1995.9

荏苒时光数度秋，区区百里见人愁。
风华尽失留痕迹，白发偷生长满头。
换盏推杯思往事，停叉搁勺放歌喉。
叮咛几次分离后，再聚开怀八咏楼。

招　生

丙子年早春

汤阴任固镇，滑县瓦岗边。
金虎初昏落，银钩浅晓悬。
三更新露凝，黄杏旧枝圆。
吉利询何去，太康来电传。

谒欧阳修陵园

2007.5.15

铁骨铮铮号醉翁，丹心耿耿敕文忠。
江湖忧虑君王事，堂庙常思黎庶穷。
著作等身操守葆，安邦理国志图鸿。
苍松无意生烟雨，我辈常怀六一公。
注："欧坟烟雨"是新郑八景之一。

守　岁

2008

年关除旧夕，正旦启新芳。
辞去三冬日，迎来开泰阳。
冰消檐水冷，梅散院庭香。
春晚辞寒夜，倾壶待曙光。
注："春晚"指春节晚会。

一线天

（葫芦格）

2008.7.1

隙缝头顶天，半尺石阶宽。
玉滴珠圆露，苔生壁立鲜。
行刚身侧好，站却面正难。
刀斧何时劈，成之盘古前。

水　乡

2008.7.4

山外青山峰外峰，高低远近不相同。
地形绝少三平里，天气直无五日晴。
厦岛蚊飞蛾子大，武夷蝉叫哨连声。
湍急漩暴流江海，南域城乡处处青。

棋　战

2010.6.10

棋盘论战将和兵，逐鹿中原战火生。
呐喊摇旗三界震，助威击鼓鬼神惊。
昏天暗地腾杀气，拔剑张弓耀略缨。
帷幄运筹元帅府，功成名就万人坑。

马嵬坡

2010.10.20

虎旅宵梆传玉帐，铅光寒夜照军姿。
榴裙干政皇权日，苦雨凄风杨落时。
欲效天河牛女会，奈何桥上拥妖姬。
早知此夜金床冷，岂用胡人安禄儿。

海　棠

2011.4.19

刚睹岩前黑紫兰，又观枝上挂棉团。
塘边秀女翩跹舞，山道伊人笑口甜。
脚步轻移进门易，神魂颠倒出园难。
乐天亭下花香漫，曲径依然果不凡。①

注：①白居易在庐山居留，建有草亭，并写有"花径"二字。

和王国钦吟长壬辰贺岁

2011.11.27

老树抽新龙岁再，心花尤胜礼花开。
梅兰虽入千秋画，竹菊仍随七子①才。
玉兔常怀春药意，金龙邀上啸歌台。
典坟堆里寻风雅，元始门前琴键裁。

注：①"七子"，指魏正始年间，嵇康、阮籍、山涛、向秀、刘伶、王戎及阮咸七人。

附：壬辰贺岁

万里中原一老槐，心花喜共礼花开。
梅兰已绘千张画，春夏尤怜八斗才。
兔守歌飘桑梓意，龙吟谁上凤凰台？
情关百姓风关雅，虹影卿云自剪裁。

献给十八大

2012.4

镰刀锤子势如虹，铲净荆丛刺破穹。
接力全依传棒手，凌波还仗舵船工。
为民重在均贫富，兴国当和时代同。
社会和谐扶大厦，龙行四海马腾空。

游新安龙潭峡

2012. 5. 6

千回百转九龙湍，峭壁钢刀利斧穿。
昏暗犹如临晚夜，光明略胜破明前。
闷雷水箭连环阵，石倒岩残乱一团。
头顶蓝天难变换，轮回本在自然间。

过潼关

2012. 5. 6

玉锁铜关铁铸坚，兴叹于总①乏回天。
九侯尸醢人成酱，比干剜心身失全。
妲己②乱殷残绝后，帝辛③误国暴无前。
长河映照西阳景，水会浮舟又覆船。

注：①于总，指殷纣潼关总兵于化
龙。九侯，是殷纣的一个大臣，位列三
公。比干，是殷纣的一个大臣。②妲己，
冀州侯苏护的女儿，商纣王子辛的爱妃，
③帝辛，殷纣王，也叫商纣王，大名叫
子辛。登基后就叫帝辛。

杨家岭毛泽东主席旧居

（用邻韵）

2012. 5. 7

窑洞灯光彻夜明，狼毫巨著理论宏。
运筹帷幄歼雠阵，调遣谋划克敌兵。
小米南瓜兴大业，汉阳三八建奇功。
山沟马列红中国，千古一人殊世名。

惊闻外孙疾病复发

2012. 10

电话传来儿女哭，轰然蹲坐呆如木。
仰天长叹痛悲声，俯首歔欷鸣泣瀑。
愤恨青苍理不公，哀伤世缺真神术。
藏王快改姓和名，愿用吾身童子赎。

宴友人

2014. 4

熏风花绽满洋槐，燕子黄鹂见日来。
庭院盼着因客扫，荆门单等为君开。
佳肴市卖无曾备，薄酒家存有未拆。
奉与宾朋相对饮，倾囊把盏尽余怀。

题具茨山国家森林公园

2014. 4

春浓草色新，水绿镜湖茵。
红瓦骄阳照，轻烟暮鼓频。
争林松柏翠，呼伴鸟声亲。
尽现游人梦，难寻旧日尘。

南水北调中线通水感赋

2014. 10. 26

翻山越岭冲关隘，跨路穿沟画轴开。
一线沉沉南北贯，三河滚滚弟兄回。
流车铁马渠中走，云影天光镜里徘。
匹练何能清几许，源头送得蜜糖来。

黄 帝

2015.7

茨山云气悠，阡陌一望收。
万国归于统，轩辕分九州。
乘龙从此去，尚缺记源头。
泱荡黄河水，千秋华夏流。

勾 践

（进退格）

2015.9

屈身能饲马，越女醉夫差。
养战生民事，亡丧娶嫁钗。
卧薪不忘辱，尝胆志毋衰。
巧借黄池会，三千抒壮怀。

秋宵月下感怀

（孤雁出群格）

2015.9

子夜三竿月透窗，千家已进梦游乡。
枝头抵首喃喃鸟，床笫翻身笃意郎。
举案齐眉鸿孟传，投身裂穴祝梁二。
人人只道寒宫美，唯有嫦娥戚切伤。

三读《西游记》

2004.9

餐风宿野赴雷因，斩棘披荆历苦辛。
白骨累将三藏惑，金睛屡识枯骸身。
通天河渡心诚者，佛国犁庭枉沄人。
定海神针今亦在，中兴路上净霾尘。

端 午

2016.6.9

每逢端午倍思情，扶古追今感慨生。
不插艾条延旧俗，但尝黄酒叙升平。
谗言蛊惑君王壅，亮节高风屈子行。
千载忠奸兴叹息，几人湮没几垂名。

中秋对月

2016年中秋

茫茫宇宙玉宫阗，盼坐船儿去访仙。
月下对诗人两个，杯前把酒话千天。
同裁共剪黄金缕，饱蘸轻挥绿海川。
心有灵犀声韵到，素情长袖递司娟。

菊 花

东篱金线菊，叶促瘦茎殊。
虽让兰花蕙，芬芳亦馥隅。
未增樽酒色，却泛重阳珠。
堕地尤不忍，宁为抱枝枯。

喜见人日与立春同日

丁酉春日

2月3日23时34分立春的确非常罕见，上一次发生在1897年，距今120年，加上鸡年双春（年初的正月初七立春和年末的腊月十九又立春），又是闰年，长达384天，逢双必喜，鸡年吉利，无论是家还是国都会是好事连连！

双逢必添喜，鸡报吉祥回。
冬撵寒宵去，春随五更来。

福盈中华地，祸隐小瀛台。
澹荡茅檐日，瑶华处处开。

惊闻诗词界泰斗
霍松林先生仙逝

2017.2.3

惊闻西都凋泰斗，忘乎电话置几头。
脑中一片空茫处，喉管满腔存黏稠。
嘘叹哀伤千件事，长悲大意百层愁。
且将凄苦回肠咽，丰果心酸摆供酬。

许昌学院赏樱花

未睹樱花面，先闻处子香。
脚还在新郑，心已飞许昌。
急进群芳阵，惊停雪中央。
怎看不是雪，魏紫与姚黄。

上早学

1965 春

油灯水瓶做，纸筒挡着风。
坟近荒滩静，身前噌一声。
刹间头发竖，倏尔腿脚钉。
天晓冲龄意，公鸡远处鸣。

人与河

常从河上过，练就胆和歌。
黑夜白天走，秋冬春夏濯。
冰封踏冻面，暴雨渡横波。
河与人一体，相依生死约。

滚年景儿

1967.5

弓背弯腰平地坐，扯着直嗓哭喊徐。
脸黄肌瘦无精气，眼陷唇干盈泪漪。
米罐面坛无有米，榆皮杂草已稀粝。
可怜天下同一理，父母谁能不爱儿。

注：1942 年，整个河南出现大饥荒大旱灾。

初探周王坟

（新韵）
1967.7

扤着割草篮，翻越界牌山。
寻到周王墓，缩身洞里钻。
球圆将口堵，门厚把宫关。
越过金銮殿，棺材已散摊。

民兵拉练赴大鸿寨

1970 秋

球鞋土服赴鸠洪，火伞遮头卷爇风。
涧隙山泉池子浅，乾坤万里尽囊中。
身穿石鳞寻荒径，脚踏羊肠登险嵩。
陡壁悬崖攀隙上，九重云路定收功。

拉煤路上修车

1971.7

正午躬身鳌上匆，汗流如注土砸坑。
呼啪炮响绳襻紧，胎爆煤车搁路中。
点棍撑离三寸地，右轮卸掉巴掌窿。
剪刀铁锉和胶水，烤肉时间粘补成。

游子还乡

（孤雁出群格）

1975 腊月

三十三年还故园，爷们老少笑声淹。
坑街洼路尘遮面，旧屋残棚草盖黏。
叔伯弟兄须发染，孙男侄女眼光恔。
几家村妇门前坐，手中麻绳寸寸添。

锄　禾

1976.6

这边声起那边收，劳力调皮妇女羞。
曲背弯腰汗水滴，你追我赶比锄头。
路边垄间田头坐，三国隋唐与后周。
不管骄阳多么毒，扎方拾石乐元忧。

注："扎方"，形同棋类的一种地方游戏，在任何地方都可以开展，俗称摆方或扎方。"拾石"，一种地方游戏，用七颗石子握在手心里，然后伸开手抛高，石子落下时只接住其中一粒，让其他六粒自行落在地上。然后再把手中的一粒抛起，未等落下，就要抓起散落地上的石子。六粒石子分三次抓完。第一次一粒，第二次两粒，第三次三粒。抓不完算败。交由另一方接着玩。

夜　读

1977 年冬月

书中觅紫罗，又到雪花歌。
衣带渐渐胖，铅尘日日多。
伏天蒸汗渍，冬季冻疮罗。
欲想行天下，须要过此河。

露月感怀

北雁南征远，西风叶落寒。
求知赴贾鲁，思念在茨山。
学海行舟苦，书山踏径甜。
天涯穷尽处，秋实赏葱兰。

收　工

1980 秋

毛巾甩脖上，褂子敞开怀。
肩荷新镢斧，斜拖干树柴。
腿穿胖裤衩，脚踏露丫鞋。
口中坊间调，欢容笑脸排。

见人约会

1982

闪烁汴河潺，枝头鸟韵甜。
花重摇碎影，草密铺连滩。
四臂环搂紧，双心波浪翻。
清风欣作证，明月渡婵娟。

夏游黑龙潭

1984.6

匍匐溶岩洞，躬身梭子潭。
幽深成黑夜，亮浅造柴暄。
方讲新苔滑，人凫墨汁涵。
汤鸡捞得快，心比窟冰寒。

梦游三峡

1985.8

悬崖峭壁困龙蛮，秀丽风光旖旎湾。
十丈青天蓝缎带，三级绿水碧花环。
鹿鸣岸顶啼铜锁，浪吼深渊叩玉关。
直撞横冲鬼门闯，轻舟已过百重山。

夜书教案

1985.10

日日参商不见面，死拼获取早晨霞。
你争我抢干戈起，剑影刀光国作家。
鹬蚌相争看岸上，讲台竟做护园花。
秋风未有合书案，烟蒂已成杯里茶。

读《三国志》有感

1986.8

山阳反用魏钱铢①，病榻床前备托孤。
才尽周郎怀撼死，谋穷诸葛积劳殂。
纷争讨伐狼烟尽，三国回归入晋图。
白骨一抔成故事，江河东去鬼神呜。

注：①曹丕称帝后，封汉献帝刘协
山阳公。致使汉献帝反过来使用魏国的
五铢钱。

哭 母

丁卯年正月初二

促逝家慈鞋未亲，肝肠暴断苟生人。
苍天不佑收赢体，地府无端取弱魂。
数次哽咽暗哑嗓，泪飞径作雨倾盆。
冷风酷雪催残日，常把孝节书恨论。

读《长征·过雪山》

（进退格）

1987

山高人为嵩，云薄鸟无踪。
意志融冰雪，豪情战雹风。
红旗指引路①，思想武装胸。
铁斧砍荆棘②，雄关大笑通。
注：①"指引路"犯三仄脚。
②"铁斧砍荆棘"犯孤平，没办法调整。

秋夜笛声

1988.7

悠扬笛子馨，夜送广寒庭。
珠落盘敲韵，溪流潭击铃。
玉皇忘议事，元始罢传经。
佛祖挠腮耳，慌忙蚂蚁形。

熬 夜

1988 冬

钢板低声泣，蜡烛新泪滴。
青丝头顶掉，老茧指节皮。
胳臂时麻木，颈椎常痛嘘。
李桃天下满，何计复东西。

蜕 变

1989 春

脱发频繁朝下掉，眉梢褶皱似沟槽。
半根手指熏黄色，两鬓霜丝变杂毛。
脊背微隆颈长痛，眼圈黑暗目无毫。
粉尘染白胡须旺，汗水浇成嗓子高。

读《茅屋为秋风所破歌》

1990.8

高楼虽有万千间，寒士焉能避暑寒。
仕宦穷奢极欲尽，官绅鲜耻寡廉全。
轩堂美梦经年久，蓬荜糟糠度日难。
一唱雄鸡天下亮，神州再现舜尧天。

宵　夜

1990.11

夜深交四更，白露悄然生。
校院还沉寂，红烛依旧明。
滋滋钢板唱，汩汩笔尖吭。
蜡纸流清韵，曲曲净是情。

奋　搏

（进退格）

1991.6

汗水消融三尺雪，丹心迎候一春回。
银笺铁笔七州绘，课案书桌四海排。
笑傲荆丛攀险道，雄观天路为人开。
万枝千树榴花绽，今岁新高一步阶。

读《宋史》有感

1991.7

驿站陈桥成美梦，城头变换帝王名。
释权只用银杯酒，固国须要库马兵。
牛角钢枪侵北境，帛银州镇换和平。
暖风不解忠良意，饮马西湖歌舞夏。

读《苏东坡传》有感

1992 秋

当官视作等闲看，降贬升迁心自安。
豪放清新无左右，汪洋恣肆立文坛。
一支水调天人愿，赤壁两篇神鬼叹。
文曲从来多贵重，紫微唯有子瞻冠。

登　高

1994.5.20

临风伫立具茨头，妩媚春情尽目收。
乡镇村庄楼映日，沃原道路车学牛。
蓝天浩宇白云走，绿水方湖彩舫游。
杨柳枝头初翠色，山花烂漫胜金秋。

联　手

1994 秋

欢聚办公楼，情真意又投。
清茶洇肺腑，话语暖心头。
浴火重生苦，腾飞发展愁。
难关咬牙渡，来日庆丰收。

黄河桥上看黄河

1994.11.29

虹桥波上卧，车子往来稠。
画轴徐徐展，黄龙闪闪游。
暗流藏险恶，坦荡显温柔。
欲目穷无处，须登高塔头。

　　注：黄河中下游分界线在河南荥阳市桃花峪，立有黄河中下游分界碑。

观　海

1994. 11

虚怀尽纳百川归，滴水涓流亦不推。
沧海桑田无数次，乾坤宇宙有轮回。
白云苍狗闲哀叹，酷夏严冬徒自悲。
未必化蝶能万里，借得夸父笃行追。

临碣石感言

1994. 11

今临碣石前，细目海沧篇。
灿烂彰其志，幽明隐阔澜。
雄心华夏土，烈胆汉家天。
士子文人骨，史书曹氏三。

太康饯别

1995. 3

春促杏桃妍，风摇杨柳鞭。
兴高欣斗酒，心醉趁香眠。
几次倾壶尽，数番留意坚。
谢君今日去，再会待来年。

游岳飞故里

1995. 3. 10

精忠报国家慈念，还我河山还我人。
仙镇军中筹善策，风波亭上断英魂。
黄龙未捣留遗憾，青史当存泪洗身。
拍断栏杆思武穆，冲冠怒发詈奸臣。

注："仙镇"指开封朱仙镇。"黄龙"
指金都，即辽宁开原，时为囚禁北宋徽
钦二帝的地方。

返　校

1995. 7. 28

银汉横空夜，驱车走坂垣。
灯如龙起舞，树似栅拦盘。
空腹餐风露，干喉咽火燔。
人还乡外路，心返育英园。

送吴老师返校

1995. 8

日月如梭霜两鬓，迎来送往夏秋冬。
投之桃李终难忘，报与琼瑶敬百盅。①
谓我何求杨柳雪，②忧心无奈滞留公。
多番告予别离意，几次模糊泪眼红。

注：①"投之桃李，报于琼瑶"源
于《诗经·卫风·木瓜》。②"何求"
"心忧"源自《诗经·王风·黍离》。
"知我者谓我心忧，不知我者谓我何
求。""杨柳""雨雪"源自《诗经·小
雅·采薇》。"昔我往矣，杨柳依依。今
我来思，雨雪霏霏。"

送别张文庭老师

1995. 8

蓬莱驾到业师亲，远接长亭情谊真。
十载牵肠难得见，终年思念苦分身。
彩霞铺路迎车驾，玉液盈杯献贵宾。
洧水溱河东入海，春风杨柳送归人。

谒柴王墓有感

1995. 9. 20

应龙早已去，空剩土荒丘。
倘若周皇在，不知何所谋。
豪情将北扫，高义负金酬。
稚子称万岁，干臣岂俯头。

中秋夜旅居太康旅馆

1995 仲秋

昔年八月中秋夜，柴院妻儿赏月欢。
今岁良宵在何处，太康旅馆大门前。
望乡西北思潮乱，见月东南几次圆。
兴校实干谁理解，情深今晚忆婵娟。

博

1995. 12. 25

膀子生来承压力，弹簧遇压更无萎。
寻欢困境雄心壮，拂痛宏图怯懦衰。
开拓或然多险阻，守成将定失良棋。
只知学校前途重，哪管妻儿话语悲。

寄　妻

寒门子弟有谁提？汗水换回云步梯。
折桂从来多阻碍，登山只有少敲鼙。
溜须丁谓和珅事，振国刘墉氹拯题。
自古华山通险道，风风火火氕对妻。

登泰山

1996. 5. 8

脚着登山屐，身倾脱帽梯。
天街听杜宇，峰顶沐晨醍。
叠嶂重峦茂，波平海面畦。
水天连接处，跃跃出金鸡。

泰山天顶阁遐思

1996. 5. 8

石头几块垒成山，登顶封禅秦始元。
顶礼告天天子礼，匐身拜地地兰萱。
普天之下皆王土，率土之滨属我颁。
受命紫虚称万岁，乾坤锦绣随朕观。

元旦之夜

1997 元旦

轻歌曼舞妙餐堂，翻滚劈叉摆战场。
小品相声三句半，昆曲越调二八腔。
高山流水弹琴韵，空谷传音旋律扬。
新雪皑皑生暖意，灯光灿灿胜阳光。

家　访

1997. 2

郏县方城临汝走，淮滨固始又光山。
太康周口趋商水，鹿邑淮阳赴皖边。
修武孟津回武陟，汤阴滑县转长垣。
三阳开泰春行早，收获须当播种前。

端午奠屈原

1997.6

满朝庸怠汝清醒，怒喊哀呼谁愿听。
两代妄君痴做梦，一朝干国目难瞑。
山川沃土供秦用，宗庙朝堂化笑聆。
泪作狂涛千载吼，心包米粽慰英灵。

示　儿

1997.11.20

少年立志效前贤，数理文章要占先。
独木支桥英勇胆，无涯学海善划船。
人生坎坷多魔折，山顶平途不怕坚。
吃尽今天千种苦，蟾宫他日折枝妍。

王母娘娘洞

1998.4

行宫建在陡崖间，万代香风缥缈烟。
信众祈求功果满，游人祷告赐福缘。
娘娘嫘祖心慈善，织布缫丝做锦棉。
坐地日巡八万里，观察世上苦和欢。

感于康乾盛世

1998.8

秦皇汉武唐太宗，玄烨雄才遑让名。
饮马东南平漠北，挥鞭蒙藏附京城。
乾隆承继康雍业，国运发达清史峰。
前后三朝开盛世，胤禛一代数头功。

无　题

历朝名士是真多，早有殷商双子硕。
力竭精疲卸辔头，筋钢骨铁添柴麦。
谁言硕鼠不优先，冷煮青蛙需慢拍。
自古儒生梦做官，郑人何必重孚白。

把酒问月

1998.9

广寒明月几时有，东海苍空晏夜头。
浩渺烟波青黛在，霜晨丽日瀚河收。
恒娥挽袖思夫舞，玉兔梳妆与甚求。
只把银杯邀皓月，香醇愿为金樽留。

再读欧阳修《朋党论》

1998.10

结党营私古到今，拉帮集派网耕深。
贪财图利人人干，腐化淫奢伙伙暗。
鬻爵卖官堂上坐，投桃报李室中斟。
幸阉弄宠倾朝野，稳厦还需定海针。

自　慰

1998.12

运交华盖欲何求，害怕担惊祸降头。
遇事撤身求自保，见人少话不随流。
炎凉冷暖窗前悟，狗友狐朋脑后悠。
故纸堆中珠贝拣，管他冬夏与春秋。

接我儿清华大学录取通知书

2002. 7. 15

手捧通知人顿傻，心潮澎湃落涟花。

呀呀学语言萌志，十二寒窗获画沙。①

立雪程门垂首拜，②囊萤凿壁渡浮槎。③

三迁实现蟾宫梦，④他日门庭再挂花。

注：①借用岳飞小时候用荻子杆在地上画沙练字的故事。②杨时拜向南宋理学大师程颐学习，为了不打搅程颐休息，冒雪立于程颐门外。③"囊萤"出自《晋书·车胤传》："车胤恭勤不倦，博学多通，家贫不常得油，夏月则练囊盛数十萤火以照书，以夜继日焉。"典自（汉代刘歆《西京杂记·卷二》）："匡衡字稚圭，勤学而无烛；邻居有烛而不逮。衡乃穿壁引其光，以书映光而读。"④《三字经》里说："昔孟母，择邻处。"孟母三迁，即孟轲的母亲为选择良好的环境教育孩子，多次迁居。

嘱　儿

2002. 8

牢记叮咛进校园，雄心莫灭化书难。

坦诚大度心胸广，谨慎谦虚道路宽。

积淀文明神圣地，情怀陶冶好机缘。

人生之旅从今始，展翅鲲鹏上九天。

瞻仰毛主席遗容感怀四首

2002. 9. 3

诗词书法

（辘轳格）

浑然大泽龙蛇舞，激越昂扬神鬼吟。

正道沧桑肝胆照，花开水泄感情伸。

苍凉豪迈风雷动，意气襟怀理想淫。

唐宋书家皆羡慕，挥毫尺幅见精神。

理想谋略

割舍亲情拯国难，砍头何必怕离分。

疾呼敢把乾坤换，奔走誓将牢狱焚。

辟地开天依马烈，斗争革命著雄文。

经纶谋略逾中外，华夏堪称第一君。

爱民襟怀

常思突破周期律，服务人民镜子新。

铲腐钟鸣雷震宇，惩贪锤落力千钧。

闻贫洒泪牵肠肚，减食节衣亏己身。

艰苦期图家国富，更生希冀做唐秦。

深情怀念

天南海北来瞻仰，各揣悲伤敬畏心。

目睹遗容人颤抖，泪流盈面嘴唇频。

轻移脚步棺旁过，慢绕担惊领袖神。

天地功高昭日月，江山祈保万年春。

二游颐和园

2002.9.4

黄瓦红墙万寿山，曲廊绿水玉桥连。
苏州街上风光秀，戏院楼高母子欢。
割地赔银咽肚里，丧权辱祖落潸然。
忘怀避祸长安路，守旧何来有舜天。

暖春不如冬

2003 春

经冬复到春，聊赖百无人。
非怕权威重，担心友问询。
路同情相左，调异话不亲。
宁做青莲去，生无拍马心。

轻　身

2002.9.5

长呼口气去辕门，从此不当木偶人。
蟠岸叟扔鱼钓线，大风歌起马腾云。
白袍公瑾忠王事，拼命三郎笑世尘。
勘破南柯已经晚，一言七窍乱离魂。

读《资治通鉴（汉纪）》

2003.5

筹谋兴汉赖萧张，遣将排兵靠三王。
盛世太平文景治，开疆拓土世宗忙。
专权董卓朝纲乱，挟帝欺天孟德狂。
天下三分争正统，葫芦有样魏先亡。

感　叹

2003.3

花钱渴望换皮鞋，扎本一心为发财。
摔下金银铺仕路，捡回珠宝撞门台。
亲兄热弟高声喊，邻舍同窗下眼唉。
吃喝搓牌几件事，品行能力后边排。

屈　原

2003.6

暗箭谗言难堵防，信诚人品敢诽伤。
丹心一片安邦国，信誓残书念楚王。
古庙千秋碑没字，蒲芦百代叶含香。
清醒换得人讪笑，端午秦人斟玉浆。

自　乐

2003 春

宅前方寸地，垦作菜疏园。
乐趣田中找，愁怀广宇湮。
开门看美景，闭户展银笺。
专志研经史，倾情你我安。

婚　庆

（进退格）

2003.8

花开并蒂同船渡，比翼双飞连理情。
父母欢欣心上笑，夫妻幸福鞠三躬。
亲朋好友都来贺，瑟鼓琴和共颂声。
举案齐眉梁伴祝，如宾相敬孟襄鸿。

三月三拜祖

2005.3

三月初三上巳，全民飨祭轩辕。
万邦一统华夏，肇造文明纪元。
壮阔波澜启后，开来继往承前。
同心协力追梦，慰藉煌煌祖安。

河

2005 春

繁花满眼又如何，妙笔难生半首歌。
四季熏风含异味，一渠流水缺清波。
行人路过严捂鼻，水鸟临空不落河。
叶茂草肥成湿地，哪天还会摸青螺。

路受颠簸感怀

2005 春

超载货车如水流，痛心公路苦哀求。
十年寿命三冬尽，日夜煎熬往返稠。
基础不平藏软硬，铺油厚薄照常收。
顽症怎样能治好？监管公开信息流。

广场风景线

2005.7

琴瑟丝弦卷席筒，银屏广播展民风。
麻将扑克棋盘响，交谊陀螺滑旱冰。
彐绢彩绸扇子舞，长衫银剑太极功。
围听坐站人谈论，古往今来大事情。

不明白

2005.10

地上未标斑马线，杆头没有绿红灯。
宽平路口花池挡，车密人多大祸生。
处理不公要说法，两条中线怎能通？
公交转向调头过，就是行人不准行！

同学聚会

2006.3.5

春秋数度重相会，悄易颜容鬓发衰。
话语殷殷言后愧，酒杯满满盼常回。
思及往事如前日，说定明年莫再违。
分手声声道珍重，呜呜咽咽泪相垂。

乡亲情

2006.7

得空回家亲友访，欢颜笑语不停声。
叔们见问几时走，侄辈忙询早晚行。
弟弟张罗吃午饭，哥哥邀请到家停。
情真意切心肠热，一再留连又不成。

春节寄语陈继成老师

2007.1

依然总是忆当年，常记殷实肺腑言。
满腹经纶生智慧，一腔热血育梅莲。
讲台洒汗耕耘细，粉笔书情播种坚。
彩绢相思恩惠重，每逢元朔寄心丹。

贺《轩辕诗社》换届

（孤雁出群格）

2007.3

溱流洧韵润轩辕，郑俗韩风津社田。
细作深耕苗茁壮，精浇勤灌百花妍。
红霞手下千重彩，铁笔锋头几处泉。
团队高擎接力棒，征程再续谱新篇。

晋南九女仙湖

2007.4.30

琵琶铜镜两山间，葳茂双峰落碧渊。
绿水荡舟游鹭伴，清波划舫赏人牵。
湖中散淡香烟绕，岛上复重仙迹盘。
眼看日将山顶罩，车轮打转不思还。

看《贞观长歌》有感

2007.5

雄才大略启贞观，胆魄无前醒后贤。
薄赋轻徭解民苦，兼听察纳满朝欢。
和亲凸显胸怀广，征战潜藏盛世安。
盖过舜尧秦宋汉。武功文治第一篇。

母校寻影

2007.6.29

历尽沧桑重会面，风华正茂净新颜。
立身渠岸拂垂柳，行走河沿忆放船。
堤上难寻足迹去，林间隐有世人言。
楼堂路树初时样，水管一旁泪似泉。

无妄吟

2007.7

生来不喜利和权，只想安心事业专。
明辨是非持正义，察言观色识忠贤。
艰辛难挫昂扬志，顺境烦听拍马言。
山水放歌求自我，挥毫提笔写江天。

再登风后岭感怀

2007.8

骄阳悄悄归，坡上晚霞晖。
飞鸟扶双翅，时人抱悃威。
才华随逝水，理想逐云飞。
天地之悠远，怆然而泪衣。

蜡　梅

（孤雁入群格）

2008.1

柴骨傲霜天，星花绽雨前。
暗香羞冷雪，疏影胜寒蝉。
绿叶迎新岁，红颜送旧年。
清魂归泥土，芳泽畅春园。

无　题

2008.6.9

登门时节叶初黄，品茗雅居茶未凉。
往事十年堪忆旧，同窗二载续新章。
日常忙碌交流短，疗疾致休安慰长。
莫道洧溱双水浅，论情远胜海和洋。

鼓浪屿断想

2008.7.3

道光庚子炮声长，轰倒家门进列强。
鼓屿号呴遭践踏，虎狼咆哮逞凶狂。
灵魂控制摧人性，尸骨牢中灭迹忙。
一部百年仇恨史，国人牢记国之殇。

赞北京奥运会

2008

鸿燕长城舞，环旗配俏娃。
鸟巢朋友会，水馆队员家。
竞技群芳秀，看台肤色差。
病夫风采展，华夏戴红花。

漫步太空

2008.9.25

群星暗淡众家瞠，独耀穹隆华夏荣。
漫步青霄八万里，巡天遥看九千城。
安家宇宙攻深宇，探秘空间铸和平。
两步合成一步走，敦煌神女俏颜生。

郑东新貌

2008.10

璀璨明珠耀古城，方圆百里展新容。
中心会展钟灵秀，艺馆东方竞靓形。
草绿天蓝湖澄亮，楼高路广市文明。
东西南北商家聚，凤落梧桐友客盈。

夫子吟

2008.10

秋闱考院桂香宫，苍狗白云弹指终。
竞利奔名秉灯灿，春风桃李满乡红。
东篱菊伴吟梁甫，抱瓮浇园卜隐翁。
苍玉犹然遮草露，生花八斗砺增功。

教学生涯感怀

2008.10

春风筑梦柳芽鲜，夏日骄阳汗透肩。
秋夜驱蚊书教案，冬天飞雪改文篇。
年年有季七八九，硕果累累一二三。
桃李不言蹊自就，门生齐聚会蟠筵。

冬日感叹

2008.12.21

　　内弟病重长期住院治疗。为了照顾内弟，妻每日奔波于医院和家庭之间，两月前妻行边路也被酒驾撞伤。余终日陪伴身侧。虽说已将肇事车车牌号报案于交警大队事故科，但种种原因，至今事故处理未有任何进展。在这寒风凄凄的严冬，加上如麻般的思绪，一直到晚上才吃上北方习俗冬至日必吃的饺子。思天地想人事，感世态炎凉。提笔写下：

凛冽寒冬风啸啸，病人凄苦怒滔滔。
扬长酒驾飞车去，留下呼声传九霄。
态度坚决心里暖，语言感动室中嚣。
送别门口离开后，终作冰池浸体泡。

汝陶魂

2009. 3. 25

莽郁苍葱卧伏牛，汤泱汝水育英俦。
泥胎拨动轮盘转，陶瓮凝思收五洲。
青釉白瓷魂魄铸，金樽玉液夏春秋。
龙腾虎跃风云起，破浪行舟百舸头。

梦

2009. 3. 29

金顶辉煌，庙宇轩昂，层层山洞，
曲折羊肠，惊险异常。红日坠，路途迷，
青草台，陡峭壁，绿草流汁，碧水荡漾，
际无去路。决意涉水探路。山民淳朴善
良，实心诚意，不计报酬，带路出险。
彼实感社会关爱他人，互相帮助，尊师
重教之风盛也。

峰顶辉煌庙宇盘，羊肠连洞陡坡旋。
金乌西坠迷失路，无首苍蝇乱撞栏。
淳朴乡民争奋勇，师生欢跳乐开颜。
互相帮助世风盛，礼教传承胜大山。

清　明

2009. 4. 4

城乡道路一条绳，扫墓之人梭子行。
座座坟头黄表纸，家家原野炮鞭声。
踏蔫坡上尖尖草，眺望空中荡荡筝。
祈语鞭炮莺燕唱，混和盛世报升平。

霸王城吊项羽

（孤雁入群格）

2009. 4. 20

沉思凝目两军城，双耳如闻鼓角声。
力拔高山雄盖世，号令天下霸王征。
沉舟指向秦关破，破釜旗收六国兵。
贞妇之仁图竖子，楚歌催染满江红。

汶川地震三周年纪

2009. 5. 12

地北天南共辱荣，五湖四海献真情。
齐心不辍难关渡，协力诞生希望行。
万户新家胜旧宅，几池旧市换新城。
抚平伤痛需时日，企稳安馨闻晓声。

焦裕禄赞

2009. 5. 22

一颗丹心昭日月，清风两袖为人民。
治沙忧叹农桑苦，除害伤思兰考贫。
把雨焦桐明壮志，披肝沥胆献赢身。
桐乡告慰焦书记，燕舞莺歌换旧春。

感　怀

2009. 5

染疾要住医院，彻底检查一遍。
莫管关联有无，反正都要结算。
盈亏自负良方，效益应该首选。
合作医疗好极，公私两面捐献。

七律·中元节

2009

一方黄土一方人，清水湾湾面和匀。
米麦做成风味食，高粱酿制酱香醇。
亲兄热弟居同室，错节盘根血脉亲。
送喜熊猫登宝岛，团圆和睦万年椿。

宅家记事

门前访客稀，轻不启柴扉。
冬竹生新叶，瘦梅着旧衣。
煮清冬院雪，沐绿夏畦葳。
酒等飞来燕，琴迎复始晖。

感叹杨贵妃赐死

2009.9.28

地藏偏收独幸人，荒坟百代葬孤嫔。
天生丽质羞花貌，运造荣华极欲身。
宠幸红颜留祸水，忘怀社稷舍千椿。
白绫三尺成冤鬼，史笔竟呵皇帝仁。

龙之恋

（孤雁出群格）

2009.10

圣庙云盘蒸险峰，平川汽聚挂霓虹。
珠喷龙口收淮水①，铁隐具茨遮岳嵩②。
岩画山崖黄帝德③，图腾方域舜尧功④。
熊吟虎啸千秋事⑤，认族归宗续旧风。

注：①沂水河发端于黑、白二龙潭。

②具茨山处嵩山之东伏牛山之余脉，山有铁矿石。③具茨山地区石壁上古人刻画有众多的书契符号。④龙是中华民族的图腾。⑤具茨山下曾经是黄帝驯虎伏黑的地方。从古到今一直有太古沟驯兽场之传说。

奉答周拥军先生庚寅抒怀

2010.3.10

腾龙跃虎啸苍茫，纬地经天傲雪霜。
茂叶深根参宇树，扬鞭催马战西阳。
鲲鹏不惧扶摇远，燕雀尤愁展翅长。
指点江山存壮志，国恩欲报奋蹄昂。

附：庚寅抒怀

握蛇骑虎迎初阳，斗转星移鬓渐霜。
常对雄心寻大道，懒为盛世吹笙篁。
一腔沸热血难冷，多病伤寒志未偿。
欲截昆仑三两段，与谁放在枕囊旁。

注：在《平水韵》中"迎"为平仄通用。分别在"八庚"和"二十四敬"中。这里做仄声用。

再临荥阳

2010.4.10

柳翠桃零桐绽蕾，东君送我古皋城。
索河热切滔滔笑，汜水温情默默鸣。
领略诗乡山水美，感怀慈善枣京情。
置身关外①心潮荡，祈祷书香味更盈。

注：①"关外"指虎牢关。

玄都观

（孤雁出群格）

2010. 4. 10

檀山柳翠拂清溪，烟雨熏风满浅池。
登眺才思融暖意，踟蹰始觉曲廊奇。
瀑春青石银花乱，茵剪英峰翠绿规。
慢道寻仙不曾见，诗豪陋室赋新诗。

康百万庄园感赋

2010. 4. 22

求财退让端洁后，勤俭余留度日前。
礼乐诗书传世代，芝兰孝悌富家园。
功泽桑梓乡民乐，疏尽银钱宅院安。
驱寇捐银超百万，有国才会有福田。

诗　韵

（孤雁出群格）

2010. 5. 15

不分南北与西东，仄仄平平要记清。
承续学研师古制，创新发展写新评。
律诗根在齐梁体，词韵蒙于近体成。
元曲因应时代唱，同吟合咏谱新声。

诗词界的半瓶之水

2010. 6. 10

死记平平仄仄平，通篇白话叙分明。
囊如上海瘪三样，口似魏国子建称。
只见水缸三尺浅，不闻天地有几层。
欲知诗海词洋景，横看成丘侧看峰。

诗词中的词序颠倒

（进退格）

2010. 6

夸张想象和含蓄，语法修辞莫废之。
并列联合能互换，偏正固定序要依。
对接单句中心语，复句厘清关系词。
颠倒顺接看表意，诗成之后记析题。

读张海阔吟长《诗联墨浅尝》

2010. 6

笔走龙蛇天地籁，韦编①岂可敌张裁。
珠玑粒粒银盘落，璞玉方方上琢台。
虽未真心填应制，确存诚意写兴衰。
陆游贾岛无其右，索水催生李杜才。

注：①韦编三绝，出于《史记·孔子世家》的典故，原为孔子为读《易》而翻断了多次牛皮带子的简，现用于比喻读书勤奋。指称张会长为裁剪高手。

同心斋诗文集付梓书贺

庚寅年癸未月

字里行间肺腑心，片言只语净黄金。
阳春白雪清优韵，下里巴人敦厚音。
妙语连珠坊间取，三分入骨社中寻。
吴生涂壁求无处，诗鬼诗狂诗骨临。

心　愿

2010.7

情志依几攻五典①，心思伏案究书图②。
阳春白雪心中诵，下里巴人笔底呼。③
八斗元才霜后季，五车学问子前孺。
鸣高不惧飞长远，流久何愁近却无。

注：①"五典"指的是我国最早的古籍，出自《左传·昭公十二年》："是能读《三坟》《五典》《八索》《九丘》。"②"书图"指"河图""洛书"。③《阳春白雪》和《下里巴人》都是楚地民歌，前者极俗，后者极雅，出自宋玉《对楚王问》。

游鄢陵花博园

2010.10.8

设若唐雎①今健在，许由②洗耳纳民论。
范苏③千古观花会，甘露④冲龄渡午门。
虽短红梅秋放蕊，却增黄菊日团魂。
步移迁景寻常事，古往今来帝苑尊。

注：①"唐雎"，指《战国策·魏策四》，《唐雎不辱使命》。②"许由"源自汉蔡邕《琴操·河间杂歌·箕山操》：许由洗耳的故事；许由乃是五帝尧时的贤者。③"范苏"指范仲淹和苏轼到鄢陵赏花会的故事。④"甘露"指甘露冲龄做宰相的故事。

看垂钓

堤边柳下坐，长垂严陵钓。
悄然西落日，缓慢收竿梢。

人间偏苦短，太虚无长宵。
借问荡舟子，可与尔同调。

遂　愿

儿时卷被对灯台，唐宋诗词把我培。
渴饮青莲少陵水，饥餐居易妙篇来。
讲坛论语中庸播，书案诗经礼记裁。
丽句清词今又度，田园山水窦情开。

参观何家冲红四方面军军部旧址

2010.12.1

红旗遮日舞峥嵘，怒吼成涛雪恨声。
弹雨枪林埋黑暗，深渊炼狱觅光明。
含冤白骨铺征路，喋血英魂化碧澎。
稚子三千承壮志，踏平荆棘又登程。

注：红二十五军在一九三二年曾遭到毁灭性打击，为了红旗不倒，程子华重新组建了以十三岁到十八岁为主的红二十五军，号称童子军。

戏说广寒

2010.12.22

月海浪平缺渡船，桂花蜜酒伴宫年。
兔儿捣药神迷困，伐树吴刚夜不眠。
谁驾银轮苍宇走，冰蟾寂寞受熬煎。
巡观世界千山秀，远眺神州万点烟。

恭祝林从龙老八十三岁
寿诞二首

2011.1

一

学富五车通古新，梁园垦殖拓荒人。
心装华豫千棵树，汗洒诗坛三秩尘。
两袖清风雕玉手，满腔鲜血化金鳞。
一椿本是八千岁，恭祝先生超万椿。

二

学贯三才惊世猷，神州王母畔池讴。
龙飞蛇舞毫端走，波阔澜雄纸上流。
炼就石头天漏补，栽成香桂月亏修。
花藜不弃千椿寿，登步吟歌八咏楼。

寄淑玲

2011.2.26

孤雁从来不入群，闲云野鹤亦诗人。
深耕细作迎忠骨，穴扫庭犁送佞魂。
常虑梁园培后秀，何思枯木盼新春。
得闲骑鹿游山水，笑视凡间荡腐尘。

上巳日①

2011.4.5

户户厅堂香案摆，家家门口挂龙旌。
小车大轿川流转，万紫千红列队迎。
香火蒸腾烟霭绕，广场充满颂歌声。
炎黄赤子求绵佑，祈保神州享太平。

注：①曹魏时固定三月三日为上巳。
称为鬼节。也是年轻人郊外踏青、放风
筝的日子。祖传上巳日又是始祖黄帝诞
辰日，历史上从朝廷到民间都要举行拜
祖活动。现在每年三月三国家都在新郑
黄帝故里举行拜祖活动。

编著《古今词人名作词牌选编》

千百名家聚锦堂，女英毫不逊须郎。
倾才展艺多枝秀，红杏青梅盖出墙。
学步邯郸成大道，前师后鉴照新梁。
诗词苑地群花绽，怒放优于蓓蕾香。

农家午饭

2011.4.7

薯丝拌菜充捞面，薯粉圆成丸子餐。
巧妇聪明轧饸饹，高厨兴意煮馍干。
如今细米难食咽，配上精疏口味全。
差五隔三调个样，健康营养第一关。

滕王阁用笔

2011.4.20

苍茫赣水碧芜穷，世事人生一笑空。
王序不虞千载后，杜诗难说九州红。
唯存遥忆西山雨，留待欣观南浦风。
终古发扬无尽意，春光流泻向东匆。

井冈山茨坪镇感怀

2011.4.20

八角楼中点豆灯，井冈长夜向阳红。
熔钢铸斧开荆路，炼铁成锤破狱笼。
帷幄运筹谋胜计，指挥布阵退哓兵。
文韬武略关民众，湖酒三杯献列公。

注：茨坪镇有翠湖清莹澈透。

一顿饭，饿得头昏眼花，站都站不起来。

井冈山烈士陵园

2011.4.20

翠柏青松护展厅，柜藏壁挂触心惊。
破衣烂帽犹声发，锈箭残刀隐绿腥。[①]
四万八千齐踊跃，两成不到有家名。
丹心已向轩辕献，岂怕家抄族灭庭。

注：①"破衣烂帽"，借代牺牲的红军烈士，"犹声发"，暗指烈士的魂魄仍在发出同白匪军战斗的呼声。"隐绿腥"，战场上饮血的刀枪，被长时间浸淫，会自动发出殷绿色的带有杀气的冷光。井冈山地区一共有四万八千人参加红军，只有不到两成留下姓名。

忆同学

2011.8

三十年弹指间，同窗青记心间。
夜半同揩蜡烛泪，日斜共浴茂林槐。
并肩承担浇头雨，齐步徜徉护岸苔。
耳鬓厮磨双筑梦，洗刷碗筷一人来。
境迁时过成追忆，夜盼昼思难忘怀。

时髦瘦身

2011.8

发黄眉黛紫唇膏，暴晒干柴皮骨包。
亚赛圆规戳地上，犹如火柞灶前牢。
仲春二月风吹柳，一步三体盈态娇。
后主独怜缠脚布[①]，楚王最是好纤腰[②]。

注：①女子缠足始于南唐后主李煜。②楚灵王喜欢他的臣子有纤细的腰身，楚国的士大夫们为了细腰，大家每天都只吃

杜甫一千三百周年祭

2011.11

丹心化作浣花手，铁笔书文史百秋。
律奠梁园成大厦，诗呼金殿解民愁。
蓝衫裹体长江下，白纸铺开窑洞留。
今尔一千三百岁，依然仰止立峰头。

贺张兄希昆《江河新韵》付梓

2012.1

江河浪涌卫邢空，新韵从来压旧风。
燕剪清波留分迹，诗成天竟未刀功。
尤过攀险西川道，还掩别离安洛嵩。
欲识庐山真面目，仍须身入画图中。

南水北调

长征万里弟兄仁，跋涉北国新建家。
一日三餐风当饭，累年长夜露成茶。
寒冬酷暑安途路，暴雨狂风沐浴巴。
低岭高岗齐让道，晨阳晚月送红霞。

延安颂

2012.5.7

宝塔巍然挺，延河跌宕汹。
冈峰歌曲唱，旗帜彩云生。
战恶操兵场，捉鹰秣马腾。
黄塬呈翠绿，窑洞变楼城。

注："鹰"指内战元凶。

大雁塔

2012.5.7

平畴涌兀峰，冲九傲天宫。
登道苍穹顶，盘梯旋宇空。
俯观天下小，临险觉峥嵘。
不建慈恩塔，谁能念大乘。

再上华山

2012.5.9

昔日脚登千尺幢，今天索道乘车篮。
精神抖擞苍龙脊，气喘吁吁金锁关。
落雁峰观云聚海，莲花顶睹雾成岚。
人生之路如攀险，抒志于坚度苦艰。

难挽金霞追夕阳

2012.10.16

长柳行深翠，新藤渐茂蕤。
东君悉早住，姹紫尽方悲。
欲把春光驻，难留日驭催。
人生愁苦短，水逝复难回。

　　注：隋代卢思道《从驾经大慈照寺》诗："日驭非难假，云师本易凭。"前蜀韦庄《立春》诗："青帝东来日驭迟，暖烟轻逐晓风吹。"清代金农《憩王屋山后十方院》诗之二："大椿灵饵话尧年，鍊液升烟日驭前。"

卖　名

（新韵）

2012.10.30

邪气横流似浪汹。神州刮起冠名风。
一只帽子三千贯，两本证书双月供。
银币当成黄叶扫，印章变作绿芙蓉。
劝君切莫将船上，防备薪资化大鹏。

虚　名

2012.10.30

学徒三载数天成，八阵成名一日红。
高速通途随处是，长征飞跃跨高嵩。
何需五谷经风雨，芽发已经果粒隆。
地震轻微楼垮倒，脚跟离地半空中。

谢诗词世界杂志社主编郭云老师为《沂河浅唱》作序

2012.12.5

寒冬只盼春来到，枝上纷纷蝶弄娆。
醒后细看红湿处，天公着意绿为桥。
行云作筏痴人渡，流水成图巨匠雕。
老干抽新浓荫里，红梅一点碧中骄。

和诗词世界杂志社主编郭云先生《癸巳年春咏》二首

2012.12.15

一

数九寒冬育响雷，一朝开泰紫阳催。
江南细柳迎风翠，塞外群芳送腊回。

三口铜铡除腐恶，铁锤一柄立新规。
神州狮吼凌霄震，大地龙吟盛世归。

二（平水韵）

三尺讲台余放歌，一张书案写功蹉。
虔诚侯鸟随风渡，笃拜仙师角律和。
火旺全凭炉子好，业兴依赖吏治苛。
春风雨露根苗壮，绿遍神州无涸河。

附：癸巳年春咏二首

壬辰十月廿五日

一

九域行云动紫雷，三阳启步暖溪洄。
柴门鞭炮迎新景，塞外春花送蜡梅。
固业始锄贪腐势，夯基久待定音锤。
长征世代无碑界，天上人间龙马催。

二

马上行吟伊始歌，红墙天籁八音锣。
闻风侯鸟翱翔起，步韵宫商依律和。
旺火全凭黎奋进，兴邦首斩吏蹉跎。
雪融雨润禾根底，绿染神州大野坡。

神九升天

利箭穿云破宇冲，神州域内笑从容。
两船相吻合一体，徐启宫门接女红。
宇宙灵光将体浴，银河雨露把心容。
地球村内齐翘首，期盼入人游瀚空。

三峡水库

2013.4.27

风涌船兴浪，林摇壁掩湖。

坝高龙筑梦，水阔鹭游殊。
巨臂通流电，宏门送巨舻。
巫山云雨断，库底厄峡伏。

三峡溶洞

2013.4.27

摇头摆尾如行蟒，上下翻腾似长龙。
交互犬牙关卡守，林森玉柱洞穹隆。
头皮滴落甘霖浸，脚底泅升阴气冲。
罅隙深幽真难测，衣衫湿透后前胸。

给　妻

悠悠半夜金陵梦，醒觉年轻四秩冬。
忆现林中牵手事，思飞月下傍溪情。
韶华弱冠金枝抚，豆蔻丰颊赧色生。
一纸锦书青鸟证，几多梁孟布衣耕。

再登具茨山

2013.9.10

朗日清清风后攀，旌旗猎猎舞云端。
激情催绽秋花蕊，豪气直冲牛斗间。
指点江山百万里，品评历史五千年。
劈开缠搅荆丛路，换取二七明媚天。

外孙病重

2014.3.20

得信外孙病见沉，泪珠顿作雨倾盆。
天天挂肚牵肠念，日日提心吊胆闻。
每夜佛前虔敬跪，祈求除去痼瘤根。
来生再做牛和马，法驾身前使唤人。

参观"好想你"有限公司
中国枣文化博物馆有感

2014. 4. 22

市场无情适者安，平民永做质评官。
图存务必真功练，发展更须寻外延。
瞻远博思华夏地，搏击开拓五洲天。
回归社会方为本，红色文宣铸内涵。

龙湖泰山新村

2014. 4. 22

　　泰山村党支部书记乔书记亲手设计
了泰山村新村建设蓝图，并发出誓言：
"等全村群众都搬进新居后，我再搬进新
居。"他夫妻至今还住在村委会。

八纵三环路网连，一村一组不一般。
盘陀弯绕迷人处，错落密疏高矮栏。
污水浙塞花木灌，珍池湛碧九龙蟠。
胸怀忧乐千家富，砣是泰山心是杆。

洛阳笔会赋洛阳

2014. 5. 25

四面环山六水并，八关都邑九方行。
汉唐雄气今犹在，河洛文风魏晋声。
墨是黄河邙是笔，中华骚客赋花城。
古都神韵无穷尽，却写民生小事情。

山乡新景

2014. 6

杏林背后瓦红低，翠竹丛中觅食鸥。
公路下沟爬岭上，轿车慢行电摩驰。

梯田鳞次依坡筑，香稻随风逐浪移。
岗背忽然一片白，牧倌咩咩聚羊嬉。

退休感怀

2014. 10

岁数六十零，退休时序风。
金乌追玉兔，火夏换冰冬。
过隙疾行马，迎秋缓染蓬。
苍凉毋惦念，快乐过余生。

编稿有感

2015. 1. 2

顿挫抑扬因节奏，符规押韵有研修。
起承转合深思构，拗救对粘纤笔头。
对仗宽严要适度，兴观群怨意中求。
假如弗论平和仄，翁妪儿童写夏秋。

也论上坟烧纸送钱

2015. 1. 2

除夕清明化纸钱，家风国祚百千年。
缅怀方法几多种，宜地因人不尽然。
谁说他能常记忆，何方佐证未忘前。
不为直达黄泉下，传统弘扬思祖先。

谢汝州张文斌先生评拙书
《沂河浅唱》

2015. 5

索句缘于友谊真，不思成败浅和深。
幸蒙佳丽装颜面，喜获珍珠饰楼衿。
激荡心潮颇愧报，豪情勃发再精耘。
从今谢客柴门外，且把狼毫寄典坟。

寄湖北诗友

2015.7

蒹葭萋两岸，飞絮送行舟。
汉水涛声急，琴台暮色犹。
高山弹有尽，大海梦无休。
江月从今起，清辉逐北流。

郦南诗词学会十周年诞庆

2015.8.8

开莱裂土破坚关，除草施肥过秧年。
沐雨栉风依大地，经秋历夏喜参天。
皆因一念成追梦，更仗双师冀众贤。
冠盖郁遮阴小冀，吟风涤荡起平原。

注：颈联的"冀"表希望，作动词用。
尾联的"冀"作名词，指新乡县新城小冀
镇。"平原"指曾经的平原省省会新乡市。

诚祝《晚晴诗词》韶龀生日

初度龀韶将九龄，稚童出露栋梁形。
树高依仗师兄弟，果硕全凭姐妹功。
凿壁囊萤追玉兔，寻山问道赶夸行。
预期道韫迎桃李，先贺贾生双九成。

注解黄帝四经

2015.8

夕阳双脚如涂釉，夜半急将腰捶揉。
临舍听揩幼儿泪，下楼遭受门碰头。
入眠刚好子时正，醒后不过寅半陬。
仔细镜前梳发看，银丝怎么已藏愁。

索句希昆兄

（孤雁出群格）

2015.8.25

百里音书何太迟，秋中方获暮春息。
京畿甲午霜黄见，乙未春红韩郑提。
莫道洧溱河水浅，犹如西海泛涟漪。
感知自在情中取，不似钱塘八月期。

中国人民抗日战争胜利
七十周年

2015.9.3

雄鸡昂首自家功，圆梦家国戮力成。
展翅扶摇搏广宇，衔石填海戏龙宫。
缠绵日落回光照，豪气云升贯长虹。
涅槃凤凰身淬火，雄狮睡醒震霄重。

子　牙

2015.9

八十方来钓渭滨，待时而动展经纶。
宁看白发揉清水，单等朝歌屠狗身。
步辇迎回姜尚父，拉纤碾出国千春。
直须大器千遭造，终作封神张榜人。

第十二届"天籁杯及诗耀中华"
中华诗词传承奖颁奖大会

2015.10.26

乙未金风沐圣域，诗朋词友喜相逢。
露生霜降红枫笑，叶落初冬瑟气穷。
鹤首雷音求正果，青颜法驾取真经。
激情化作梁园浪，饱蘸狼毫抒我情。

共 勉

铜雀重阳金菊采，章台二度绿梅开。
京城浩浩秋风渐，华豫徐徐红杏催。
点墨合成诗数句，寸心谱就角徵裁。
银辉本自无多寡，只等迟临或早来。

谢云南段元桥赠茶

2016 年春节

清泉泡普洱，满室有清香。
细品其中味，相思两断肠。
真心化珍贵，笃志换情殇。
河海千重远，犹如咫尺量。

答谢广西汪守富先生赠橙子

（折腰体）

2016 年春节

吟长赠黄金，怦然泪洗襟。
江西虽路远，北海亦情深。
蓬荜无他物，褴衫有玉心。
如河沿纬走，日日好传音。

附：汪守富先生赠橙诗

橙子泛金黄，酸甜名远扬。
宾朋慷慨至，金果满堂香。
我且稍稍赠，君宜细细尝。
邮差投递处，诗友共芬芳。

东郭寺白居易故里
第一届文化节

2016 年正月初十

魂归故里兴新事，韵遗新村续旧风。
老少皆歌观刈麦，妇孺尽咏卖炭翁。
月明日朗欣为证，厚土高天愿载功。
攒动人头生万象，彩旗飘荡净乡空。

述 怀

2016.4

面向诗书背向天，吟哦咏诵度流年。
搜肠刮肚三千遍，细刻精雕百万番。
浩瀚详查格与韵，细微深考对和粘。
菩提树下参正果，踏浪兴歌愿放船。

游西山

2016.4

赏花时已近清明，诗友相邀风后行。
柳染春山山不老，鱼嬉湖水水常清。
青冈胜景追蓬岛，始祖风光胜岱宗。
尘念世俗欣滤净，何人敢不问禅生。

久违的蓝天

2016.6

洁穹见蔚蓝，澄碧艳阳悬。
匹锦飘天际，银丝数个全。
农房红顶现，麦地绿油毡。
河水清清底，违怀十数年。

知足常乐

（新韵蜂腰体）

2016.7.28

浊自浊来清自清，粉尘染袖四十冬。
常听同事不同利，屡见灰白与紫红。
宝马川流奔道上，破房孑立筚园中。
祈求天下安眠夜，儿女一双亦富翁。

寄田幸云吟长

除草施肥兀自安，推敲平仄度流年。
潜心探索求容变，刮肚搜肠治病偏。
掘采石山雕艺品，积攒水玉做新鲜。
苍颜喜识词牵线，破茧成蝶子梦圆。

为人作序

2016.8.23

子中才入睡，寅半便衣身。
对话晶屏坐，书心鼠键亲。
瀚空星万点，街道夜深沉。
偶有闻声处，墙边蟋蟀新。

国务院首次举行宪法
宣誓仪式

（孤雁出群格）

2016.9.22

高唱国歌面向旗，右拳举起口中词。
忠于宪法权威护，履负职责恪尽职。
接受监督公法器，国家建设不行私。
六十七岁头一次，国务高官宣誓之。

为湖北田幸云《思玉集》作序

2016.10.1

毫管流云百姓亲，拳心吐哺绘乾金。
风生湖广骎南北，矗立蕲春卷左滨。
布道只为青史册，传经尤必靖雷音。
瑶台笙奏八荒咏，蟠会弦听四域钧。

梦中又见外孙

2016.10.15

昨夜三更泪洗巾，外孙悄悄又床临。
稚童凄楚哭无泪，痛苦难言病见深。
面对小儿强忍泣，侧身不想果和因。
回归法驾三秋久，戚惨容相仿是今。

第十三届天籁杯中华诗词大赛
论坛暨颁奖典礼

（进退格）

2016.10.23

燕山怀里渐西风，会议中心春意生。
耄耋弱冠欣聚会，古稀豆蔻盼相同。
痴心诗国寻真谛，筑梦词园芳草荣。
今日同埋相思豆，来秋共摘悦情红。

再次参访新乡七里营刘庄

2016.11.9

不见翁婆聊路旁，难寻垃废放畚墙。
二期小套成文物，现代墅房呈靓装。
花木依摇舍前后，栅栏代替砖土廊。
共生福利几十项，快乐安平过小康。

全村走上幸福路

2016.11.9

河南省辉县市裴寨村在党支部书记裴春亮带领下，与乡亲一起奋斗，用实干书写人生。崇廉拒腐，尚俭戒奢，设岗定责，联包帮带，不让一个贫困户掉队。挖平一座山，建成新家园，修建田心池，解决浇地难，引水百里外，户户饮甘甜。全村走上了致富路。

推平整座山，石上建家园。
百里清河引，纾民播种难。
田心池库建，户户饮甘甜。
不让一家落，实干富裕篇。

当代愚公张荣锁

2016.11.10

河南辉县市上八里镇回龙村党支部书记张荣锁带领、组织150名党员干部青壮农民组成筑路队，苦干三年，在群山中劈开九座山头，打通四个隧道，开山凿石830万立方，修建了8公里长的盘山挂壁公路，又锁定"一变二建三发展"的脱贫思路，带领全村群众栽种各种果树35万棵，建起果品加工厂，创建AAAA级景区。张荣锁曾获"全国优秀党员""感动中国2002年年度十大人物""全国劳动模范"称号。2002年，中组部，中宣部联合发出《关于开展向张荣锁同志学习活动的决定》。

穷难困苦心中念，重誓豪言志气坚。
开辟山头通隧道，环崖挂壁公路盘。
幸福快乐宏图展，致富脱贫百姓安。

热血回龙风景美，青春永驻天界山。

登卫辉天界山访民

2016.11.10

观光车内看山尖，峭壁累石似倒悬。
冷气直接穿腹过，寒风欲将血吹干。
拐弯抹角轮旋转，吊胆提心脊背寒。
再看半峰黄叶树，挺然屹立傲霜残。

爬行人

（用邻韵）

2016.11.10

河南省辉县市南孟庄镇李庄村党支部跨镇精准扶贫。

富裕村中有赤贫，爬行蓬屋泪淹身。
持家累月刀尖过，度日如年灶上炖。
送款购房双十万，裁衣量体整修银。
党心装到民心里，温暖千家幸福人。

2016年初雪

夹杂毛羽撒精盐，透过梢头落壁前。
离案推窗寻半月，垂凌挂笋雨搭檐。
咪咪入定门前卧，豆豆惺忪笼中团。
再看小鸡何处躲，无声群聚在竹园。

大　雪

潇潇洒洒西风烈，小雪悄然成大雪。
强度应为史上无，水量也是无前则。
篷车堵路辨还难，落顶扑身顿见白。
笑脸问心暖吾心，向天冷眼看世界。

依韵和郭云《春明漠隅》二首

2017. 1. 3

一

改革三块传佳音，商电服农企稳心。
产业融合谋效益，城乡一体化甘霖。
脱贫落点扶精准，转变升级筑岳岑。
深浅暗明叠锦景，落实方会地生金。

二

春风化雨促春情，万物欣苏向日明。
政策富民天地变，方针济世市乡莹。
金轮喷薄千村暖，绿叶阴荫万户声。
社稷蔚和山野润，旌旗号角指新程。

附：春明漠隅（二首）

丙申年冬月廿四日

一

为贯彻中央农村工作会议精神而作。

重修炉灶再敲音，且教黎元暖暖心。
紫禁阳和明暗角，曦轩辉暎泽甘霖。
脱贫巧绘新型路，播绿精耕翡翠岑。
党注灵魂旗引领，何愁黄土不生金。

二

休言天佬不恩情，瘦草葳蕤倚日明。
精准旗挥新格局，济时纲领玉晶莹。
曦轮紫电山隅暖，兰考焦桐榜首声。
社稷温融冰冷地，万旌浩荡向征程。

建群感言

2017. 1. 4

江河不弃细溪流，国色休嫌草蕾羞。
白雪阳春调雅奏，巴人下里讽坤猷。
凤凰束落梧桐唱，喜鹊扶摇空好啾。
共赏清平钧乐调，同扶白果济天俦。

依中华当代文学学会会长晨崧先生《元旦放歌》原韵

2017. 1. 4

新月一弯梦相牵，旧家华夏九方烟。
千村雀跃迎金凤，万户吟哦辞火年。
禹甸坊中花绽放，芙蓉国里意缠绵。
重霄隐隐春雷动，缕缕梅香满小园。

附：元旦放歌

晨　崧

碧落青霄绮梦牵，凝神悟性醉寒烟。
诗书万卷邀新月，德韵千寻送旧年。
百姓涓涓情缱绻，九州漾漾意缠绵。
摇光绽彩潮声起，雪柳催花香满园。

论评诗

评点常思仄仄平，纠偏解错记含情。
琼浆玉露新苗壮，细语温言旧法灵。
热讽冷嘲难有友，春风化雨聚真朋。
教学相长人人乐，诗鬼诗仙你我中。

感 叹

2017.1.10

余练笔凡四十春，充电亦过三秩秋。精心呵护每一棵幼苗，全力栽培任一株小树。一二三，四五六，刚出窝，就已经是小麻雀，尾巴长，娶了媳妇忘了娘。

总想育人登顶峰，学成已忘老师情。乌鸦反哺知恩报，跪母羊羔懂性灵。一百零八不够数，三十六变欠全功。已然跃跃前头站，原是为了那个名。

鸡年说鸡

登科五子古祺词，官上加官不算奇。守信司晨专报晓，平凡柔弱不争枝。驱邪镇鬼消灾祸，布阵行军出胜师。七色凤凰鸡幻化，吉祥如意国人熙。

注：古字意"窝"同"窠"，"鸡窝"即"鸡窠"。"窠"与"科"谐音，古代有用之化用为"五子登科"的。"冠上加冠"，鸡冠上再加鸡冠，寓"官上加官"。传说中的凤凰是鸡的化身。"吉"与鸡谐音，鸡为吉祥物，所以化用为"吉祥如意"。

和田幸云先生
《丁酉人日立春雨夜书怀》

丁酉新正十二

一蓑烟雨伴无尘，夜染江南万里春。几簇新芳争艳色，晨移楚岭瘦枝陈。数回惜叹易安女，为解金石嫁墨魂。千缕窗前留燕语，捡来满卷是经纶。

注：本诗采用的是隔句对。用"易安"，暗指田幸云先生。一作追随意，李清照追随其夫赵明诚；一作排解，排解愁肠也。金石，借代赵明诚本人也。"嫁墨魂"，指李清照倾情研究诗词也。亦赞田幸云先生也。"燕语"喻丝丝雨声。"经纶"，意指《诗经》和"诗论"也。

丁酉腊月十五月全食

硕大冰轮跃海澜，逐渐染色变银盘。欢愉苍狗餐食快，化作红黄烧饼悬。守纪遵规天地证，乾坤翻转两弓弦。遥遥宇宙无穷尽，万物轮回在自然。

原韵和晨崧会长
《盛世好诗多》

晨崧会长大处着眼，看似描摹元宵节的幸福快乐画面，实则议诗词发展之蓬勃局面也！学生自觉难以企及，只好从小处用笔，描写元宵节万民欢乐幸福的庆春、游春场面凑对。

礼花焰火夜空多，接踵摩肩路涌波。凸肚凹腰吹唢呐，碰钹擂鼓撞铜锣。龙腾狮舞高跷摆，竹马旱船扭秧歌。华表灯谜旗彩处，快门急按摄山河。

注：本诗是"平起首句押韵式"。颈联对句第三字"旱"拗而未救，第六字"秧"处应仄声，但实在没办法改动，只好出一点律了。

附：盛世好诗多

九州盛世好诗多，华祝吟声涌浩波。北爱红梅南赏桂，你吹笙笛我鸣锣。幕天笃志风云醉，席地潜心雾月歌。最是神州谐彩凤，扬旌舞梦震山河。

格桑花①

2017. 2. 13

高原瘠土把根扎，弱不禁风人爱夸。
茎秆纤纤嬉强暴，花盘薄薄谑狂压。
羞于万朵争奇艳，甘愿千冈奉点霞。
装扮山河无限美，劝君莫采格桑花。

注：①"格桑花"，专有名词，故三平也。在藏族眼里，格桑花也是高原上生命力最顽强、最普通的一种野花。在植物学上，没有具体的哪种花叫格桑花。

清　明

晨观夜雨落残红，化作乡人戚切零。
只把飧篮阳伞盖，又将青冢纸遮蒙。
馕馃鲜美银钱重，热泪连珠泥土汀。
念念有词子孙恸，天如真老也生情。

丁酉岁二月二赋

近五春秋意所求，词林诗国最高楼。
仄平丑里勤劳作，拗救坊中收获酬。
锦帐宫闱拜星月，凤凰台上传金琉。
四家早摆兰亭坐，掐指龙山二月头。

贺晚晴诗词协会成立十周年

伏枥不求快卸鞍，识图本在华骝间。
红霞总恋黄昏美，绿凤常追赤采鸾。
碣石东临沧海愿，雷音西进塔七盘。
扶藜且将伏牛赶，肯定晚晴明好天。

感于诗

又到三春见落缤，喜逢诗苑早耕人。
芽生沐雨身强壮，情到痴时语自真。
一首七绝须捻断，五十六字意随唇。
水归江海心功到，胸中自然罗万金。

感　春

2017. 4

且把疏枝梅影眷，葳蕤半郁罩窗前。
枝头青杏如排豆，园内毛桃欲队连。
隔院犹听蜂戏闹，临风冲耳雀欣喧。
三间红瓦居偏市，筑梦一帘似水年。

赠河南诗词学会副会长王国钦先生

2017. 4. 16

鸡犬相闻两岸家，黄童难辨我和他。
千年共饮一河水，百代同食半篓虾。
溱洧泱泱情注满，尉新荡荡血生发。
回头再看来时路，霜雪染得双鬓花。

再赠挚友暮雨先生

2017. 4. 26

感佩先生为友痴，三言两语指迷歧。
常思携手青云路，久盼同船弱水驰。
浪息风平重振日，夜阑烛旺困恹时。
君家有待身心好，且效兰亭敲韵诗。

又赠挚友暮雨先生

2017.4.26

谁能解得吾之意，千万缘由君已知。
天赐卧龙真际会，运将雏凤假蒙欺。
剑挥白帝青魂散，茅舍几询鼎足之。
遍起烟尘三六路，终成李子收获期。

祝贺第二艘国产航母下水

2017.4.26

又见龙旗猎猎扬，情深难遏泪成浪。
笑其鬼魅望洋哭，庆我英雄破链忙。
斑驳警醒世昌梦，血殷常记沪淞殇。
且温樱酒颜良斩，又啄青蚕看下场。

依王德甫先生原韵答之

2017.5.8

貂裘换酒莫称贤，不是人臣不是仙。
一介布衣家国念，万民乐奏有于蒍。
置猿柙内儿豚看，伯乐观之已惘然。
吟苑骚坛千树秀，词人诗鬼最当前。

附：赠微信诗词家群主李保田先生

金龟换酒惜新贤，位贵人臣荐谪仙。
一介布衣朝野震，千秋伯乐美名传。
知章伯乐今何在？鸾凤声追李保田。
似锦骚坛松竹秀，茨山居士梦当圆。

作诗感怀

2017.5.8

行船词海半程修，不会作来光会偷。

王母宫中咱去过，雷音宝刹脚痕留。
伏羲钻木为民用，黄帝禾嘉古国求。
浇水施肥为茁壮，喜看桃李挂枝稠。

再拜屈原

2017.5

年年且把屈原缅，皆为屈原死地冤。
报效君国无取悦，忠于朝庙遭诽言。
抱石含恨沉江死，倾厦难扶阻也难。
留下离骚与天问，非非是是说千年。

包容二首

2017.5.17

一

七姓八家各等人，认知不一费精神。
群中只论诗词理，相互休谈题外文。
是是非非莫须讲，立场观点勿当真。
功夫用在提高上，彻懂精通第一吟。

二

尊重谦卑不二文，交流进步第一椿。
争论辩证明诗理，欣赏评析探道根。
塞北岭南同日月，楚湘陇陕共乾坤。
能容天下难容事，常笑红尘可笑人。

诗社换届二首

2017.5.27

一

小楼昨夜又春风，故苑常于回望中。
瓦舍终成一统事，青堂未竟万方功。

三山五岳齐开道，林下泉边觅旧踪。
淡忘雕栏犹日久，泥樽水酒自消雄。

二

且将一亩三分种，锄草施肥细细耕。
欲想栋梁参宇树，先要呵护弱花红。
闲看走马几人舞，笑对勾栏意淡容。
研判九方烟域内，哪片清浅哪片浓。

以清风原玉赠秦凤老师

2017. 6. 25

何须耿耿自形惭，玉液琼浆铁笔贪。
堪破人生无憾事，旅途谙识莫师蚕。
冬春秋夏甘凉热，喜怒悲欢当笑谈。
殷鉴之车刘李杜，何不忘却一二三。

感谢周启安先生从拙作
《沂河浅唱》集句

2017. 6. 6

常叹腹空泉缺水，难将秃笔绘丹霞。
怀真墨污曹公子，揣笔毫涂践自家。
穷尽源枯吾失路，豁然浪涌汝端茶。
柏梁台上阴霾退，铜雀兰亭论浒葭。

附：拜读《沂河浅唱》
感怀（集句30）
周启安
2017 年 6 月 4 日星期日

红霞手下千重彩，铁笔锋头几处晟。
秀水灵山诗配画，春风筑梦柳芽鬈。
陌春白雪心中涌，远眺神州万点烟。
坦荡胸怀持正义，品德高尚立文坛。
白云片片悠然走，夏日骄阳汗透肩。
鸿雁传书叙九暑，挥毫提笔写江天。

形骸放荡天山外，曲径依然果不凡。
绿叶丛中万堆火，歌声笑语枣林喧。
扁舟一叶学冲浪，抒老弥坚独苦艰。
莫道洧溱河水浅，风光无限兴云烟。
心装华豫一棵树，困苦艰辛不一般。
三步走完千里路，回头似过万重山。
青山碧水诗词韵，风送清香上钓船。
飞瀑流泉山雨后，此闾遍野尽斑斓。
心潮滚滚翻波浪，秋暮红霞染半天。

夜籁感怀

（孤雁出群格）

2017. 7. 20

虽然到处有尘埃，岂愿诗家起雾霾。
处事尤应存善念，交人还要取诚怀。
怙狂悛傲真朋少，德善良流我做侪。
借问神龙该置是，泥沙俱下也行排。

当代中华诗词集成河南卷

2017. 6. 26

长河浩荡二千人，演绎诗国一百春。
编委耗消心与血，作家笑纳铁和金。
尘封数载春秋变，村野几人冬夏闻。
近水楼台先获月，远山茅舍后得霖。

大暑日

2017. 7. 23

憋得心口疼，依旧在炉中。
人脸都抹酱，轿车铰断绳。
树梢无咏叹，路面放光明。
黄色马夹者，依然扫帚情。

夜　雨

2017. 7. 30

哗哗惊梦声，陡起子时中。
水泡连成阵，洪流泄口汹。
世间无事发，天下只听嗡。
清早推窗看，依然处处坑。

变　天

2017. 7. 30

昨天还闷热，今夜已微凉。
温差十几度，秋衣被单长。
天要做什事，不与你商量。
万物或然律，何需自逞强。

老　家

2017. 8. 16

经年家未回，紫燕已烦来。
荒院冇清扫，柴扉竟敞开。
藤缠新岁草，叶覆旧门台。
右侧墙坍塌，邻居垃圾堆。

再赠谭兄

2017. 9. 3

知音总是世间稀，明月清风共晓栖。
将相和心为社稷，挚交管鲍擘兴齐。
范张并告归乡里，向阮相邀台上丕。
李杜曾经留故事，风流诗酒待有期。

悲哉，叹矣

2017. 9. 6

烽火戏诸藩，江山子代迁。
潘安才色美，空有悼亡篇。
月所冲天怒，亡家做笑传。
当今多故事，皆起护红颜。

回谭道利兄病愈有和

2017. 9. 8

思索如麻难理序，泪祈友长愈违姿。
抚琴一曲俞钟恋，念汝思之又盼之。
喜极于狂重见字，城头立马赋鞭诗。
良言胜过华章美，相见无期亦有期。

成立嵩岳诗社有感并赠社长
王国钦先生

2017. 9. 8

伯牙弦断答知己，管鲍之交为辅齐。
祖背负荆和为贵，清风朗月证心仪。
春山览胜诗同酒，秦岭观秋画与题。
今日喜将嵩岳进，窑湾再拜少陵居。

重阳春

2017. 10. 29

一夜霜风凋碧树，飘移凌乱满庭枯。
萧寒冬象来临早，盎暖秋容撤退蹰。
道法自然成定则，逆天人为破篱桴。
持藜览景登高处，伏枥扬鞭骋晚途。

寻六高

（进退格）

2017.11.2

二十四年回故地，速行不配乇心飞。
思当法海斩情恋，忆做园丁育劣枝。
书卷银灯迎日出，会场教室送期希。
蛛丝马迹何曾有，怅惘徘徊剩叹之。

贺《郭氏宗亲系列篇》付梓

（孤雁出群格）

2017.11.7

族夙家训警亲言，尊善崇正尚德篇。
节续千秋肩担重，功成一统志承前。
心诚换得宗书灿，意笃终能祖魄眠。
宝肼映辉光耀远，清风迪励后来贤。

依韵和孙德振吟长
《六十三岁初度》

2017.11.12

喜知花甲又加三，可晓同庚北与南。
船到中流宜靠站，春风二度莫清谈。
回看秾李欣成秀，瞻望夭桃待润甘。
天下弱苗依厚土，银笺铁笔墨正酣。

附：七律·六十三岁初度

孙德振

庚年六十又加三，长似空空忘北南。
不想何因生胃病，还思黉学忆清谈。
回看桃李花犹嫩，重读文书意所耑。
安得朝朝开口笑，聊他雅赋趁诗酣。

恭和王国钦先生
《恭贺郑欣淼会长七十大寿》

2017.11.17

绿瓦红墙映月槎，泰山北斗望京华。
才通坟典君求索，学究天人幕启纱。
敢越前朝工部韵，诚扶当代翰林家。
古稀浪搏中流水，一路吟歌到梦涯。

附：恭贺郑欣淼会长七十大寿

王国钦

紫阙红墙信泛槎，每依北斗看中华。
故宫楼榭撑皇学，典籍春秋入碧纱。
工部迅翁双握手，文渊蟹岛两飞霞。
古稀大寿欣逢日，喜韵高情遍海涯。

令 名

2017.12.7

惊悉盗名风咋起，追超一夜洛阳纸。
黔西之国累如丸，汉域唐疆何日矣。
走马舞台容面娇，炼丹嵩岳求长紫。
劣根欲去有何难，梦后依然飞满雉。

谢国钦老弟为拙书
《沂河浅唱》作序

2017.12.7

好雨随心化腹间，洧风溱水育三编。
序言彰显千钧力，晰语生成万朵莲。
道破为文深妙处，启开唱韵见重天。
从今索骥缘图作，佛寺雷音抱塔眠。

春　望

2017. 12. 7

赏读诗友《春望》："柳青杨绿岸，溱曲洧折回。池畔鸳鸯卧，林间燕子飞。你夸春意早，我叹冷寒围。何以君无影，行言仲月归。"同题而作：

去时杨柳绿，今已燕归阗。

凿凿言盈耳，天天梦复前。

问君离别意，妻怕月难圆。

俏鬓生银发，要擦无泪涟。

干　荷

2017. 12. 11

柴体池中立，凄容水面苍。

笑迎风暴虐，任凭狷流狂。

宁愿头颅断，依然挺脊梁。

谦谦真本色，隐隐有余香。

悼台湾诗人余光中先生逝世

2017. 12. 14

半世怀乡半世愁，浅湾停满还愿舟。

盈时船票无人卖，信鸽翩翩难以求。

迟暮家山何处是，玉峰巅上泪河流。

诗人揣梦扶摇去，日月潭留百载忧。

纪念毛泽东 124 周年诞辰

（孤雁出群格）

2017. 12. 26

溘然长逝四一冬，福德依前泽被隆。

浊浪污风天地暗，乾坤朗照太阳红。

冥中九九重归化，身后旬旬复沐风。

功盖三分赢世界，穷人常想毛泽东。

清　明

（进退格）

2018. 1. 4

青冢前头排供品，家家衔泪祭亡魂。

孝行感动天和地，积德修来福报身。

国祚千年传永续，家风百代承祖恩。

奔腾浩荡东逝水，繁茂荣昌华夏人。

天涯若比邻

2016 年中秋

同心协力又一年，北国南疆银线牵。

月下吟诗人两位，杯前把酒话千天。

精裁细剪黄金缕，斟酌推敲锦绣川。

心有伯牙钟子会，清平纤指素琴弹。

原韵和陈昊苏、王国钦二吟长

（2018 新年贺诗）

筑梦复兴年复年，愚公立志敢移山。

徐图大业后而勇，欲建强国先改观。

昂首挺胸毋后顾，运筹帷幄必前瞻。

兹兹念念南湖梦，狮吼东方宏愿还。

附：2018 年新年贺诗

陈昊苏

改革兴邦四十年，新征览尽万重山。

宏图绘就传奇事，方略颁行创业观。

强盛中华同作证，和平世界共前瞻。

人民时代春秋颂，圆梦众期奏凯还。

（2018 年 1 月 1 日）

附：原韵步和陈昊苏先生《2018年新年贺诗》

王国钦

邦国振兴四十年？已征万水复千山。
方圆岂止鸡虫事，清浊未分猫鼠观。
风雨心明时后顾，阴晴路远更前瞻。
初心不忘黎民梦，霞染海空日又还。

（2018年1月1日）

原韵和晨崧老《迎新时代过新年》

2018.1.2

绿赤黄橙漫晓岚，迈开阔步进新年。
换天改地红船愿，勇立潮头巨浪颠。
忠孝礼仪行大道，耻廉孝悌守诚廉。
复兴千载强盛梦，共享和平祥瑞天。

附：迎新时代过新年

晨崧

绮彩神州漫彩岚，迎新时代度新年。
济川报国隆情激，披雾昭云逐浪颠。
盛世仁慈诚信义，裕民德善孝忠廉。
同心共筑和谐梦，日月文明瑞霭天。

诗国咏叹

2018.1.5

诗苑词林兴速生，谁还愿做后而工。
哪枝丰硕哪枝瘦，哪斧歪来哪斧中。
切响浮声风变雅，咋然质实却清空。
为时为事都需境，点铁成金换骨通。

腊八

家家祭腊神，盼护天下民。
莫忘岳鹏举，忠国烈烈魂。
开元洪武帝，五谷宴群臣。
世上谁堪贵，粮田最养人。

品赏曾海兰女士雅词并赠

2018.1.19

曾门家训福绵长，祖荫青清岸子芳。
忽闻龙山风落帽，又传荷叶掩潇湘。
殷殷绽放甘如酒，烁烁能言锦绣章。
敲韵惊醒年老少，珠玑璀璨出中央。

和香城等你来

2018.1.29

渐消满目秋，惟剩向东流。
月下欣将酒，江波舞扁舟。
相思缘桂魄，独念有心忧。
玉律天庭起，良宵引共讴。

依韵和林峰先生《二十四节气之"立春"》

2018.2.4

天降瑞雪兆丰收，莺燕偷临暖气流。
六九未消池水化，三阳已显柳烟幽。
江山浅唱村前绿，渔叟轻歌棹侧舟。
一派光明昌舜治，千家断有新白头。

附：二十四节气之"立春"
林　峰（香港）

梨雨清时雪已收，莺声入柳水声流。
蛙鸣断续寒池浅，日出高低碧树幽。
踏海谁攀九天月？耕云我驾五湖舟。
春来岂让西风恶，鼓浪何曾叹白头！

送岳母老太君西归
戊戌年正月初九

哀号震坤乾，魂幡卷宇田。
蟠池参盛会，昆顶列仙编。
善德遗乡里，良风泽族贤。
儿孙承训诫，姐妹享安延。

白居易故里诗歌文化周

西风无意退寒霞，春日有心催柳芽。
白氏故宅飞旧燕，呢喃声里建新家。
戊戌又到诞辰纪，十万彩旗潮水发。
铁笔丹青书旧韵，无人不诵诗《买花》。

"白居易故里文化周"音乐诗会

轻声雅乐响瑶台，道骨仙风乘辇来。
一阵青烟腾起后，祥云五彩落昆怀。
浩然戚咏生民苦，耿骨悲歌天子哀。
筝瑟弹出长恨泪，琵琶引发乐天徊。

乘风破浪正有时
2018.3.23

欣看北斗居正位，更喜斯民顺应之。
舜日尧天图永固，诗风文雨厚根基。
笙词瑟曲吟盛域，剑胆琴心述大旗。
直挂云帆济沧海，乘风破浪正当时。

自　解
2018.3.25

清风两袖依山住，茅草三根结敝庐。
解字析文成大道，著书立说效朱儒。
壶中风浪淘今古，匣里干将诛桀徒。
留下腹藏三寸气，怨而不怒九方呼。

忠也、勇也、悲也
北宋一代名将杨业
2018.3.31

解甲归降献太原，排兵布阵雁门前。
扬鞭跃马四州地，折戟沉沙陈谷川。
一代战将绝粒死，两国同祭享千年。
从来嫉妒杀贤士，杨庙无敌镇守边。

贺王国钦先生郑州赋轩辕阁
揭幕兼登阁书怀
2018.4.17

轩辕阁上镌，大赋乃名篇。
广袤千秋事，雄浑一笔传。
商都衔部落，省会亚欧连。
登览小天下，神州拱豫安。

下杭州
2018.4.28

轻风细雨下杭州，柳浪烟波一望收。
公路铁桥如织网，马龙车水似川流。
白堤牵手孤山远，花港观鱼画舫游。
锦绣余杭新面貌，置身仙境愿终酬。

蒋介石下令炸花园口
八十周年祭

2018.6.9

　　1938 年 5 月 19 日，侵华日军攻陷徐州，郑州危急，武汉震动。为阻止日军西进，蒋介石政府采取"以水代兵"的办法，下令 1938 年 6 月 9 日凌晨，扒开位于中国河南省郑州市区北郊 17 公里处的黄河南岸的渡口——花园口，4 天 4 夜，奔泻的河水冲断了陇海铁路，淹没了中牟、尉氏、扶沟、西华、淮阳等地，又经颍河、西淝河，注入蚌埠上游的淮河，冲断了蚌埠附近的淮河铁路大桥。长达 400 余公里，豫、皖、苏 3 省 44 个县 30 多万平方公里一片汪洋。数十万老百姓葬身鱼腹，上千万人流离失所。即便侥幸不死，其辗转外徙者，又以饥饿煎迫，横尸道路，填委沟壑，为数不知几几。据不完全统计，河南民宅被冲毁 140 万余家，淹没耕地 800 余万亩，安徽、江苏耕地被淹没 1100 余万亩，倾家荡产者达 480 万人。河南省档案馆记载的死亡人数为 89 万人，受灾人口高达 1,200 万人，390 万人流离失所。这次决口直接造成了 1941 年至 1943 年连续两年的大规模旱灾。仅河南一地就有 300 万农民死于饥饿。黄河决堤过后，形成了大片的黄泛区：

　　凌晨尽作梦中游，汹涌黄河尸塞流。
　　一派汪洋田苑没，荒凉三省鬼魂稠。
　　独夫笔落坟漫野，民贼镢成山积髅。
　　难抹竹书青史馆，千秋怒指蒋兑头。

夏　兰

2018.6.14

　　窄窄清幽叶，纤纤卓挺枝。
　　恬娴含正气，淑雅显标姿。
　　肝胆山川秀，胸怀江海奇。
　　列名君子二，仲夏送馨僖。

原韵和晨崧老
《小住中岳庙观光长寿山感吟》

2018.7.25

　　雅致青幽数莽山，清魂健体好修仙。
　　琴声瀑韵襄云影，经颂渔歌渡有缘。
　　补路架桥登岳庙，洗心革面下龙潭。
　　功参造化凭仁厚，惟筑长庐世外寰。

附：小住中岳庙观光长寿山感吟
晨　崧

　　峻岭竹林长寿山，松涛风韵醉神仙。
　　信喆胜境谐云影，理建道光凝善缘。
　　德义参天中岳庙，莲香绣地五龙潭。
　　丹霞苍翠醇情厚，福禄流盈满宇寰。

2018 年 7 月 16 日至 19 日
（于河南巩义竹林镇）

赠希昆吟兄八十华诞

2018.7.27

　　走到头来是暮关，奈何桥上返耆年。
　　星移斗转朝天笑，棘斩荆劈向地言。
　　不想十八还是九，常思日月七万三。
　　人生进退全由我，宇宙轮回法自然。

渔夫乐
（进退格）

2018.8.11

具茨山下一狂生，不问何来不问终。
日诵圣经诗三百，夜敲仄仄仄平平。
文章堆里寻乐趣，林野泉边觅雅风。
继晷焚膏无四季，宵衣旰食褐衣氓。

为事难

巧语花言又使缠，藏刀笑里损招全。
连横合纵连环计，排斥他人独揽权。
殷切说辞谋小利，如雷口号裹贪婪。
安能苟且而垂首，使我不能展笑颜。

无　题

突然丽日起寒涛，竟会霜前长白毛。
借问子君何所为，只因胡禄想腴膏。
潘杨汇合成浑水，吕武分开独揽高。
跳脱红尘三界外，远离龌龊五行叨。

垓下思
（孤雁出群格）

2018.8.11

别姬垓下①怨，力拔亦途穷。
御笔依稀在，双清②难觅踪。
时非吾不利，世岂汝才墉。
大道之行有，扶苏民主从。

　注：①"垓下"，《说文》对"垓"
的解释是"兼垓八极地也"，段玉裁《说
文解字注》云"兼备八极之地谓之垓"。

垓下，就是八极地之下。有说垓即"堤"
或"高冈绝岩"，则垓下是谓在河堤下或
高冈下。②"双清"，指双清别墅的由
来，双清别墅位于香山东南麓，是一座
依山而建别致幽雅的庭院。原为清乾隆
十年（1745）营建的静宜园二十八景之
栖云楼景区。院北有二泉，终年长流不
息。金章宗赐命"梦感泉"。清乾隆帝游
香山，品尝"梦感泉"水，觉甘甜清冽，
便御笔亲题"双清"二字。1917年熊希
龄先生创建慈幼院，在栖云楼院落的遗
址上营建私宅，更名"双清别墅"。

垓下叹

2018.8.11

四面楚歌起，八千子弟兵。
拔山讻盖世，瞀目妄称雄。
破釜沉舟计，秦关换楚名。
重瞳无远虑，铁马不江东。

垓下歌
（孤雁出群格）

2018.8.11

抗争风浪汹，万岁共一舣。
华夏洪荒域，雄鸡又唱明。
卧薪尝苦胆，固国念长城。
追梦新征急，垓下变坦程。

难已矣

2018.8.12

诗魂常附体，驱赶又无功。
夜晚黄粱梦，白天彩蝶空。

回回求道长，次次拜儒翁。
今世无其奈，期望下辈中。

电视剧《执行利剑》看后

2018.8.16

堂皇冠冕帜当皮，沆瀣同谋肥一私。
傅翼企图增力量，鬻官盼望减髡危。
踩着红线逍遥走，守定国门追堵随。
天网恢恢焉疏漏，铁窗漫漫叹无期。

七　夕

（蜂腰体）

2018.8.16

透窗飒飒夜晴空，阻断天宫机杼声。
隔住银河遥相望，一星西向一星东。
悲欢故事千秋继，爱恨情人续不穷。
贫富从来分水岭，强权焉顾小民童。

学蝉乎

2018.8.23

本真如是枝上蝉，风雨雷霆亦自欢。
一日产儿交土养，四年炼狱过三关。
人情世故全知晓，上树爬沟意志坚。
天马凌空来去也，我行我素我安然。

本　真

2018.8.23

率性本真学树蝉，狂风暴雨也怡然。
三关闯过离泥土，独占高枝见昊天。
鄙视八哥摇尾狗，心旌六义挺匋燕。
环看左右而言事？群怨兴观等万年。

乘车回家路上思想

2018.8.24

词林诗海曲高山，勘判研究愈觉难。
恰似云长诛六将，犹如宇宙探初源。
大千世界一分子，芸芸众生米粒般。
最怕疏狂识浅薄，误朋误己误诗坛。

回赠冰雪晶莹李雪莹吟长步保田《回答本立》原韵

2018.8.25

人性本无分善恶，经书落水怨唐陀？
休将小错投银汉，要把良行积米箩。
明德修身方是好，致知格物有祥和。
齐家扶友两相照，道义文章肩手歌。

附：回答本立

步保田

质本生来无善恶，操行有赖后天传。
咬文嚼字能完美，重教尊师岂苟全。
宽以待人非懦弱，严于律己少灾难。
奇闻未必奇才构，丑事偏容丑者填。
苦口婆心增智慧，欣期花好月团圆。

登山赋二首

2018.8

一

修竹藏幽径，茂林斑驳潜。
泠涤新石唱，绰约古兰恬。
峻极人成岳，微珠涧作渊。
长存慈善念，照把列仙占。

二

飘来云一片，腾去两青骖。
空谷叮咚恋，高崖麋鹿贪。
芒鞋寻鹤寿，藜杖拜龟岚。
问道三清观，关民有佛庵？

七 夕

2018. 8. 28

一簪开堑阻，滚滚万千年。
牛女相望苦，母子常潜然。
朝廷如此绝，喜鹊搭桥连。
掌管天下者，随行生杀权。

中秋寄语毛泽东二首

2018. 9. 2

一

立志离乡卅二年，中秋总是盼团圆。
暗播火种杀鞑子，高举梭刀斩匪顽。
世上千家能相聚，阴曹一户断然难。
谁人可会比他苦，身后还要被秽言。

二

弟妹妻儿全遇难，中秋泪洒哪时圆。
毁家只把苍生念，革命何须一户繁。
不给族人毫末利，留于后代半生难。
曲终非是春消也，雾散云开艳丽天。

问 天

请问哪寻原始地，神州早已不存荒。
奔驰开到山头上，轻轨直通城下廊。
数队铁龙蜗蚁赛，几排摩的飓风狂。
广场车站摩肩过，医院里边人最忙。

闲 思

霞蔚云蒸十二峰，重峦叠翠障千重。
拨开宫帐低头看，涌浪掀涛险象生。
都道人间多恶事，谁知天上少温情。
是非莫论红尘外，功过应该因果中。

诗人为诗二首

2018. 9. 8

一

大话西游可乱云，八仙东渡不正君。
兴观群怨无需说，雅颂比兴随便轮。
谏议大夫言国是，中丞御史定纲文。
诗人安是追风客，草鸟花虫少半分。

二（进退格）

天地人间多故事，林罗物象透奇迷。
青山绿水春常在，草长花开一日兹。
离合悲欢长上演，民生时政太多题。
只要大爱存心底，诗者眼中都是诗。

中秋夜

（蜂腰格）

2018. 9. 23

玉宇琼楼夜色寒，忍悲分饼月娥前。
通宵辗转难寻梦，妻子身边声泪酣。
无路怎知何处去，蜗居困守没人怜。
心肝欲碎头将裂，苦虑咋能闯过关。

读阎玉彩《中秋夜》感怀

2018.9.30

一场秋雨一层寒，究竟哪年哪日圆。
明代祈求晚清盼，老人祷告子孙传。
几家欢喜几家苦，楼厦茅寮不共暄。
弱肉从来遭强食，残亏盈满奈何天。

新郑古八景九首

2018.10.6

凤台寺畔凤鸣声，溱洧秋波入国菁。
大隗晴岚红湿暗，陉山晚照夕阳明。
竹溪梅月游鱼伴，烟雨欧坟迎日生。
最美南桥风雪后，锦堂春色塔边柒。

南桥风雪

旧有虹桥架洧河，风摇石响不离窝。
酒家茅屋炊烟缭，雪景寒天诗意多。
商贾行船撑橹唱，市民途路放喉歌。
今来古往闲聊处，春夏秋冬鸡鸭鹅。

塔寺晚钟

层峦叠嶂尽葱茏，秀色横铺蔽日彤。
毕集凤凰鸣绿野，暌辉塔寺响黄钟。
竹吟柏咏青烟绕，梵语鱼声耳鼓冲。
漱滟千帆重影乱，国人遍唱角商宫。

锦堂春色

洧水清流照一人，参天古木蔽嚣尘。
宽严祠记柔刑共，文法碑昭民士均。
香火塔尖生瑞霭，梵声仙景拨迷津。
锦堂春色传今古，启迪心灵证慧因。

溱洧秋波

约法三章民苦解，公车乘渡济人焦。
秋期水月交明浪，鹭集鸥翔配偶潮。
溱洧波涛兴郑国，帝都气象胜唐尧。
双洎河畔书青史，击节豪歌唱古娇。

欧坟烟雨

谦称六一翁非醉，唐宋八家盟主雄。
身历四朝功盖世，生前开国后文忠。
山环水绕陵园广，柏郁松阴墓寝隆。
骚客墨家凭吊泪，欧坟烟雨最空蒙。

竹溪梅月

一溪碧水傍山脚，饮马泉边磨战戈。
竹韵催醒划子浪，梅香频送热风波。
清辉染夜犹如画，秀女浣纱更似歌。
静美莫过秋夏晚，钟声蛙鼓竞相和。

大隗晴岚

问道广成踏嶂峦，练兵罴虎食衣寒。
具茨十里青鸾舞，故里一峰白鹤盘。
万叠曙光晨涧照，千重灵气夕腰拦。
烟霞碣石依秋月，大隗晴岚赖日溥。

陉山晚照

石壁嶙峋忧掉帽，墓祠子产敢登高。
苔斑羊道披苍翠，红色阶梯踏俊豪。
雨打村童新牧笠，尘生边将旧征袍。
具茨龙脉收停处，灿烂余晖分外娇。

城关乡美丽乡村采风感怀

留住乡愁要首选，宜居生态靠新风。
文明共建根方固，民主和谐路自通。
治理尤须重长效，安康才是眼前功。
千家富裕红旗引，社会公平图画成。

子　产

先驱春秋第一人，宽严辨析恶良神。
朝廷铸鼎成文法，乡校咨文问国民。
言德行能全道义，恭诚惠使树正伦。
碑林祠庙传千古，卧佛旁边塔北滨。

医院夜起

（孤雁入群格）

五十春秋历苦辛，悄成双鬓覆霜人。
总兴感叹沧桑变，独酌伤怀千古陈。
展卷堪悲书史者，拂台欣伴子了身。
肝肠还在湍然泪，愿把拳心铸国魂。

步李雪莹老师《坐游》原韵

2018. 11. 12

晨星未落已兴浓，择句重新探险峰。
缥缈之间呈梦影，追循顷刻失根踪。
琼浆玉液乾坤袋，异宝奇珍日月钟。
索尽悲欢离合事，兴观群怨赋春冬。

附：坐游

李雪莹

坐游浩宇兴犹浓，一键悠悠上险峰。
凭眺参差琼阁影，登临迤逦白云踪。
须臾留与千山处，倏忽飘来万古钟。
缱绻乡愁萦数缕，迎春接夏续秋冬。

原韵和晨崧《和联合国教科文组织代表普罗克普佐夫谈神州优秀传统历史文化》

2018. 11. 12

万代神州大纛飘，流长源远九重霄。
纲常道德尊先圣，廉耻礼仪昭后骄。
忠国孝亲扬博爱，悌兄信友弃孤高。
同生共享行常道，文化传承说旆旄。

附：和联合国教科文组织代表普罗克普佐夫谈神州优秀传统历史文化

晨　崧

中华特色彩云飘，德韵书声震九霄。
国际文人尊孔圣，五洲贵客敬天骄。
交流才艺仁慈爱，诚信隆情礼智高。
绮梦同心行义道，太平盛世举旌旄。

赴自贡

2018. 11. 15

越岭翻山驰自贡，跨河穿洞无意停。
求师埋怨车行蚓，问道祈求速疾鹰。
曲折蜿蜒风景物，高低险峻虎猿声。
历来鱼米川乡最，好写人生度晚情。

初到资中印象

2018. 11. 15

驱车缓缓赏资中，多见游人款款行。
慢品老街风雅韵，细观孔庙帝王情。
灵山秀水状元地，明理恭行黎庶庭。
欲把八德传后世，英才培育拜年功。

探秘响水滩大峡谷

2018. 11. 15

天劈巉崖开一线，地生修竹破霄銮。
贴牢石壁千阶道，抓紧冲云三箭杆。
愈走愈行愈光暗，越停越站越身寒。
山穷水复疑无路，柳暗花明过五关。

刘文彩庄园

（进退格）

2018. 11. 18

货真价实收租院，占地侵园奶妇悲。
佛室龙床相映照，杀人夺产骨成堆。
银枪金皿西英品，玉琢牙雕国宝资。
军匪官商融一体，难书川霸恶之魁。

北川老县城感赋

2018. 11. 18

断壁残垣不忍观，崩山埋校令人寒。
奔流泪水狂涛涌，轻放白花冤魄安。
天坠地沉无宁日，河清海晏有阑园。
自然规律隐灾患，遭遇国殇悟彻艰。

出　川

2018. 11. 18

两岸青山相对走，一条油路北川通。
淡云轻雾峦腰带，货挂奔驰墨玉龙。
鸟道横绝滞猱顶，悬空高速下霄重。
剑门开启别君去，脚踏祥符降汉中。

不欲语

奋蹄陇上老黄牛，不企闻名达九州。
伏案细研究史册，卧床默判尽春秋。
百家道统争鸣韵，诸子风流竞放喉。
闾阆间阁盛世景，催生诗国纵横酋。

讽附庸诗者

2018. 11. 27

清风明月柳梢头，秀水灵山瓦垄喉。
夏雨春雷花色好，秋霜冬雪日光湫。
天寒衣单何需问，尘厚囊空不必谋。
风雅追和流感病，兴观群怨使人愁。

痛悼历史作家凌解放先生

2018. 12. 16

血雨腥风落霞赋，清朝半部浩然歌。
柔情咏叹人间世，铁笔悲书鬼蜮波。
布局催生凌国事，兴龙已隐丧权戈。
存亡废立谁能论，一代名家二月河。

圣诞节之思想

2018. 12. 24

诞辰同庆夜，妇幼哭连天。
城废残垣咽，乡荒断壁叹。
千家安定盼，万国战开端。
何比求基督，升平百姓欢。

受惠君四卷四学生邀宴感怀

2019. 1. 5

早岁便知世事艰，百花苑里笔耕欢。
方舟一叶及筏渡，玉露三瓶志学箪。
开启黉门梁栋举，书成寅夜鬓毛斑。
春秋五秩求何事，千载先师伯仲间。

看郑风意象音乐演唱会四首

2018. 12. 27 晚

一

筝韵琴音落九垓，钟潮瑟浪上高台。
同车女子郎心寄，昧旦闻鸡雁味裁。
溱洧泛波杨柳岸，子衿城阙涩青怀。
露溥蔓草清扬婉，提起寒裳涉水来。

二

清音雅乐传天籁，曼舞欢歌动地徘。
荡荡洧溱流古韵，瀼瀼露蔓溢新阶。
搴兮秋叶牵情舞，唱矣青哥伴女谐。
一曲扶苏输广宇，郑风扑面绕梁徊。

三

上巳春融溱洧开，红男绿女两分裁。

缟衣茹藘常萦念，锦缕如荼不入怀。
望眼欲穿独翘首，西楼夕照又登台。
和鸣琴瑟相偕老，风雨重逢与子哀。

四

针线缊衣细密排，鸡鸣催促意徘徊。
披坚执锐凌凫雁。重饰金矛铁马怀。
良御善攻群彦将，羔裘豹饰俊国才。
虎狼猛士云台舞，昊宇奔雷落九垓。

无　题

2019. 1. 11

尸位素餐真是多，弄虚作假奈如何？
委蛇虚与成常事，朋比为奸铸惯锅。
九子夺嫡情化泪，嫔妃争宠血成河。
唯留蠢士空诘问，玉帝什时链锁剟。

腊八粥

青青绿豆能清热，养血滋阴小米灵。
补肾健脾豇豆好，安心止渴麦仁功。
花生健脑尤增智，大枣发家日子红。
玉米人称金豆果，和合五谷寓丰登。

新年快乐

新年必定新，丽日变黄金。
不见天藏玉，慨而遗憾春。
大街相问候，柴院忘孤贫。
等到忙完节，再来登此门。

诗词家群感赋
己亥年端月初九

兔园焉比柏梁台，邺下传觞七子裁。
金谷文朋开史册，兰亭诗友尽时魁。
香山九老藏经论，王阁一青现俊才。
莫看西园名士聚，茨山蓬荜整年开。

《春雪》勾往情
己亥年正月十一

歪戴帽子绳捆腰，棉鞋张嘴脚丫瞧。
氤氲热气丝丝冒，晶亮汗珠粒粒抛。
碗大雪球头上炸，米高人物路边陶。
抢抓机会填脖满，嬉闹追逐比赛刁。

战东诗友《春雪》读后
己亥年正月十一

纷飞六瓣野朦胧，又起童年那种情。
锨铲门庭通市路，帚清春雪靠墙嵩。
严实口罩遮寒气，宽厚围脖挡淫风。
无可奈何春去也，万般情致水飘零。

附：春雪
樊战东

春来晚雪几多情，新霁原林妩媚生。
银羽骄狂轻抚脸，娇娃对仗搬援兵。

和晨崧先生
《观第四季诗词大会感吟》
己亥年正月十二

雅堂兴会聚菁娃，斗艳争奇笑险崖。

汉末双雄羞颊面，唐初四杰愧簪花。
随心诗海掀琼浪，着意词林织锦霞。
重任千斤欣后继，云开雾散喜当家。

附：观第四季诗词大会感吟
晨　崧

柏梁台上少年娃，斗雅争雄登峻崖。
梦里红楼怜黛玉，溪边绿柳戏桃花。
轻舟击浪三江水，孤雁翱翔七彩霞。
慧丽娇姿情缱绻，金光月色醉诗家。

探望林从龙老师病榻感怀
（孤雁入群格）
己亥年正月十三

侧耳倾听病榻吟，强颜欢笑忍剜心。
声腔低抑含悲怆，韵律昂扬透烈忱。
文接华魂曾自许，诗传国粹已先喑。
令名早入凌烟阁，泰斗谁堪论仲昆。

别师难
己亥年正月十三

师尊拉手走真难，蠕动双唇潋滟欢。
一去二还行不得，三番五次往回盘。
人间自有离愁苦，世上并无别绪甜。
迟暮之时惟寄盼，生员子弟绕身团。

中华诗词学会刘庆霖副会长
《诗与诗性思维》专题讲座感赋
2019.2.25

境界宽如海，情怀大似天。
重霄堪揽月，地狱敢冲关。
道义双肩挑，雄文一石安。
壮哉椽笔秀，微矣锦涛澜。

五排　上元节游春
己亥年正月十五

高楼连广宇，阡陌网平垆。
熙攘人潮涌，悠游画舫湖。
秧歌行十字，锣鼓塞通途。
龙巨蜿蜒进，狮雄架上呼。
旱船傍地走，竹马驮人驱。
动漫精神足，乡音话本孚。
林梢挂圆月，肩踵挤昏隅。
绿翠妍红妇，青黄褐紫姑。
荷仙祈福祉，娥女献祥濡。
慢点青鸾首，轻摇碧凤梧。
飞天孔雀顾，渡海八仙趋。
白鹤腾吉翅，灵猴献瑞符。
昂扬十二相，沉稳一头猪。
百树烟花恋，千枝火焰涂。
市城灯灿烂，村镇雨醒浮。
财运汤团滚，前程喜悦愉。
喜看上元日，疏影别荒芜。
乐府高声唱，情消此夜荼。

元玉和广西柳州秦大戈
"大地回春"二首
己亥年正月十八

一

君臣聚会柏梁台，击鼓传花武帝开。
风剪未央宫内柳，雨津郑国渠外槐。
弗如柳市春三月，迥似方塘早稻栽。
山色水光无限好，云霞锦缎手勤来。

二

崖根昨日露尖芽，村角今晨绽杏花。
树下柴鸡刨醒土，塘中春信泛邻霞。
东邻睡后三轮唱，西舍起床耙出家。
沉静山村生气勃，新年又到续桑麻。

附：大地回春二首

一

昨夜东君访砚台，雪花犹伴瘦梅开。
轻风细剪兰溪柳，微雨新浇绿岭槐。
地湿天温实好种，田苏水醒最宜栽。
人勤自古三春早，无限风光手上来。

二

笋钻沃土树标芽，笑敞华扉赏万花。
戏水鸣蛙披绿袄，盈园桃讯映红霞。
农夫畅撒蓝田种，商贾欣迎大舍家。
更喜新村黎庶旺，围炉把盏话桑麻。

与刘汝江、苏铁林、赵宪立、
王智和诸兄耕读书屋兴会
（新韵）
己亥年端月癸巳日

临窗谈黍稷，把酒话桑麻。
兴致随觥涨，情怀逐浪发。
东篱陶五柳，邺下魏曹仁。
聊到红霞坠，归翁忘记家。

难忘兰亭离别泪，牵肠最苦梦之乡。

附：七律·梦思

庄　生

相知岁月溢流光，四季如春满桂堂。
有爱霓虹伤短暂，无情岁月叹沧桑。
花衷一朵知群卉，雁逐微风避紫霜。
梦里相逢难诀别，芝兰郁茂最牵肠。

步韵答谢广西秦大戈先生赐题【华北诗苑】茨山居士诗词专辑

2019.2.27

酸声糟语焉能溜，枯木难成立柱楸。
是否当年降虎地，还看今日服蛟蚰。
邯郸学步思高雅，立雪程门欲至酬。
东旆效颦心已属，奋蹄老骥也风流。

依哈尔滨王颖先生“桂林桃花江”韵赋陈政事也

2019.3.1

天下杭州美，西湖有二堤。
江河怀百姓，堂庙念旄倪。
罪有攸归到，康沈流湎迷。
奈何花落去，空有杜鹃啼。

附：桂林三景

王　颖

桂林桃花江

江涌桃花漾，多情浸柳堤。
随波穿烂漫，破浪过端倪。
凝似津源现，犹如月色迷。
青山追水转，移笑鸟鸣啼。

用《七律·梦思》同部韵答许昌学院李俊恒先生

2019.3.3

时常忆起好时光，洗耳恭听辟第堂。
论说风云能发聩，点评册史致醒盲。
古都独绽芳菲冠，新郑初成蓬荜郎。

用《梦思》同部韵再答李君俊恒先生

2019.3.5

仰赖许都是帝乡，更兼贤弟有名望。
肩挑肝胆昆仑事，心系乾坤华夏桑。
师院一逢缘注定，程门三顾理应当。
邯郸笃志追今圣，拾履沂桥效子房。

附：七律·和韵答谢兄台李君保田先生和拙作《梦思》诗

庄　生

前年染病谢兄望，去岁偎莲共鼎觞。
巨著仪规开我眼，忧思妙论启龙骧。
躬逢盛世君才展，诚拜尊师自发煌。
颂笔高歌韩吏部，文昭八代气雄扬。

元玉和周启安先生“三角梅三度开”并韵脚全用用之

2019.3.5

三九迎风津玉露，悬崖傲立更从容。
生来尽展姿容美，老去尤留香艳浓。
大爱人间妆野碧，真情世上寄夕红。
一心常伴窗前月，四季甘和众不同。

附：三角梅三度开

周启安

兰草齐枝捧金露，盛开三角又从容。
翩翩不羡黄花美，灼灼还如春日浓。
已遣真情留野碧，更传妙句托夕红。
寻常一样窗前月，重九有梅便不同。

河南省诗词之乡新郑市挂牌

2019.3.8

始龀尖音吟诵忙，古稀浑厚咏歌长。
开窗闭户书新韵，播种耘田发旧腔。
故里人聪能对仗，洛阳纸贵费周章。
身前站立白居易，怎敢不成诗赋乡。

白居易诗歌文化品赏音乐会

2019.3.8

为使苦民天子知，磨穿歙砚破官衣。
言情说理家常话，耄妪儿童路唱之。
犁地锄禾都入韵，叠人耍艺亦成诗。
舞台方寸千年景，激越声中曼妙姿。

效洧阳野父兄"谢东方先生和诗兼致寿康"韵跟习

2019.3.9

人生暮岁又如何，前路鲜花照样多。
莫叹豪情随涌逝，休悲英气已消磨。
兴潮寻梦吟新曲，抚瑟弹琴唱旧歌。
翻岳跨河追鹤走，扬蹄踏燕逐云过。

丹青迎春

2019.3.10

春心荡漾一湖绿，柳眼迷离半岸金。
鹳尾轻擦碧天镜，鸭头直钻玉渊身。
几人腐草寻尖嫩，两只孺虫蠕钝勤。
岭后东君知会语，塬前醉倒放飞人。

致文联

2019.3.18

八仙过海踏新潮，后浪常思前浪高。
四大古国唯我续，核心文化且休抛。
百花争放春光漫，万马齐喑难说超。
断代之为岂能做，团结一切路才遥。

感　叹

休言甚官长，别论啥诗师。
拱月因权重，追星为利资。
拨弹金素柱，奏起角宫辞。
一曲清商怨，谁能解我悲。

白牡丹

2019.4.13

三月春风抖玉盘，轩亭承露未香残。
雍容典雅人称后，仪态万方花奉冠。
素面清颜彰华贵，淡妆丰韵掩八仙。
从来不怕群芳妒，笑看浮生自坦然。

看星星草焦桐图片感赋

2019.4.17

五六年前栽泡桐，栉风沐雨更葱茏。
阴荫兰考沙岗地，防护燕国沃野风。
大爱存心立天地，真情履志奉忠诚。
青魂不去兹兹念，挂肚牵肠最底层。

淞沪会战之《八百壮士歌》①

壮士雄心杀恶寇，三军豪气铸忠诚。
魂游淞沪风腥暗，血染浦江涛碧红。
挑起战端日倭梦，饱经魔难民族更②。
前倾后续存华夏，淬炼凤凰才永生。

　　注：①《八百壮士歌》又名《中国不会亡》："中国不会亡，中国不会亡，你看民族英雄谢团长。中国不会亡，中国不会亡，你看那八百壮士孤军奋斗守战汤。四方都是炮火，四方都是豺狼，宁愿死不退让，宁愿死不投降，我们的旗帜在重围中飘荡飘荡，飘荡飘荡，飘荡。八百壮士一条心，十万强敌不能挡。我们的行动伟烈，我们的气节豪壮。同胞们起来，同胞们起来，快快赶上战场，拿八百壮士做榜样。中国不会亡，中国不会亡，中国不会亡，中国不会亡，不会亡。"（国民政府后将"中国不会亡"改为"中国一定强"）②"更"，更生之意。

人民海军七十华诞感赋

2019.4.27

沐雨栉风出岛链，吒涛吞浪水天颠。
犁波种下诗一首，砭雾长成歌百盘。

炮利船坚海疆固，矛尖盾巨九州安。
神针入地全球稳，一柱擎天砥万澜。

美丽乡村

2019.4.21

花木扶疏街作廊，楼房错落著新妆。
广场青妇翩跹舞，书屋髫翁阅读忙。
排污管长连万户，景观树密接千乡。
礼仪道德宣传画，法治文明奔小康。

最美是杭州

（孤雁入群格）

2019.6.18

弘俶褒奖妃子功，李代桃僵蛇走红。
夕照浮屠湖内挂，晨烘青岱长城中。
钱塘江面千帆过，苏白堤头万众匆。
秃笔生花杭市美，不如天地一时情。

余　杭

2019.6.19

云遮水榭湖亭月，烟锁幽园画舫笼。
禅寺八家镶树绿，芙蕖十里映天红。
青峰肥涧鱼追尾，滟镜瘦塘蛙鼓风。
黄口翁婆江上曲，桃源总在武林中。

　　注："武林"，杭州市别称。

苏堤春晓

（进退格）

2019.6.20

裘氅布衣南北走，樯桅彩舫过东西。
春山戏水湖中探，翠柳弄人堤岸欹。

日暮笙歌何处奏，蟾光燕舞转莺啼。
苏堤春晓轻烟笼，化作庄生缓缓飞。

苏堤春晓

2019.6.20

晨曦初现露桃夭，月落西山骀锦骚。
风缓柳丝拂并首，车流堤路跨连桥。
蓝天不与湖争色，窈窕曼和缘比娇。
舫艇轻摇早行备，莺鹂共舞唱新谣。

月下荷塘

2019.6.25

月明天愈淡，星暗叶犹团。
墨水旋裙静，烟花立伞安。
浅凉风次送，轻快蛙递弹。
偶尔流萤过，凭消几分阑。

拜会晨崧老

2019.7.9

相交砥砺篇，意笃胜忘年。
素面情丝缕，清茶心愿渊。
谆谆言尽兴，切切意绵缠。
如友如师长，堪尊堪圣贤。

悼恩师从龙先生

2019.7.24

吟魂归向处，懿德入凌烟。
诗国沾霖露，梁园浮榭轩。
妇孺争咏唱，翁壮润狼椽。
泪慰先贤圣，情倾华夏元。

恩师林从龙追悼会上

2019.7.24

白花挽幛充满堂，别绪悲情塞断肠。
万语永垂随乐起，千声走好驻忧伤。
清魂已上凌烟阁，新醅倾祈干国良。
大纛安擎看后进，遗容前面慰先殇。

追　忆

2019.7.30

已然往事成追忆，还有殷言绕耳边。
忍看手中余热散，痛悲戚貌夜床前。
孑身重任何堪负，一纸文书胜万难。
守诺丈夫天地立，笑迎荆路与湍滩。

祝贺海口市诗词楹联学会
成立一周年二首

其一

栉风沐雨新苗壮，茂叶深根大地安。
碧血化肥诗苑沃，丹心抱瓮志情坚。
五公祠里追思泪，万绿园中发奋篇。
踏浪弄潮帆正鼓，春华秋实迎周年。

其二

披露经霜过夏冬，幼苗初长顶天松。
园中桃李墙头杏，海口兰梅峡北雍。
汗水化成诗苑翠，墨香妆就楹柱彤。
东风已起行船好，碧浪银花灿烂容。

先师林从龙书房述怀
己亥年桂月庚子寅时

赌物思人情难抑，鼻酸喉塞泪蒙睛。
耳边重响叮咛语，眼里纷呈关爱形。
柴手余温仍旧在，病床轻诵特琅清。
夜深痛忆难挥去，室外鹧鸪凄楚声。

教师节抒怀

四四春秋何所有，千根梁栋柱云楼。
顶稀鬓匮驼子背，寒舍茅庐鼠辈酋。
晚景期求安静福，明朝害怕寄檐愁。
解嘲陋室催晨起，且把金瓯笔下汲。

海南省传播诗词文化
组诗十二首

海口市诗词楹联学会
成立一周年
2019.9.29

秦晋相和鸣，胜如亲弟兄。
鲲鹏兴北海，椰韵复南声。
白露蒹葭瘦，黄河五指宏。
青青子衿意，应在辰月中。

海口遐想
2019.9.30

秋韵涛声听海口，胸情心意属琼州。
椰林南国流金宇，芳草天涯盼木舟。
汽笛长鸣冲浪岭，银鹰展翅钻云丘。
彩虹飞架通天堑，从此再无悲罩头。

赴文昌讲课
2019.9.30

流星赶月赴文昌，横幅醒人灿烂光。
真道真研真志趣，热情热烈热心肠。
座无虚席求知耳，雨露清泉解渴望。
理想放飞传大统，铸魂何计播耕忙。

听见文昌
2019.10.1

飘遥寻梦闯南洋，碧浪红波叩爹娘。
遗骨千家存大海，孤魂一缕返穷乡。
秋阳染翠山川美，紫贝锦妆人寿康。
阑夜潮声勤拍岸，明晨处处是晶装。

儋州市讲课所见
（新韵）
2019.10.2

秋色金风酿韵浓，民歌万首化诗声。
耄翁踊跃安康路，童稚相传好梦情。
碧浪连番传祝愿，长龙衔尾迎日升。
赤橙黄绿青蓝紫，画卷山川锦绣容。

昌江印象
（新韵）
2019.10.3

十里昌江十里画，百层清幛百层秋。
热风扑面游人醉，细浪雕石布阵优。
更有真情赋神韵，直将锦字筑琼楼。
末学难解心中愿，铁笔流金奉至鎏。

昌江讲课
（孤雁入群格）
2019.10.4

耄耋妪翁亢，及笄花信昂。

词林偿夙愿，诗苑调膏粱。
惜有凌烟志，哀无折桂膀。
蓦然追梦处，今日在昌江。

乐东县黄流镇对联讲座
（蜂腰体）
2019.10.5

交流真火热，脖梗脸红长。
喜极模糊眼，多年第一场。
群儒犀利语，孤胆缜绵墙。
天下无诗圣，为人当自强。

海南岛
（进退格）
2019.10.6

云根生水上，画轴赖车行。
雷震青峰远，雨淋窗外葱。
金风荡椰韵，红栅绽梅荣。
璀璨明珠硕，镶嵌南海中。

重阳节登石山火山口
2019.10.7

登高火山口，恰值九重秋。
望断乡关路，思飞沂水头。
披风情更怯，冒雨心越愁。
文化传承故，记何欢乐忧！

自古海南岛
2019.10.10

南交岛上椰林密，五指山间南渡流。
猴子不知人间苦，潮风只会送腥幽。
常年害怕浪排岸，昼夜担惊人喊楼。
海角天涯断肠处，剩余仙境鹿回头。

今日海南岛
2019.10.11

海南岛上海风柔，五指风吹三分流。
植物园中藏径远，琼崖旧址战图悠。
沙滩坐看犁溅玉，林岸拍留鳞栉楼。
闻笛东坡五公喜，启开自贸几回头。

成耕水浇地撂荒
2019.10.12

劳顿车灯夜渐深，探寻古迹过新村。
东西廿顷干蒿壮，南北三渠水井群。
好问同行听故事，争言向导说原因。
本高粮贱无人种，一亩百元租地金。

谢昌江吟友唱和愚作《昌江印象》
2019.10.19

翠铺山市动漫悠，绿染乡原油画流。
海韵轻敲琴吻岸，江花绽放浪摩丘。
临窗顿感心头暖，回首频生脸上羞。
待到东君捎信到，觥觞再把子期酬。

伤　怀
2019.11.1

作赋吟诗五十秋，雪泥鸿爪未曾留。
江河山野心中住，日月风云笔底游。
怨怒悲欢情满腹，讽歌刺劝志无头。
青莲居易灵均往，子美空余泪没楼。

闻包德珍吟长赴羊城定居有赠

2019. 11. 14

汉末多才俊，文姬皆曰尤。
回文书缱绻，散朗见刚道。
崭绝令晖独，奇瑰洪度侜。
词宗清照冠，坛主属包鍪。

与人谈诗书画民间组织

2019. 11. 18

只手难撑天，独权易掌关。
高门更筑槛，低户欲除栏。
雅颂朝堂好，骚风乡野妍。
百花齐放季，方是艳阳暄。

二月昌江

2019. 11. 23

烽火中春满树殷，芬芳甜蜜最怡人。
万千新秀当工匠，半百元丰转世魂。
两水同滋原野绿，一风尽染陌阡昀。
昌江遍地生神韵，还数黎家兄弟亲。

海　南

2019. 11. 23

明珠南海嵌，宝岛四时春。
五指擎天柱，万泉济地坤。
迎来村寨美，换取陌阡新。
谁是供图者，工农士子人。

哈尔滨青山诗社三十年致贺

2019. 12. 6

青山崇北国，葱翠覆冰城。
俯瞰无穷碧，摩挲有昊琼。
高危不弃小，微末亦成宏。
老骥春芳志，燃红伏枥情。

雄起（三首选二）

一

利炮坚船破国门，西逃母子被尘昏。
分疆列土豺狼咲，一统神州人鬼怨。
林立草王争九鼎，八方豪杰护昆仑。
家朝终得书成史，天下同兴讨辫军。

三

航母挺胸行险浪，神舟昂首外空寻。
东风呼啸擎天柱，探秘蛟龙定海针。
带路串联天下小，雄鹰破雾彩云深。
醒狮威舞环球动，复我金瓯旧国岑。

纪念澳门回归二十周年

2019. 12. 20

天主伤悲大三巴，绽开盛世好莲花。
澳门四纪空期许，半岛经年有色差。
祖国思牵悬海外，母亲冀盼接还家。
回归本是通天道，瞻望前程足可夸。

无　题

对镜伤心处，何时已染霜。
一生何所有，满室溢书香。
涕泗长叹息，蹒跚短调昂。
文人徒憾恨，士子勿迷茫。

感　叹

休言甚官长，别论啥诗师。
拱月因权重，追星为利资。
拨弹金素柱，奏起角宫辞。
一曲清商怨，谁能解我悲。

再临海南

2019.10.20

余受邀于九月二十九日赴海南与吴德雄、黄良妹诸诗友论诗，距上次到海南已逾二十三年矣！再次登岛，心情特别不一样，思之多日，草成折腰体七律一首以记之：

再登琼岛廿三年，不见青庐旧日园。
满目蓝天楼厦柱，无垠碧水海花①妍。
轮渡椰城刚到站，龙吟②五指已离山。
几多往事成千古，翻覆从来一瞬间。

注：①海花，即海花岛。②龙吟，指海南岛高铁。

元　旦

2020

快乐新年过，杳旯故事多。
床头蜷老爹，桌上架新锅。
男女颜如玉，孤翁发似窝。
臭臊噎人死，可叹衣成蓑。

依王国钦先生《郑州怡养谷冰雪梅花吟》元玉赋"首届中国（郑州）冰雪梅花文化艺术节"

2020.1.4

怡谷盛开冰雪梅，清幽古韵雅居迴。
高崖风骨三星羡，仙镜灵枝一月追。
总把芳魂伴冬日，依将丰格夺元魁。
生来只为人间暖，献爱何须靠始雷。

附：郑州怡养谷冰雪梅花吟

王国钦

问君何处可栽梅？古韵民居灵气廻。
就势依云星月绕，冲寒化境梦魂追。
岁寒三友名当首，枝傲元冬品占魁。
立雪怀冰俏香远，人间好待报春雷。

郑州怡养谷冰雪梅花吟

幽韵催醒六瓣纷，民居依旧满氤氲。
桃园不在红尘觅，仙境还于世间寻。
疏影摇呼松竹到，暗香浮动菊兰临。
搬来紫苑迎新贵，一片冰心华夏魂。

哭胞兄

己亥·丁亥·壬子

致事涟冲米寿流，悲伤激颤堵阎喉。
前天腮上痕刚拭，今日颊添新涕澎。
宿命难违条律定，三生易犯愿心求。
泉台此去双亲会，且把人间说分由。

进入庚子沉思

（孤雁入群格）

己亥年除夕夜

泪奔庚子届双轮，炮利船坚铁马尘。
坐地分赃华夏国，奔狼突豸列强民。
百年探索终如愿，七秩践行尤似秦。
三一征途追梦好，红旗凝聚子孙魂。

祝贺海南省华侨文学艺术家协会第五届理事会召开

2020. 1. 13

青峰总在云天外，情缕依然跨海长。
游子思亲书祖国，归侨创业画椰乡。
鼎新延续回家路，革故承开发力场。
铜雀台因贤哲建，梁园只合做桥廊。

无　题

书中谁说有黄金，紫绶红冠靠二亲。
万吨重担人已垮，千钧包袱压弯身。
前途不定爹无子，暮岁犹思爷有孙。
怎会伤心不损体？高官达贵盼丁人。

依毛泽东《送瘟神（二首）》韵寄武汉新冠肺炎

其一

冠毒猖獗三镇多，张牙舞爪意如何？
腥风袭户人皆泪，血雨封楼楚断歌。
高铁和谐天使箭，银鹰运廿昊星河。
神州岂任兴瘟浪，十亿雄兵战疫波。

其二

新春武汉占头条，幸我神州尽舜尧。
冠毒恶掀收命浪，白衣善搭救人桥。
杏花风起乌云散，霾日消除绿柳摇。
等到疫魔形遁迹，朝霞遍染晚霞烧。

追风与骑墙

2020. 2. 24

风生四季气为宗，土立一墙骑有功。
冷热阴晴乃根本，伏依倒靠是虚荣。
竞争不讲廉德范，选让只关益利清。
若设则天则地处，何来车马玉堂隆。

纪晓岚

2020. 2. 29

青灯伴黄卷，蓝袖拢清风。
笔点庚开府①，文描水奄城②。
烟锅装日月，茶馆煮阴晴。
天趣知三昧，盎然藏岳峰③。

注：①庚开府，即庚信，宫体文学的代表作家。代梁出使为西魏，后梁被西魏所灭，遂留居北方，官至车骑大将军、开府仪同三司。北周代魏后官至骠骑大将军、开府仪同三司。②水奄城，亦作水淹城，一说是商末周初奄国的国都，奄君就是当时在山东曲阜之东的奄国君主。相传奄君就是周成王时与商代后人武庚勾结发动叛乱的奄国君王，被周成王所灭后，带领残部从山东辗转逃到江南，在这里凿河为堑，堆土为域，仍称"奄"。古代"淹"与"奄"通用，一直流传至今，遂有"淹城"之名。另

一说是春秋晚期吴国公子季札不满阖闾刺杀王僚夺取王位，决心与阖闾的强暴政治决裂，"终身不入吴国"，便在封地延陵筑城挖河，以示淹留之决心，邦名"淹城"。距今有2500多年历史，1988年被列为全国重点文物保护单位。③鲁迅在《中国小说史略》中对纪昀编写的《阅微草堂笔记》评价："惟纪昀本长文笔，多见秘书，又襟怀夷旷，故凡测鬼神之情状，发人间之幽微，托狐鬼以抒己见者，隽思妙语，时足解颐；间杂考辨，亦有灼见。叙述复雍容淡雅，天趣盎然，故后来无人能夺其席，固非仅借位高望重以传者矣。"

见雁征感怀

2020.3.1

刚刚听到雁声，抬头一看，数十只大雁列阵飞空，激情随发，占得一律：

横排空雁过，留下是和祥。
宇宙生万物，各行其道忙。
狼成清洁者，鹰作护纲皇。
万象依规律，泱泱人类长。

元玉和湖北浠水郑磊吟友"五八抒怀"

2020.3.2

墨浪随心酿造春，银毫着意赋修真。
六轮桂魄云和雨，四纪桃魂风与尘。
简榻琴弦承耿骨，寒庐剑匣付忠身。
求将壶满诗家论，且把江横作窖纯。

附：五八抒怀

浠水：郑磊

2020.2.28

岁月如斯五八春，端倪笔下性其真。
双肩有锐担风雨，两鬓无情染雪尘。
欲把琴心求剑胆，尚将耿骨入诗身。
东篱煮句吟三九，一任黄花愈馥纯。

王母庆寿

2020.3.4

蟠池瑶殿影，金顶玉堂春。
捧寿麻姑早，献桃猴子新。
翩跹罗绮者，威武锦袍神。
天地三才会，使钱开此门。

依中华诗词学会副会长王改正先生《西安碑林蜡梅盛开》元玉另寄

2020.3.12

三坟五典梦中间，八索九丘床侧安。
也羡失明成外传，难期孔子作韦编。
徜徉四域江湖水，跋涉神州山岳川。
忍舍桃花翻作浪，扶摇追鹤白云边。

附：西安碑林蜡梅盛开

王改正

庄严肃穆，三学拱卫，西安孔庙碑林。绵历千年，池开半壁，恢宏义路礼门。圣业耀棂星，儒道冠今古。泮水之滨，瑞兆麒麟，德昭天地圣贤尊。钟声惊醒国人。要临习翰墨，断字识文。秦篆峄山，曹权汉隶，欧阳颜柳称神。气骨是灵魂。无数经纶手，独具匠心。亭下梅花满树，灿烂似烟云。欣赏流连忘返，金石动我诗心。梦到京华胜景，琼华岛上沉吟。诗曰：

文庙吟哼翰墨间，碑林铭记大长安。
兰台未忘周文字，太史遗存汉武编。
时代潮流新渭水，烟霞凤藻古秦川。
梅花满树罗浮梦，却在京华北海边。

注："三学"：西安府学、咸宁县学、长安县学。

依王改正先生《年末最后一夜宿长安怀古》元玉唱和

2020.3.15

除夕从来过两年，虽无鞭炮也无眠。
庄周实现南柯梦，刘瑾难逾内宦关。
台面武生能走马，棋盘木子敢翻山。
填平东海非难事，堡垒安于北海南。

附：年末最后一夜宿长安怀古

王改正

昨夜西安暂住，今天回到京华。凌晨窗外是红霞，莲湖波静静，喜鹊叫喳喳。太华高拔有顶，人生美梦无涯。秦川几度帝王家。江山留胜迹，沃野种桑麻。乃坐飞车而畅想，涂散乱之诗札也。诗曰：

一夜匆匆跨两年，迎新辞旧我无眠。
咸阳可叹秦皇梦，华岳曾游汉武关。
点赞唐宗开帝业，堪怜宋主赴崖山。
黄河万古朝东海，望尽东南共海南。

抗疫新冠肺炎封城解禁

2020.3.21

传来解禁喜如狂，抓耳挠腮转折忙。
展纸无从涂反复，团丝虽理拉不长。
石头搬去心欢快，弥雾消除眼亮堂。
凝紫流金天恰好，踏歌还趁杏花浪。

答谭道利吟长话清明

2020.4.4

清明前日为寒食，登位新君忘肉滋。
一领破蓆亡命证，半边残帛续众辞。
高冠华服争趋合，烈火荒山阻躲离。
焦柳重生意何寓，民安社稷厚根基。

马蔺花[①]二首

2020.4.9

其一

扎根在戈壁，隐姓更藏颜。
胆奉轩辕国，心忠日月阑。
笑容差瀚海，壮志退风磐。
花绽碱盐泊，欣将沙米餐。

其二

出生都护府，拙壮戈壁滩。
血荐千秋续，魂牵华夏安。
療医民族疾，祛毒虎狼眈。
湛湛江山秀，昭昭天地漫。

注：①马蔺花，生长在茫茫戈壁滩，不仅给荒漠增添了绿色，本身还有清热，

解毒，止血，利尿之功能。主治喉痹，吐血，衄血，小便不通，淋病，疝气，痛疽等疾病。以此作为诗题，乃取其喻意——新疆马兰基地及罗布泊弹着区。

有感于非洲织巢鸟①
（不入群格）
4.13

只有文人建市村，诧然鸟雀不输人。
穷邻陌舍乡情固，茅屋危墙道义臻。
辣苦同心闯苑巨，酸甘戮力宅庭均。
三民法则遵行好，敢问特权何处神。

注：①非洲织巢鸟是群居鸟类，共同筑巢，毗邻而居，和睦和谐，互帮互助，一起觅食。丝毫没有等级观念，更无特权之为，也算是鸟类一大奇观。

谷　雨
2020.4.24

莺飞草长芬芳尽，水绿天蓝翠柳烟。
布谷催耕抢季节，铁牛翻土种粱棉。
和风细雨春深处，秋实盈仓岁次前。
万种革新皆补足，动摇基础梦难圆。

无　题
2020.4.24

烟雨嫩芽摇曳抽，难将画饼辘肠收。
镜花开在高峰处，水月坠于浑水沟。
支票不如支付宝，新斋难敌旧时楼。
单衣已把棉衣换，喜鹊声中人更愁。

依韵和李清海吟长《桐华赞》
2020.4.25

谁把馨香送万家，和风近夏谢桐花。
凝红浅带三枝露，散绿深封一地沙。
薄粉罗裳迎暖日，庄容神采震妍霞。
不争春色延春美，实意诚心扮国华。

依韵和赵智新吟长《螃蟹》
2020.4.25

何因螃蟹敢张狂，吾素吾行信马缰。
六跪横行无所敌，二螯伸缩已成殇。
依强多有豪梁吓，凌弱从来百姓慌。
如欲清平迎盛世，还须雷暴雳沧桑。

附：螃蟹
赵智新

胸无忌惮恁张狂，恣意横行纵马缰。
铁甲红皮无善意，金戈蓝眼少心肠。
闲游鳄穴从无惧，擅闯龙宫亦未慌。
落釜烹煎酬皓齿，唯留笑柄话沧桑。

桐花绽放时节
（新韵题图诗）
2020.4.27

具茨桐树特别多，开满山沟开满坡。
花海置身花掩日，蕊池蜂绕蜂忙活①。
一鼻甜气熏人醉，十里长亭晃脑歌。
香宴安排祖龙庙，洞天福地汇成河。

注：①"蜂忙活"是三平脚。

贺西亚斯学院寰宇住宿书院"院长荐文"百期系列活动

2020.4.28

其一

忠魂耿骨沐文章，德化黉门绶紫裳。
培育栋梁邦国用，航行波浪塔灯攘。
踏云诸子穿秦岭，破雾韶华登庙堂。
懵懂启开门两扇，凌烟图画百秋香。

其二

伏枥惟思弱冠强，殚精竭虑选文章。
篇篇经典开茅塞，粒粒丹珠裹腹香。
枕典夜思迪漱玉，荐文日念育贤郎。
心潮化作溱河水，润育禾苗助厦匡。

诗耶事耶

（进退格）

2020.5.14

浮躁时风浮躁人，诗源诖去探其根。
歌谣击壤升平世，尧典言明发动因。
群怨兴观关社稷，赞歌讽喻涉乾坤。
先将后重交文字，再把情思格律遵。

说格律

2020.5.15

欣然镣铐锁拴身，修旧名其曰逑真。
可叹东施遗古典，尤悲田子笑今人。
一篇秋水庄周意，廿卷千家幼稚麟。
薪火还须与时点，传承总是在创新。

雀占燕巢

2020.5.16

兄长家燕子筑巢已有多年，不知怎的，
今春竟燕巢雀占。灰雀夺一次，燕子搬一
次家。反复在兄长家筑了几次窝。谁知灰
雀夺了几次。最后燕子只好举家迁移。

侵占爱巢几次搬，穷追不舍雀心欢。
浆泥没有筑完备，泪眼只能绳上弹。
振作精神窝再建，诉求天理处何安。
离乡背井夫妻苦，落难逃荒子女寒。

睡　莲

美人侧卧洧河床，沐浴琼汤饮露浆。
鱼伴瞳身蝶嬉蕊，燕妆娇色霞作裳。
一颦一笑开中夏，一喜一忧秋建房。
远别黄尘生水国，人间有缕淡然香。

文广和旅游局新郑考院暨老县衙楹联征稿

2020.6.2

斗柄朝南指，重光奎阁辉。
纷如荷夏囿，纯胜桂秋闱。
笔阵千军扫，楹联万象菲。
清流字间响，阒寂又生葳。

寄狂生

2020.6.3

诗仙借梦上云梯，七彩端居抖羽衣。
尺牍还存天际处，高歌已到祖山西。
新醅敢壮千盅胆，旧砚雄吟百首题。
仗剑青莲远游去，吾君照写庐瀑飞。

新 韵

牡丹开在人之口，莲藕生于污沼中。
路畔玫瑰刺尤密，山间棠棣情更浓。
春潮带雨从来晚，冬雪夹风快速汹。
造化乾坤循一理，唯余人间各不同。

痛悼师长周启安女士三首

2020. 6. 10

其一

打开微信人惊傻，讣告珠眸化血花。
荆楚凄吟折膀臂，三湘浩叹失诗家。
殷言长在瑶池念，雍貌移居紫殿夸。
悲痛无声横涕泗，寿楼遥祭抱琵琶。

其二

须眉不让追青史，其志其情友共夸。
寥亮胸怀交管鲍，豁嘉性格结钟牙。
为人退进慈悲念，做事败成公益加。
兴观标杆师表立，寄于群怨赋烟霞。

其三

三载之前征雁归，水云轩选到寒扉。
鸿篇点醒诗痴梦，巨愿躬酬顾问徽。
度量哲思巾帼杰，文风肝胆世间巍。
师长驾鹤昆仑去，再有疑难我问谁！

喜收与海口、文昌诸诗友合照有感

2020. 6. 24

中午，收到海口诗联学会会长吴德雄吟长寄来 2019 年 9 月 30 日文昌交流合照，甚慰！午时构思五律一首记之答之。

见照如见人，永恒情亦深。
流腮似倾雨，间隔言即箴。
晤面成追梦，终生不鼓琴。
天涯在何处，琼岛有诸君。

橘子树被蚕食

（孤雁入群格）

2020. 6. 25

浑身是宝世称奇，白色碎花新叶萎。
蝶蛹顿餐遗隐患，芳芽日耗变枯枝。
从来访客推波手，只有家人护理之。
空论遑遑舞台剧，根基渐渐伏危机。

南方暴雨成灾遐想

2020. 6. 26

南方降雨北方晴，冬暖夏凉依律通。
银果铁花世前愿，桃僵李代时下风。
祸福弱强人间事，霜雪冻冰天上功。
柴院朱门分际早，阎王不管庶民穷。

夏　日

已把树阴凉，换成调控房。
不忧虫子扰，难再蟋蟀亡。
地净场光阔，堂华六合啬。
自然哪里有，夜晚梦中详。

夏日洧水

2020. 7. 10

白花掀碧浪，洧水变莲河。
六合清芬满，七仙绿涤婆。
鹭翔田叶踩，鸭动伞茎过。
随意青蹊照，游人入镜歌。

凤台湖和法王寺释大
和尚对聊

2020. 7. 10

早起忍听麻雀歌，夜眠悲诵乔达摩。
奔驰别墅平民少，利益金钱权贵多。
因果果因颠倒事，须弥弥勒口心罗。
几人收敛修真果，势易时移律变讹。

读　史

2020. 7. 14

以身饲虎堪愚蠢，烛影斧声南面君。
握手还需整脚客，甜言亦靠捉刀人。
抟风舞润心相印，从物应天独善身。
启醒民风挥铁笔，安弥国事用干臣。

八一感言

2020. 7. 28

腥风晦雨乌云集，八国联军北约齐。
欲效当年强盗样，妄图今日困雄狮。
百年恢复天朝象，七十遂成圆梦梯。
发展尤须依法则，力量牢筑防波堤。

寅中思

壮岁那思世路凶，前途明媚不曾慵。
三台风雨洪流渡，大马金刀任尔纵。
帷幄运筹憧险顶，迅谋决断搏先封。
秋光无奈西阳老，暮色苍茫看晚峰。

暮日荷

2020. 9. 1

枯枝偎干叶，瘦骨寄心思。
相印相依靠，相牵相伴期。
也曾妆绿水，从此度昏曦。
不虑生根苦，分离泪洗肢。

新郑市新景

故里朝圣

暖风熏日游人醉，弱水丝绦竞妩湄。
浅底沉鱼听乐妙，枝头绽蕾浸心扉。
殿堂注解轩辕业，汉阙昭彰华夏巍。
宝相座前朝圣愿，大同天下万邦归。

老城南街

石路踩成坑，侯门接旧城。
牌坊青史册，店铺紫袍亨。
县府刑腥重，儒生考院轻。
尘封书页启，电闪与雷鸣。

洧水寻芳

南桥旧址卧虹生，塔寺钟声传晚城。
夕照凤台迎望月，晨晖湖岛抚醒莺。
鹂音灯影花丛恋，琴曲渔歌岸侧行。
寻梦林间幽径妙，附庸风雅靠衷情。

玉湖金波

修篁霞染翠，妩媚润菁株。
浮水凫鹅小，摩天倒影郛。
枝繁排丽岸，苇茂比青蒲。
骏马湖中赛，流光入画图。

枣林秋声

镶满虬枝玛瑙红，绿荫深处说风情。
农家小院香墙外，大枣林间甘腹中。
抬手撷来延寿果，俯身品尝落花生。
时临白露丰收节，车载人行似接龙。

郑风新韵

郑风扑面满溱川，映日荷花别样鲜。
摇乱清波河碎影，连成金鲫水行船。
诗书幽苑开情窦，勒石春秋咀口犍。
城阙子衿东墠盼，褰裳跋涉百千年。

千稼记忆

稼街饭菜香，地域风俗详。
常伴乡邻党，遥望想爹娘。

南疆和北国，齐鲁与甘凉。
圆了平生梦，慰平思念肠。

黄帝千古情
（折腰体）

时空穿越五千春，肇造文明功业勋。
全息剧场如筑梦，缤纷情景仿临身。
假到真时分辩苦，如真幻景梦常新。
复兴才会光元业，情系龙传千古人。

古城龙盘

二水绕都城，龙蟠千百冬。
蜿蜒四十里，苍翠似角形。
苌阙激怀烈，登临送目匆。
数度名史榜，楼厦柱天功。

重阳日
（进退格）

渊明首赋重阳菊，摩诘关情九日诗。
池岸秋香守愚折，樊川两鬓插新归。
隋唐元宋明清作，当代茨山属意迟。
驾照考场模拟测，车轮滚滚乐耆稀。

旧地重游
2020. 10. 22

八年未吻洧河肌，今日迎风踏露曦。
荒草弥漫无路径，冬枝已秃两三枝。
涉禽结伴凫秋水，喜鹊成群汇岸堤。
空气清新多寂静，此时正好过滤思。

李煜怯情供圣谕，徽钦岂愿解京师。
烟尘龙辇西安道，翻覆乾坤一念之。

十月初二上坟前夜

深夜犹听父话声：沟南蜀黍有收成。
人勤土地不偷懒，下够功夫莫撂耕。
我已时常腰腿痛，你要偶尔捯子玥。
家中一切安排好，才会全心在外行。

垦殖乐三首

其一

感叹乌升兔落，伤怀眨眼人生。
长斯抱瓮园灌，叵耐务心志更。
著意留存历史，忍看湮灭令名。
前瞻时日流短，荒地谁能垦耕。

其二

小草要撑巨石，蜗牛决意留名。
走卒挑脚龙辇，骑马乘车步行。
别墅蓬屋各取，安康快乐谁评。
何须管他群相，忘却甘甜乐成。

其三

案闻室外啼鸣，万户仙乡梦生。
送走西宫太白，迎来心宿启明。
困时碳汁茶饮，饥馑金文腹充。
粉墨登场争趋，安之若素吾行。

血色史画

2021. 1. 7

烽火燎天褒似笑，镐京遍插犬戎旗。
守坟尝粪夫差活，骄政纵兵勾践夷。

五指山

2021. 1. 15

名山何处有，海客说琼州。
五指撑天柱，万泉铺地绸。
脊梁儋耳挺，血脉富源留。
林雨椰风起，除尘荡秽疣。

秋枫之日

凝霜塞目新鲜血，流向群峰竟是丹。
红透江河红透地，醉了秋日醉了乾。
四时更替无私爱，一线横穿断怨冤。
守护节操真本色，赠予人间热和寒。

银杏叶黄了

秋光未老偶空音，万绿丛中白果金。
映得葱林黄绿色，刺疼双眼褐蓝针。
快门闪耀难添亮，彩笔淌流易洗阴。
画景不如真景好，天功开物自然琛。

牛

俯首耕耘志愿踌，不求闻耳老黄牛。
翻开沃土盈春雨，播下良菽富小楼。
麸草为食无憾怨，星光陪我慎独悠。
宏声唱响肝肠调，铁脚踏出华夏瓯。

述　怀

杯中泡岁月，案上度峰峦。
笔下清流韵，心头情溢澜。
练成三分胆，突破一身纨。
苟利生民乐，夫怀家国安。

辛丑正旦随想

首阳华晔生芝紫，终老随园看大千。
钓得徂徕竹溪绿，梦成大泽鲤鱼鲜。
桐庐茅舍开新圃，颍水麻衣忆旧颛。
箪食残醅行陌路，具茨山下可耕田。

喀喇昆仑英雄礼赞

2021.2.25

铁马钢枪加勒关，英雄豪气界河寒。
无牙猥虎焉如兔，执锐精兵信若盘。
赤胆碾残夷族梦，忠心隆起祖龙峦。
卫青去病仍安在，斩却楼兰华夏阑。

祝贺张文斌先生
"虹彧诗联"付梓

2021.4.1

引吭挥笔钧天乐，一瓣心香为国开。
流韵铁锋成锦绣，落笺金字铸浪嵬。
宿翁仍旧披袍战，伏轼依然踏岭裁。
只为山河迎舜日，宵衣肝食尽余杯。

原上洧河

2021.4.5

静静辰方水，蓝蓝一片天。
岸低闻鸟语，河浅有渔船。
鸭老神游懒，草萋翁钓缘。
心尘清净处，还是归自然。

晨　风

2021.4.13

摇曳新枝坠，飘飞红雪纷。

窗　灯

2021.4.26

水月浸城空宇悬，三更灯亮独窗前。
键盘兴点掀波浪，块石情扬垒岳巅。
引导中青和耄耋，恭迎狂圣与魔仙。
问君哪得坚如许，忙趁斜阳再着鞭。

悼杂交水稻之父
袁隆平院士

2021.5.22

神农今已去，良种世间留。
夙愿将民养，肝肠为国谋。
功播华夏地，名盖两分球。
此去仙台路，旌旗十万酬。

五大连池

2021.6.3

天造连池水，岩溶截断汤。
白河潴堰泊，玄武酿琼浆。
医病生奇效，游山览玉光。
钟灵一时秀，世代进诗囊。

镜泊湖

2021.6.6

潋滟晨昏静，风平铜镜功。
烟蒸生瀑暴，桥架醒涛虹。
晓暗纱笼雾，雷鸣龙殿宫。
牡丹江处女，地壳逞英雄。

松花江

2021.6.7

稻花香两岸，帆棹满松江。
撒下希望梦，收回幸运仓。
难河成历史，鸭子亦魂殇。
黑土还民用，歌声响北疆。

缅怀周启安逝世一周年

2021.6.9

曾许呕心微友谋，未功宏业自先木。
落霞晖染分离苦，去水牵扯存续愁。
思切几番头已雪，悲深数次梗如喉。
良人痛失文星坠，夙愿酢酬东海流。

赠中国东方文化研究会张云程会长二首

2021.6.27

一

炎炎盛世归，灿灿岭河肥。
用此三春暖，生之九夏蕤。
吐空丝束缕，织就锦芳菲。
待到秋丰日，化成丛中瑰。

二

炎夏带乌行，先生到郑城。
车披途次苦，汗去一身轻。
经过轩辕里，未归细柳营。
回看论道处，沪上赶时程。

美丽乡村唐户游

2021.6.28

序："唐户村是园林式的仰韶文化遗址美丽乡村。路成网，田成方，树成林，花成海，村成景。穿行其间，踟蹰于路，静谧，幽荫，给人以安澜，凝志，清心，陶情，冶操，怡然。颇有跳脱三界外，不在五行中，不闻秦汉，无论魏晋之思想。"随行，随游，随赏，随思，随草成一律：

路过林幽暗，渠通水复明。
花醒青翠色，霞染掩楼琼。
天外传鸣笛，街荫侃论声。
怦然新五柳，已发寓居情。

诗者老怀

2021.7.15

已入深山步欲停，挂怀峰外有峰青。
壶空泉水便当酒，囊涩琼花会醉伶。
竹杖芒鞋幽路探，浅溪荒径朗锋钉。
先来诗界觥筹满，后进梁园十里亭。

郑州市抗洪抢险救灾侧记

2021.7.22

孩子老人先救护，男生退让女生优。
住休餐饮价争降，超市书堂供滞留。
商业经营先放下，逐名博利再无求。
文明友爱和团结，道德洪流心上流。

立 秋①

2021.8.8

节令立秋秋尚浅，丰华硕韵②韵渐深。
风云雨电天行健，黍稷梁菽地势坤。③
一粒一餐④辛苦换，一瓢一碗汗珠津。
追寻击壤⑤囤边梦，菊桂开时两露金。⑥

注：①立秋：秋之始。浅也。况自古以来就有秋后加一伏之说（三伏应在立秋后）。农谚："立秋见秋。"是说，春季种植的高粱等作物这时候已经成熟。但是，如玉米、谷子、大豆、甘薯等作物还在成长。所，农谚说："立了秋，挂锄钩"。意即不再进行除草、锄地等田间管理工作了。②丰华硕韵：春华秋实，收获的韵味已渐渐多了起来。③天行健：指的是天的运行规律。风云雨电是天的自然运行规律造成的。黍稷梁菽：出自《三字经》："稻梁菽，麦黍稷。此六谷，人所食。"而这些作物，又是依靠土地而生长的。两句合起来"天行健，地势坤"。分别出自《周易》（乾卦）和（坤卦）。"天行健，君子以自强不息。""地势坤，君子以厚德载物。"意即：天的运动刚强劲健，地的气势厚实和顺。④一粒一餐：化用李绅《悯农》："锄禾日当午，汗滴禾下土。谁知盘中餐，粒粒皆辛苦。"⑤击壤：借用古诗《击壤歌》。⑥菊桂两露：菊花九月绽，桂花八月开。八月有白露节，九月有寒露节。白露节过后，进入秋收季节，到寒露节，除甘薯（红薯）、荞麦以及萝卜白菜外，秋收基本结束。金：金秋十月。

秋 夕

2021.8.16

蛩声墙角生，夜半露珠成。
室内灯光灿，楼台月不明。
颜容因镜变，情志更年轻。
城市千家寂，键盘天籁声。

依王国钦会长《花甲自寿寄诗友》元玉和之

奋蹄诗苑老黄牛，播种耕耘志未休。
愿得槽头食青草，拼将陌上育金秋。
经春度夏迎宵月，敲字推文照晓楼。
栖住茨山无广厦，蘸干溱洧寄侪俦。

秋花不艳

浅绿讶然变油绿，杂花依旧烂漫衣。
愉人品性扬根色，醒世操行压凤姿。
碎骨粉身秋月少，抱枯持芇霜叶稀。
苍天有泪沧桑尽，雨雪风云不合诗。

白露后一日晨步见雾

2021.9.8

辛丑年八月初一（公厉9月7日）连阴八九天的雨终于停了，天放晴，气温很快升到30℃。初二早起晨步，只见雾气弥漫，近身的路边树叶偶尔落在地上，轿车若非都开着雾灯，就只能听到发动机的声音，周围如同洪荒时的宇宙，混沌一片，进城的打工者骑着电动三车，从身旁匆匆而过。兴从中来，随即口占一律：

露从夤夜白，雾自晓时生。[1]
树落啪嗒叶，车行只闻声。
地天包宇宙，日月孕雏形。
八九谋工者，奔驰向市城。

注：①首句借用杜甫《月夜忆舍弟》："露是今夜白，月是故乡明。"不过，杜甫讲的是白露节，目的是跟下句"月是故乡明"形成句式上的对仗。上句把"白露"一词拆散，下句要保证句式相同，就要把"明月"一词拆散。上下句属于折分词对仗。这里是实实在在（八月初一白露）的夜露。雾又在八月初二早晨生起。所以是写实。

昆仑山"地狱之门"[1]

2021.10.15

牧草比花妖，荒丘骸骨泡。
猎枪成锈铁，野兽剩皮毛。
空电烧焦石，地磁吸胜漂。
祖山灵异旺，龙脉应龙潮。

注：①昆仑山那棱格勒峡谷。由于地磁强烈吸引力作用，凡进入者，决不能生还，谷中到处是野兽与人的骨骸。繁茂牧草下面的暗河，一当掉入，便沉入水中，猎人的钢枪在这里变成生锈的铁管，而死去的野兽只剩下皮毛，雨空中的电荷把山石烧得焦黑。昆仑山史称中华民族的祖山龙源，应龙之地。即中华的风水宝地。而磁力场则是风水宝地的根本。

初冬早行

2021.10

余黄无奈寒风酷，又是晨阳着薄衣。
尽管来回环卫扫，难如岁月似梭飞。
饲鱼泛浪自东到，征雁高空南断归。
远看天边云起处，车轮飞转沐朝晖。

海南昌江县八大景点组诗

棋子湾

怪石嶙峋碧峰立，茂林苍翠银海滩。
目无暇给连环景，路复穷时次第山。
楚汉相争两军阵，战场排放棋子湾。
旅游度假尤其好，一笔不着诗画鲜。

霸王岭

植被依山势，仙人炉鼎宏。
观澜群瀑落，探险雅加行。
独木成林茂，母生连体茏。
巨榕加冕号，古树把神称。
抱石柔根韧，英姿粗榧雄。
金腰缠绕带，迎客封喉从。
华丽天堂底，卓然聚宝峰。
霸王何谓岭，独享秀尊容。

皇帝洞

俯首岸边牛，呢喃紫燕俦。
盆盘刀柱板，猪狗凤龙猴。
玉女芙蓉面，金刚犀利眸。
天功开物妙，溶洞景观留。

海尾湿地公园

西岸海之尾，昌江石港塘。
沙滩亦殊类，沟水忒清汪。
鹭鹬称望族，蛙龟发迹乡。
此情琼岛少，是处可观光。

昌化江畔木棉红

料峭余威在，欢迎二月风。
映殷昌化水，染亮黎县葱。
根脉生盆地，树冠遮昊穹。
英雄风骨硬，江畔木棉红。

峻灵山

皇旨封灵帝，民言镇海神。
烛灯明彻夜，称号换朝新。
商贾求财发，官民盼福臻。
靠何生禄寿，天赐善和勤。

十里画廊

秀美俄贤箐俊貌，温柔清澈南尧肢。
岸崖险陡屏千仞，图案红黄绝壁媸。
十里长廊十里画，一湾景色一湾奇。
似真似幻桃源府，如梦如诗世外墀。

七叉盆地

三山挟着双龙困，一水中分聚宝盆。
嵩白泵峦称菩萨，七叉香米养黎人。
引流地热清心性，制作陶坛装福津。
绰约木棉轻雾恋，洞深藏满燕窝珍。

钟灵毓秀话昌江

（新韵）

昌江使人醉，美景自然成。
天力钟其秀，人工护始形。
不须多粉饰，已耗尽丹青。
琼岛旅游者，黎乡是首程。

新　郑

2021. 11. 2

青山挽阡陌，绿水映兰空。
红雨随春坠，紫烟同日升。
村乡媲城市，旧貌换新容。
浓淡相宜处，人民第一功。

冬夜书怀

2021. 12

惨淡窗台月，依然桌案秋。
星稀幽可数，云密亮难谋。

名赖文章著，功非心血收。
人生惆叹短，忍看大河流。

草　莓

2021.12.22

反季节草莓冬至前已经上市，公路两边摆满了售卖摊，看着刚刚从大棚里采摘的鲜红硕大的草莓，令人垂涎。一个个硕大丰满，似乎是使用了胖"法儿"、味儿"技"。比蓝天白云下自然生长的漂亮多了。

红颜非祸水，反谓是奶油。①
生长疏棚国，家安薄膜楼。
仲春方始摘，子月已经收。
昨日迎冬至，今临惊蛰头。

注：①红颜、奶油是业主给草莓起的名字。

黎明路上

2021.12.29

月清河洗身，灯亮路移尘。
口念诗家语，胸怀环卫人。
学童行道疾，翁妪垜边逡。
追梦官乡者，依床正竞拼。

岁末寅时行笔

2021.12.31

春风昨夜小庭阑，绿蚁入肠情已燃。
北斗不闻人境事，紫微哪管火烟餐。
几番吁补藏经库，数次知修留史坛。
玉帝质疑何所为，冰心一片对苍天。

乡　路

2022.1.10

喜鹊迎吾四十秋，赧颜别绪织离愁。
挽留禹甸情如海，别去乡亲心已丘。
亏理老家无建树，何由村路又回头。
沧桑岁月成霜鬓，泪水冲腔向腹流。

他乡元宵节

1997.2.22

元宵他乡过，旅馆客人愁。
初九家离别，明朝校返头。
三年同一事，两载共担忧。
北斗因时转，诺言依旧兜。

春题家乡

春色田园入画图，环山护水险峰扶。
梯登坡上人成点，日坠湖中金铸珠。
眼底平畴阡陌网，天边曲线大河弧。
家乡常梦腮边泪，终老此生唯系峋。

梨　花

2022.2.18

梨花何带雨，带雨更娇妍。
洁把乾坤绣，美为华夏鲜。
清廉唯本色，荣辱亦恬然。
身隐春芳后，名扬夏日前。

踏青寻去处，男女具茨坡。

雨水雨

2022. 2. 19

谁人夜半在弹筝，春雨敲窗叹息声。
华发醒眠衣衣好，青灯贼亮炤炤明。
情思化韵东风朗，文字铸诗丝竹清。
岁月安和翁亦壮，流年伏枥夕阳征。

无　题

每到关情泪自流，人间永远有忧愁。
板门挨紧斑斓院，珍馐旁邻素淡喉。
尚品招摇过集市，便装安泰漫街头。
人生一样两般境，烦恼不知谁拭眸。

欣读江淮吟苑第 314 期：
"铜陵市建安小学诗教巡礼"

2022. 2. 27

　　阅读孩子们的诗如走进百花绽放的诗苑。这是优秀传统诗词文化复兴的标志——方兴未艾，后继有人。国家幸甚！民族幸甚！难捺激动，草成一律，用以贺之！

　　欢唱采莲曲，重听击壤歌。
　　时无新乐府，怎续国风河。
　　情寄诗唐韵，志存词宋波。
　　泱泱华夏地，处处是青莪。

春游登高

天气开春后，新芽日渐多。
鸳鸯风剪水，杨柳璧醒波。
桃杏胭脂面，竹松明月歌。

依葛霞女士《晨练见樱花》
元玉另题

2022. 4. 6

山重水复有人家，柳暗桃红遇晋华。
常见猕猴攀玉树，偶看紫燕噙泥沙。
猿鸣崖顶悲茫水，壶伴身边喜露霞。
峻极峰巅观美景，棘荆丛里取妍花。

流　苏

（蜂腰体）

2022. 5. 8

流苏美千载，搔首弄夭姿。
绽在群芳后，卓然成好诗。
花堆绿莹雪，风摆玉琼枝。
素面惊游客，仙神一睹痴。

夏日农家

（中华新韵十二齐）

藤萝花缀掩竹篱，鲜菜滢莹铺翠畦。
桂树葱茏被庭院，榴枝娇艳绕蜂迷。
归来尽享新疏味，离去颇生旧果息。
但等金秋白露到，枣甜装满我心曲。

重登太白岭

庚子年秋月

太白重登隔廿年，轿车送我上峰巅。
山风吹绿全新石①，梵曲②抚平花甲颜。
穿插松林飞喜鹊，泄流石隙吐清泉。
光天霁月上佳地，养性修身胜问禅。

注：①地质史新生代第四季最后一个时期全新世。②太白岭上修建有庙宇。

雨后山村

夏雨空山后，烟蒸云马惊。
陡崖银瀑语，曲涧浊流声。
稼木珠莹重，冈峰纱笼轻。
梯田人影乱，补种与天争。

无　题

诚心尘覆草荒垓，执念风摧雪落阶。
佛意要将身饲虎，雷音愿引众醒侪。
从来取道凭肝胆，自此空留济世怀。
九曲黄河龙口出，冰心一片镜中楷。

月　夜

2022. 9. 3

海轮悬夜空，旷野有凉风。
灯火千家亮，车流一路冲。
林深不知处，断续天籁倥。
踽踽孓行者，蹒跚不语中。

仲　秋

2022. 9. 10

汝们轩朗多自由，委顿愚余叹寞愁。
惆怅伤怀身突病，壮心激烈甚时酬?!
掠空鸥鸟寻鱼跃，沿路轿车连尾流。
青昊旷原寥廓也，困龙枰虎泪双眸。

学诗二首

其一

浪壮于澜风使宏，风摇于树气之功。
峰巅危矣人高站，冈半浓兮雾聚蒙。
冰冻一寻寒气凝，石穿三寸水珠通。
夺魁及第寒窗苦，日久功深自必雄。

其二

身退功成耳目聪，重开蹊径范蠡公。
严光摩诘渊明俭，武仲颜回君复穷。
介子留侯善卷耿，叔齐叔夜伯夷衷。[1]
人蹭渡口车停站，奋起还需喘息功。

注：①严光：严子陵。摩诘：王维。渊明：陶潜。武仲：许由。子渊：颜回。君复：林逋，林和靖。介子：介子推。留侯：张良张子房。善卷：善卷。伯夷、叔齐：孤竹君太子、公子。叔夜：嵇康。

为诗词曲选集题记

兰亭才与高贤会，茅舍随邀雅士行。
正则欣陪陶五柳，谪仙相约杜陵卿。
香山哀唱生民病，钟隐悲歌桂月盈。
李晏苏辛齐入座，补天彩石老君呈。

绝句

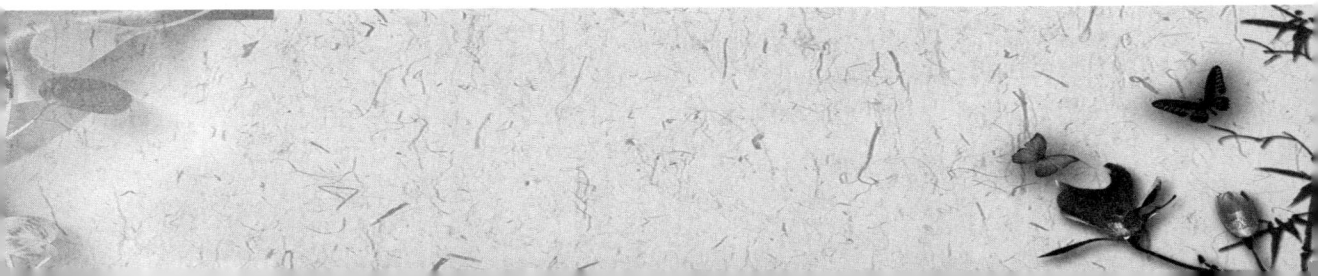

涨　河

处女作

1965.7

山洪涨满河，马阵虎虓涡。
寻踩流中石，少年横逝波。

割茅草夜宿半山坡人家

1970 春

一二百亩的麦秸，还不够八九头牲口一年的食粮，生产队里只好组织劳力和半劳力上山割干草。吃住在山上。

呼啸山风叩夜窗，山坡狼亦嚎叫狂。
被窝蜷作一团颤，盖脸蒙头墙角藏。

收　麦

1970.6

三更刚过钟声响，队长吆喝快起床。
全体社员都下地，谁要不去叩分粮。

暑　夜

1970.6

热气蒸人风不至，场边虫叫火萤疾。
三更过后梦才生，晨起床单被露湿。

拉　练

1970.7

拉练民兵经禹县，漆黑一片进行难。
翻沟过坎爬坡岭，前队已达大鸿山。

夜宿史家门

1971.4

春风抚绿满山崖，催绽无名半岭花。
今夜何方投宿好，具茨深处有人家。

住干店

1971.7

车到锁湾天已晚，路边干店把身安。
锅泡薯面蒸馍硬，带水连稠一顿餐。

早　春

1972 正月

正月春来早，村边土已松。
院中星点绿，崖上点星红。

三夏之夜

1972.6

星光灿烂喝稀汤，一领糜蓆铺晒场。
天作床单地当炕，微风抚体好乘凉。

秋　夜

1972.7

雨季姗姗晨露残，墙根虫唱夜恹恹。
梦乡人懒秋光早，麻雀渐移窗户前。

沂河欢歌

1974 秋

沂河碧水傍村过，一路奔腾一路歌。
夏润禾苗冬养地，催生两岸欢乐多。

无 题

1974 深冬

天籁生天外，人间有哭声。
欲知何所故，谁会说分明。

补 课

1975 秋

近段学生停上课，搬迁教室到山窝。
白天劳动修渠道，晚上学习再补锅。

村野放歌

1979. 6

除草青纱帐，坊曲鸭嗓亢。
南腔北调全，图个心头亮。

春归四首

1980. 2

一

惊蛰唤醒虫破土，风吹红杏抖枝头。
黄金缕缕人头点，惟欠樱花共柳苏。

二

蓬土青莎雨后天，桃花红近竹林边。
匆忙行色农桑客，准备犁耙好整田。

三

离离莎草野郊葱，点点白鸥绿水功。
翠柳甩鞭蛇起舞，枝头正闹杏花风。

四

萋萋麦浪闹东风，脆脆春山放牧声。
朵朵棠梨羞落后，鸳鸯对对绿水情。

备 耕

1980. 3

备耕三月天，夫妻到田间。
鞭甩黄牛叫，归来已落山。

约 会

1982. 4

人约河边柳，梢间困鹊留。
清溪拥菁影，月挂小帘钩。

与友共读

1982 季秋

又到去年秋叶黄，河边柳下论沧桑。
品评东逝滔滔水，指点江山慨且慷。

乱 弹

1982. 7

耳鬓厮磨语，枝间直插言。
青蛙急地蹦，击鼓喊其冤。

春　意

1988.3

一夜春风枝上绿，两株红杏引人迷。
廊下旧燕新窠建，黄柳河边抚浅萋。

赠　春

1984.3

山吐晴岚水放光，百花争艳柳梢黄。
春情莫作江南看，风景怡人是故乡。

读《三国演义》

1984.8

铁马金镫势似洪，枪刀剑戟讨伐声。
牛号战鼓重开战，拜相封侯赌命挣。

登风后岭始祖庙

1984.5

山头登断壁，悄悄触天门。
兀自心中怕，惊了梦里人。

春到青冈庙水库

1984.8

石锁明湖绿翠弯，鉴人碧镜兀峰环。
鸭鹅交颈低声语，操水柔枝洗黯山。

火烧赤壁画像

1984.5

爪黄飞电饮江骢，江右蒲圻被火攻。
樯橹灰飞烟灭尽，贪心遗笑化流红。
　　注：指曹操的坐骑爪黄飞电饮水长江。魏蜀吴三军大战的地点在湖北蒲圻。

游明周定王陵

1985.7

傍势依山造地宫，恢宏显赫比皇陵。
生前郁郁难舒志，万种荣华冥梦中。

落花生

1985.9

夜籁邻居静，回家搏四更。
慌忙寻凳子，赶快落花生。

剥玉米

1986.8

一篮两篮变三篮，五六七八整九篮。
时候长了无法记，篮篮装满幸福年。

游颐和园

1987.10

万寿山前万寿安，垂帘听政握朝权。
念珠不数胸前挂，看戏高楼醉管弦。

游十三陵

1987.10

依山面水筑冥城，千万民夫血泪功。
地府阴曹图快乐，怎知九鼎属前清。

春到农家

（古绝）

1988.3

一夜春风换新绿，数枝红杏出墙云。
衔泥旧燕疾飞急，柳岸曳摇飘落絮。

少林僧

1987.5.20

暮鼓晨钟响祖庭，清心寡欲念乘经！
兄修普度生前事，再练自身来世名！

龙门感怀

1987.5.20

对峙双峰锁洛河，龙门难进忿蹉跎。
成群痴鲤翻身跃，头破血流拼命搏。

洛阳赏牡丹

1988.4.20

绿水熏风促嫩芽，黑黄朱紫绽魁花。
盈盈仙子携香走，送入寻常百姓家。

闻 蝉

1988.8

声声此起彼伏连，占得高枝都是蝉。
能有知了半生乐，胜过车马玉堂前。

上 坟

1989.4.5

带女携儿去上坟，断桥阻断过河人。
叩头触地低声唤，盼望青风渡我身。

记江竹筠烈士

1988

曙光一缕照山城，又见豺狼施暴行。
多少巾帼悲壮死，嘉陵碧水化流红。

夜半闻琴弦声

1989.7

高山流水本神工，幽远清扬廖籁馨。
此曲本来天上有，哪能下界畅怀听。

包公祠感怀

红心黑脸辨忠奸，三口铜铡保宋安。
正气浩然神鬼泣，安良除暴号青天。

夜沉沉

1990.9.29

悄然白露生，深夜已三更。
校院喧嚣止，窗前还亮灯。

放风筝

1991.2

急急更行疾，村西留植地。
线轮拿手中，但等春风起。

村头街尾

1991.3

仲春晒暖院墙边，鹤发鸡皮侃大天。
冬麦已经除过草，芝麻谷子净陈年。

秋　夜

1991 秋

悄然入梦深，睡鹊惊诧人。
远处鸡鸣早，方知夜已沉。

春夜喜雨

1992.3

潇潇洒洒悄无声，晓见春山分外清。
叶上枝头珠子亮，嫣红姹紫笑妍盈。

菊城赏菊

1992.10 于开封

今年今日又重阳，窗外街边遍是黄。
信使秋风穿万户，汴梁香气满城乡。

谒柴王墓

1994.8

风雨孤魂草冢头，零星碑刻墓前留。
纸衣土穴陶棺葬，勤政清廉数后周。

聘请专业教师

1994.8

淫雨绵绵无意住，连天夜踩泥坑路。
茅庐讨计策三回，为育桃梨花满树。

临颍南街村调查

1994.9.21

师生社调去南村，走访千家问干群。
户户红星门口挂，和谐社会满园春。

山海关

1994.11.9

天下雄奇第一关，托城衔海背依山。
未曾喉断匈奴遏，失马安知是祸端！

沈阳故宫断想

1994.11.10

秋暮盛京看故宫，尽消王气玉楼空。
当年伟烈今安在，华夏龙腾续旧风。

过通许访学兄刘景奇

1994.12

同窗酒店话儿长，想想思思忆旧忙。
一十三年今始会，离情别绪丈难量。

赴太康招生

1995

车轮合与冰轮赛，寂夜村鸡风送啼。
赶过启明程四百，晨曦作帽露为衣。

回　家

1995.1

朔风穿骨寒，旧雪换新颜。
寂夜千村黯，冰盘照我还。

故人来访

正在院中除野草，忽听喜鹊杏枝催。
闻得门外故人到，大步流星开木扉。

赴汤阴宜沟招生

1995.4.20

金乌渐落西，霞晚胜朝曦。
直向宜沟镇，乡尘好作衣。

静夜思

1995.9

室外姮娥散桂香，房中远客赏亲芳。
透窗只见铅光泻，想念家山夜未央。

除夕夜

1995

万户千家辞旧岁，围炉夜话等朝晞。
烟花爆竹邻居放，白雪红花天上飞。

会友人

1995.2

初元每到倍思亲，赴会铜台共赏春。
心急只嫌师傅笨，肋生双翅见诸宾。

泰山南天门远眺

1995 春

天门风定日空悬，览顶云收玉带鲜。
远眺千峰山满树，低观十里雨生烟。

招　生

1995.7

天中月挂离校园，路漫驱车空昊蓝。
似火骄阳烤人肉，饥肠辘辘腹欣欢。

送学兄王青文回杞县

1995.7

林荫道花馨，松槐列队停。
君今离别去，何日再聆叮。

招生遇狂雪

凌乱鹅毛密，狂风利刃侵。
遐思飞入户，踏雪第一人。

腊月二十八慰问教师

1995

梨花漫舞朔风迎，携礼开车夺路行。
岁末家家红对子，老师个个喜心生。

天涯海角之南天一柱

1996. 5. 9

南天一柱砥潮流，任尔狂飙落上头。
守卫海疆家国重，人民安乐万千秋。

石　林

1996. 5. 14

利剑丛丛刺碧穹，支支巨笔写豪情。
地生天造石林阵，烟雨千秋图画中。

海南五公祠断想

1996. 5. 8

刚正不曲海青天，除暴安良意志坚。
社稷千秋民为重，荣光进退等闲观。

在海口至昆明的飞机上

1996. 5. 10

头抵机窗向外观，兰空万里一时间。
安然贴近平流走，身下棉花堆似山。

家　访

1996. 8

茱萸紫菊伴重阳，家长端来琥珀光。
都爱家乡山水好，吾偏异域胜家乡。

羁　旅

1996. 9

婆娑窗外光，辗转卧床忙。
创业艰难事，他乡羁旅长。

风雪招生路

1996. 12

扑面侵肠覆九州，人稀路断早藏啾。
激情豪气冲头顶，笑对鹅毛大雪稠。

送太康友人

1997. 2

天下伤心处，宽宽乘客厅。
春风知别苦，不发柳梢青。

庆香港回归

1997. 7. 1

孤悬海外百多年，思念家乡亦黯然。
泪入珠江成大海，涕零终作笑颜欢。

二读《西游记》感于时下

1998. 3

师徒协力度艰辛，播洒甘霖渡世人。
火眼金睛今亦在，岂容妖孽认钱亲。

鹊桥会

1998. 7

一根扁担两荆筐，划线成河痛断肠。
慈母难亲儿女面，鹊桥相会泪汪汪。

回　家

1998. 11

常思故里怀恩地，颓发新添抱病身。
欲找同宗相问候，满街空旷少亲人。

云台飞瀑

1999

一道银河落九天，原来紫禁挂门帘。
珍珠翡翠纷纷下，嘀嗒咙咚落玉盘。

九月九日

1999. 10

细品菊花饮，东篱笑晚人。
风观飘落叶，枝舞月留痕。

搓麻将

2000. 4

总共赢输五角钱，同胞姐妹闹翻天。
年来节到停交往，即便柜逢无话谈。

无　题

2000 秋

河中悬月月无光，未见鸥儿扎猛忙。
过往行人捂着鼻，丛丛芫草罩泥塘。

偶　遇

2001. 3

胳左屋中吵骂声，起因竟是垒长城。
赢要输打从来事，一把方凳举三中。

春之曲

2002. 2

一夜东风语，恹恹堤柳起。
尖芽破土忙，竞报春消息。

溱河泛舟

2002. 2

水作青龙绕下垓，金鞭列岸紫妍开。
若能月下乘舟去，何啻风流到剡怀。

樱　桃

2002. 4

枝枝叶片绿葱葱，玛瑙珠圆满地红。
最是晴天明丽日，粉腮羞露半朦胧。

登岳阳楼

2002. 5

久思登岳阳，叵奈缺椽狼①。
欲借崔颢语，心强胆不强。
注：①椽狼，合成，如椽之狼毫笔。

登啸台

2002. 8. 15

七贤畅聚啸歌台，议古论今抒壮怀。
风雨烟云成往事，后人仰慕踏歌来。

无　题

鸡鸭群中出心腹，酒餐桌上感皇恩。
不还欠债金成土，务实难超拍马人。

感怀五首
（中华新韵）

2002.8

其一

入世寒门多坎坷，依山傍势落无着。
奋蹄躬背拉绳断，骨损形销不跪泽。

其二

大禹治洪三不入，吾曾几次把家隔。
连绵淫雨厨房毁，木草成泥车子挪。

其三

清流自古有几多，五指挨着数画阁。
耿介忠贞茶后语，随俗同道嘴边聒。

其四

京吧讨到欢和乐，处世焉将鹦鹉模。
坚守七八三六五，必然赛场被剥夺。

其五

帽子本来非免费，七八五六顺着挪。
交钱即可前边站，无理只能慢慢磨。

酬　友

2002.9

严陵不想立潮头，欲蜗青山钓碧流。
自此客星辞北斗，好随李白醉扬州。

卞和献玉①

2002.10

玉山石亦真，献玉意尤深。
良宝终遭弃，徒劳三献君。

注：①楚人和氏得玉璞楚山中，奉而献之厉王。厉王使玉人相之。玉人曰：石也。王以和为诳，而刖其左足。及厉王薨，武王即位。和又奉其璞而献之武王。武王使玉人相之。又曰：石也。王又以和为诳，而刖其右足。武王薨，文王即位。和乃抱其璞而哭于楚山之下，三日三夜，泪尽而继之以血。王闻之，使人问其故，曰：天下之刖者多矣，子奚哭之悲也？和曰：吾非悲刖也，悲夫宝玉而题之以石，贞士而名之以诳，此吾所以悲也。王乃使玉人理其璞而得宝焉，遂命曰：和氏之璧。《韩非子和氏》《史记·卷八十一》所说的"完璧归赵"故事中的"璧"，即是卞和所献之宝玉。

赏　荷

2003 孟秋

绿叶田田荡碧波，盘中菡萏显娜婀。
花魁仙子人称羡，自爱洁身胜一国。

注："一国"指牡丹花，因为牡丹花是国花。

谒欧阳修陵园

2003.8.20

修篁翠柏雨烟中，旌表书歌百代隆。
绿瓦堂前香火旺，骚人墨客拜文忠。

二登啸台

2003. 9. 12

湖上清风过啸台，雅兴催步浪开怀。
高歌一曲朝天咏，竹韵松涛伴我来。

祝琼州海峡实现火车轮渡

2004. 5

惊涛骇浪谲波蛮，鸿雁传书落魄还。
造出火车船上走，鬼门无险变通关。

小浪底水库

2004. 6

平湖百里碧连涯，犁镜游船水鸭斜。
截却黄流山映黛，年年喷泻逐浪沙。

夜过开发区

2005. 4

道路几条好宽广，灯光烁亮忒新洋。
旷原直觉人稀少，两侧更无大小窗。

蜡 梅

2005 冬

冰杵廊前挂，庭梅独自开。
瘦枝疏落影，只为报春来。

祝贺青藏铁路通车

2006. 7. 1

十万雄兵战酷寒，长虹一道卧高原。
铁龙直奔新拉萨，青藏从今换旧颜。

他乡遇同窗

2006. 10. 27

天回地转几经春，落子时节喜遇君。
万语千般说不尽，对流泪眼雨纷纷。

闲 思

2006 冬

天命一经事事明，人生况味似瓶盛。
闲时常把儿时比，童叟无欺真性情。

软枝梅

2007. 1

近日纷纷喇叭张，吹弥庭院满阶廊。
冲天香气更非雪，却是墙边数点黄。

岩 梅

2007. 1

瘦骨立崖头，孱芽迎雪抽。
笑看三九浸，坦接厉霜蹂。

即兴王莽岭

2007. 4. 30

岭上葱茏草色浓，难弥用汉弄权功。
偷天换日江山改，未暖龙衮已又空。

游皇城相府

2007. 4. 30

依山造势壮巍雄，错落高低各不同。
楼榭亭台花苑月，匠人血汗智凝成。

三登啸台

2007. 7. 30

予今得上啸歌台，魏晋遗风送我怀。
七子凿凿言在耳，邯郸学步入歌来。

三苏坟

2007. 9. 24

三苏坟地郁葱葱，面向西南各树倾。
期盼游魂归故里，常思巴蜀念乡情。

墨　梅

2008. 1

蕊寒枝瘦傲冰霜，欲为人间换绿妆。
素裹银装几点墨，迎新送旧数飗香。

雪天赏月

2008. 1. 22

廖空寞寞挂冰盘，洒向人间玉乳寒。
且把吾身先沐浴，欣幸独自月光餐。

污　染

2008. 4. 21

褂子新穿白染皂，风吹粉末捂遮严。
矿山自有矿山色，何日水清天蔚蓝。

大盆菜

2008. 4. 22

虽然房子丈三宽，顾客盈门乱碰肩。
再饿仍须排队候，隔墙酒店不一般。

盼学童回家

西霞残照起，鸟雀已归飞。
祖母思孙子，面东依旧扉。

福州行

2008. 6. 29

长龙黑夜迅驰中，旷野如星几点灯。
相向而行分秒过，耳旁留下啸呼声。

江西鹰潭见闻

2008. 6. 30

晨鸡已报九天昏，曙色悄然青黛浑。
半亩方塘水光潋，田中已有插秧人。

水乡风光

2008. 6. 30

山高林密翠峦连，花海澄湖映湛蓝。
绿草白云簸箕地，红墙灰瓦水成园。

好汉坡

2008. 6. 30

劈斧切刀岩百丈，拾梯方恬上青天。
抓栏壁虎贴崖胆，从此名存好汉班。

一线天

2008. 6. 30

神斧劈开门两扇，阳光挤进隙缝来。
人人贴壁游身走，甘露滴滴滴入怀。

武夷山赤石漂流

2008. 6. 30

两岸青山相对走，扁舟几叶自天来。
飞流直下八千里，笑语欢声逐浪干。

白岩姜①

2008. 6. 30

无茎又没根，无骨也无心。
攀贵依权势，连成叶片身。

注：①白岩姜属亚热带寄生植物，寄生于枫杨树上。只有叶子，没有茎根，生命力极强，但一离开寄生本体，则无法生存。在这里是一种讽喻作用。

至厦门

2008. 7. 1

绕川顺岸伴鲛龙，窗外青山各不同。
不认武夷真面目，只因身在翠峰中。

望金门

2008. 7. 2

闻人隔岸语，招手互相留。
咫尺天涯路，何时走到头。

六绝 写在奥运会闭幕式二首

2008. 8. 24

一

相聚五环旗下，欢欣四色皮肤。
泪水欲停不止，扬旗使劲高呼。

二

恋恋道声珍重，依依素志相携。
留下笑声身影，带回道理和谐。

无 题

2008. 11

交叉路口亮红灯，宝马豪车快速冲。
交警一旁干瞪眼，即无阻挡又没吭。

叹入冬两月无雨雪

2008. 12

爱日烘晴两月间，冬禾无水怨青天。
气温变化人之祸，霾重风狂沙土烟。

睹霸王城乌骓铁马有感

2009. 4. 20

乌骓痛楚仰天鸣，恋主无言尽志忠。
至死不浮江右过，千年孤守霸王城。

刘禹锡墓前吊祭

2009. 4. 20

荡漾春风碧水涟，竹枝轻唱古丘前。
身居显位君边伴，陋室铭文不会传。

凭吊李商隐墓

2009. 4. 20

邛茂葳蕤罩李坟，翠微苍秀卷氤氲。
生花笔底誉唐代，商隐尚吟有后人。

注："商隐尚吟"乃时任荥阳市委书记的杨福平在李商隐公园题碑。

登黄河中下游分界线纪念塔

2009. 4. 20

岿然耸立与天侔，头顶祥云广汉游。
环宇尽收天地小，远望天际一河流。

古绝　院竹

2009. 11

剑叶哗啦摇凤尾，卓然坚挺枝芽翠。
冰凌雪覆亦昂首，铁骨铮铮腰不媚。

鸿沟吊古

2009. 4. 20

争雄逐鹿谁先手？和议鸿沟分项刘。
竖子一朝能问鼎，乌江自刎霸王头。

焦裕禄陵园凭吊

2009. 5. 22

虽死犹生献壮身，花篮玉带祭青坟。
英年忠骨今安在？兰考城边桐柏森。

投师林从龙老

2009. 10

程门立雪心不悔，佛祖座前听讲经。
归去菩提承大道，参详悟透律诗功。

感怀二首

2010. 1. 12

与张海阔老师自2009年4月20日荥阳一别，已是数月，然，张老师的殷切话语仍在耳边回响。由此可知，相交晤面不在其多，交流不在言多，而在心诚、言真、意切、情挚。隆冬之夜，不能入寐，随成小诗二首，献于师长。

一

皓首扶犁刘李园，挥毫泼墨砚池前。
龙潭助搅波三丈，耕布檀山云半天。

二

探幽曲径话梁园，绿叶丛中觅碧莲。
点化几言金玉铸，催生后辈一方天。

春　意

2010. 2

暖气渐吹将九送，柳杨春意绿芽呈。
樱桃朵朵偎枝绽，报予杏花一处争。

二月二①

2010

扶犁垄亩应抬头，挂杖青山作远游。
盛会中和逢丽日，福星朗照复何求？

注：①"二月二"在我国北方叫"春
龙节""中和节""龙抬头"，在我国南方
叫"踏青节"，是开犁耕田的好日子。喻
吉星高照、红运抬头。恰逢全国人大和全
国政协两会召开，确实是喜庆的日子。

关　羽

人评关羽义和忠，正史投曹不受封。
文丑颜良刀下死，网开留命放华容。

杜陵碑林口占

邙山岭上柏森森，诗圣碑前作朗吟。
蛇舞龙飞诠道义，忧民忧国杜陵心。

榆　钱

2010.4

虬枝缀挂贯千千，羞煞邓通世间男。
敢问会当多富有，东风摇落万枚钱。

注：邓通，西汉文帝宠臣，凭借与
汉文帝的特殊关系，依靠当时铸钱业，
广开铜矿，富甲天下。

修家谱

2010.5

水有源头树有根，槐阴底下找宗亲。
天南海北朝家庙，血脉相连一样因。

农民也穿工作服

2010.5.20

路侧制砖机器忙，乡村小院织筛场。
时间规定三班倒，男女都穿工作装。

暑夜雨戏题

2010.7.18

亥时经丑越三更，一会倾盆一会轻。
室内訇雷时震动，却淹窗外滴嗒声。

七　夕

2010.8.16

深夜昏蒙起冷风，难寻旷野渡流萤。
鹊儿不见枝头闹，桥上惟听落泪声。

雨中观天安门广场升国旗

2010.9.18

利剑刺穿黑幕帘，倾盆难抵号嘹天。
心潮滚滚翻波浪，雨洗国旗更艳鲜。

法桐球

2010. 10. 7

浑身长刺法桐生，破烂衣衫飘满城。
牢记出门戴眼镜，绒毛谨防入双睛。

游鄢陵花卉科技园

2010. 10. 8

万亩樱花竞斗馨，高鹅引颈醉花吟。
金风虽说吹残叶，摇曳依然胜早春。

黄帝地宫赏管弦乐

2010. 10. 20

蓦然天籁耳中收，柔软绵悠十指头。
一曲春江花月夜，几家消去怒和愁。

嫦　娥

2010. 10. 24

愁对灯光泪湿襟，银河落去晓星临。
形单影只寒宫苦，碧海青天夜夜心。

麻将城纪事四首

一

烟雾弥漫室内忙，四方围定扒城墙。
个人为战筹谋细，小利蝇头心内装。

二

摔得方砖震屋梁，张掏李要各慌忙。
只知今日点儿背，不解他人结伙帮。

三

笑语欢声坐四方，争机斗智脑筋忙。
红头涨脸多争战，满屋声扬震耳伤。

四

意外之财美梦装，押牌一次好多张。
赢了收获三几百，亏本神伤出赌场。

竹沟①颂

2010. 12. 1

竹沟筹画布雄兵，千里中原抵矮瀛。
鄂豫皖边红烂漫，全因主义为民生。

　　注：①确山竹沟，中原局所在地，红二十五军的发祥地之一，被称为"小延安"，是江北新四军总部所在地，曾为抗日战争和解放战争做出过巨大贡献。

小城天桥

2010. 12. 25

人走半空中，车流桥下通。
天天生变化，月月睹新容。

白杨树绒

2011

谁家网套未收弓，随意轻抛散半空。
欲做妆衣地当被，铺了松厚一层绒。

咏杏花三首

2011. 3. 30

一

初春枝上粉红云，丽日轻烟看个真。
可叹风光不长久，一池碧水藏其身。

二

使君春水两相亲，身影妖娆各占春。
纵被春风吹雪片，缤纷不惧碾成尘。

三

暖气渐吹次第春，蜡梅谢去杏花新。
边开边落红铺地，何异荣枯世上人。

寒　舍

2011

兰舍修篁雨露多，满庭风月一池苟。
砂岩山上叮咚响，映水黄梅杏伴萝。

垂　柳

2011. 4. 10

逊于寒竹叶怀襟，难胜冬梅瘦骨琴。
柔软无椎腰膝软，东君枉费度其心。

登庐山

2011. 4. 19

探源仙洞壁难攀，攀上巅峰四旦旋。
飞瀑流泉山雨后，风光无限兴云烟。

杜鹃花

2011. 4. 19

阳春三月井冈西，遍野女仙穿彩衣。
绿叶丛中万堆火，只看花绽不闻啼。

黄洋界

2011. 4. 19

立身峰顶战壕迎，耳际犹如呐喊声。
今日重温江月令，更思当日用奇兵。

滕王阁

2011. 4. 19

绝无孤鹜落霞收，怎有长天共水秋。
浩渺壮观哪里找，南昌城内有新楼。

井冈落照

2011. 4. 19

街头站立睹新城，风起林涛浪万层。
遥望千山红绿处，落霞残照火烧明。

无名花

2011. 8. 29

老绿蓬蒿枝乱剪，碎花红紫迷人眼。
新织七女布一杠，又缀蓝天星万点。

感于燕雀处堂

燕子堂前自乐呵，怎知麻雀造风波。
谋皮猛虎痴人梦，灾难临头怎筑窝。

咏荷二首

2011.8

一

三千宫女下清光，翠盖茵茵伴粉妆。
田叶旁边新屋筑，千千幼子养莲房。

二

红白相生映日鲜，西施浣水浇蓝天。
波平辽远铺云锦，风送清香上钓船。

碧 荷

2011.9.6

摇摇摆摆荡青田，滴落晶珠翠玉盘。
莲室要求寻甚处，掩藏罗伞舞裙边。

自 乐

2011.9.6

路过门球场，看到三几人在零星小
雨中打球，口占：
小雨零星帽戴头，怡然自乐打门球。
行人指戳咱休管，生活千秋各所求。

鸟 巢

2011.10.19

错杂竖横根脉长，铁筋钢骨脊和梁。
涅槃双七经真火，展翅冲天金凤凰。

香山香炉峰

2011.10.20

参天荫翳透清风，雾幔难遮满岭红。
三拜衣陵成大道，风光无限在危峰。

香山红叶

2011.10.20

风清气朗去登攀，秋暮红霞染半天。
霜叶浓于三月放，此间遍野尽斑斓。

中国发射天宫一号

2011.11.4

千年铁律今天破，瀚宇依然筑凤窠。
华夏英才楼内住，巡天遥看五千河。

巨变（组诗）

一百五十米深井

龙宫震动起惊慌，敖广忙奔小院庄。
张口倾喷甜蜜水，大娘脸上喜洋洋。

买电器

货车喇叭村头响，电脑冰箱进俺庄。
城市有哇乡下有，节能环保保祥昌。

村村通

条条公路贯山乡，再不淫天踩泥浆。
开起车儿歌一路，外边世界任驱缰。

新村建设

扶疏玉带泛青光，雅致云楼别墅煌。
转体爬梯高吊架，翁童竞比健身忙。

就地转化

醒来小院变工房，机器轰鸣土地慌。
产品行销全世界，农民离土未离乡。

五龙潭

2011. 4. 19

深渊千丈碧幽幽，一峡全将五瀑收。
下底艰难回更累，不同滋味在心头。

十里杜鹃花

2011. 4. 19

莽苍龙脊十几崇，十里长廊踯躅红。
姿若七仙红袖舞，容如越女浣纱中。

井冈山烈士陵园纪念塔①

2011. 4. 20

枪刀矛剑刺苍穹，烈火汹汹广宇红。
立地顶天钢铁骨，巍巍五指耸高空。

注：①纪念塔由五根钢柱组成，导游讲，纪念塔寓有四层意义：象征熊熊燃烧的革命烈火，象征红军战士手中的长矛、钢枪，象征顶天立地的红军战士，象征井冈山巍巍耸立的五指峰。

清 梦

满树青梅黄杏熟，窝中燕子效鹦鹉。
梦惊窗外乱叽喳，黑凤良宵栖翠竹。

石 榴

2011. 9. 12

叶隙枝头藏粉脸，灯笼带穗金光闪。
行人驻足细心瞧，拍照纷纷留纪念。

无 题

难有读书朱紫贵，文章怎会入龙堂？
寒窗十载痴人梦，富贵全凭好爷娘。

论 诗

2011. 10

全无造作情，笔妙显空灵。
十载磨一剑，夺天佳句成。

京西稻

悠悠千载紫金香，越富秋光幸实昌。
科技创新成硕果，优先环保与安康。

水立方二首

游泳比赛

蛟龙翻覆泳池中，灿烂银花绽碧空。
黄白黑棕刚四朵，争先恐后搏头功。

跳水比赛

凌空抖落花一朵，激起池中浪百层。
跃上龙门成正果，谁人不想史留名。

赴　约

闻讯单刀即赴会，不卑不亢进天宫。
为何不与吾商量，榻侧便修赛帝庭。

答谢吴志诚吟长赠兰

神韵芳华不与群，高标卓立透精神。
唯心常系四君子，淡雅清纯好做人。

登华山五首

2012. 5. 9

北　峰

人生步步是关山，过去前滩有后关。
欲拜须弥成大道，还需笃志勇登攀。

中　峰

一曲神箫引凤亭，萧郎弄玉地天情。
不图凡世膏粱美，愿做悠悠仙侣行。

西　峰

守身崖侧身难守，莲朵峰头莲宝松。
本就天条天帝定，从来约束众黎生。

南　峰

孤身尽览群山小，双脚欺凌一陡峰。
把手昊天搔首问，如今我可触苍冥。

东　峰

天子生来玉帝封，平民咋会纳心中。
一盘输掉西华岳，耻辱棋亭永记踪。

华山挑伕

2012. 5. 9

背扛肩挑百多斤，晃晃摇摇汗浸身。
游客光知观美景，怎知步步是艰辛。

昭君出塞

2012. 10. 5

寞寞三千粉黛奴，泪浇豆蔻褪红姝。
刘奭不识昭君面，月夜空叹对画图。

后汉泪

董相挟帝擅朝权，吕布娥前戏貂①蝉。
郭李纷争专扈日，偷桃身后有阿瞒。
　　注：①"貂"字应仄却平，因专有名词也。

治　蛀

巨木参天蛀洞多，华佗无奈小虫何。
欲求枝叶千年茂，唯有众人携手授。

福寿园

期望宝地葬灰骸，荫佑儿孙是理由。
福寿园中寻福寿，命中无禄怎强求。

开 荒

适才半日汗如淋，累痛胳膊蹶了臀。
还妖钉耙杂念解，红尘忘却入空门。

新安龙潭峡谷丽水二首

2012.5.6

其一

层鳞灼目银光烂，妖冶身姿出锁关。
两壁慌忙朝后退，翻江倒海起狂澜。

其二

银河分出几根线，细练飘飘壁上悬。
欲把游丝归落水，还需织女手相牵。

端午感怀

2012.6.21

艾叶菖蒲做护神，香囊依旧挂于身。
心中邪气生根久，谁再倾听佛祖音。

采 莲

该采莲时已不多，芙蓉叹失绿裙罗。
伤悲青涩遭涂炭，池里怎能还有歌？

赞新郑市和庄镇党委政府
招商引资

雀开屏翠胜妖虹，云锦携霞铺路通。
笃志蓝图诚意绘，凤凰自会落梧桐。

陈子昂①

七步端出赤子心，出言已将豆萁吟。
欲寻风骨今安在，便看初唐第一人。

注：①曹丕为帝，常怀害弟之心，限七步成诗够毒也！然曹植七步成诗发出的浩问岂非诗人之风骨？钟嵘评曹植的诗"其源出于国风，骨气奇高，词采华茂，情兼雅怨，体被文质，粲溢今古，卓尔不群"，实际上是标举其所代表的内容充实、慷慨刚健、风清骨俊的建安文学的优良传统。无独有偶，初唐诗文革新人物之一的陈子昂（后世称为陈拾遗）。其诗风骨峥嵘，寓意深远，苍劲有力，绝没有一点齐梁浮艳的气息，杜甫赞之："有才继骚雅，哲匠不比肩。公生扬马后，名与日月悬。……千古立忠义，《感遇》有遗篇。"韩愈赞之："国朝盛文章，子昂始高蹈。"

无 题

（中华新韵）

2012.9.25

无中生有有中无，计设连环十箭镞。
撕掉庐山遮丑布，图穷匕首自然出。

索 序

2012.10.27

轻摇画艇荡湖中，追梦清波到帝宫。
索句寻章朝汉阙，用来续梦郑国风。

迎春花

2013.2

芊芊枝上挂金星，淡淡清香随暖风。
甘愿身居蜡梅后，姗姗又把百花迎。

初春游溱河

2013.2

欲把游船装彩霞，飞廉就是不回家。
东风不忍溱河冻，一夜吹醒水绽花。

木　槿

2013.3

全身布满蕾疙瘩，不见枝条只见花。
锦绣园中尤胜姣，殷红一树缺新芽。

无　题

青莲自古有几多，倾泪少陵又奈何。
鹏举果将鹏翅展，焉能毒酒起风波。

大桥之歌二首

建桥工人

工装洇渍浸，颊上汗痕新。
四米窝棚住，一腔南北音。

焊　花

蓝光熏丽日，点作骨和筋。

炎夏他欢笑，花开百载身。

游艇过葛洲坝水库船闸

2013.4.23

通道双门前后封，高楼牢内缓攀升。
吞声忍气将关过，逆水推其入画中。

坐船游葛洲坝水库

2013.4.23

烟波数见船犁镜，已失虓虓烈马声。
百里平湖高峡出，浮江煤崮石山行。

筑　梦

2013.7

舞勺豆蔻四学童，洧水河边正竞争。
画笔轻移莲苇鹭，催生美梦大千中。

受聘二首

2013.9.2

其一

稀星朗月照轻寒，踱步操场子夜阑。
敢问使君何所事，废墟堆上建楼难。

其二

繁星难掩灯光亮，鸡欲打鸣初夜长。
唯有近旁车过路，重拾梦想写新章。

雄鸡初唱

2013.10.28

一声长鸣，惊了睡梦中。这是我家喂养的公鸡第一次打鸣，惊得心口咚咚直跳，再也难以如梦，又陷入了对儿时的回忆。

一声初唱惊醒梦，辗转翻身握四更。
总把儿时常忆起，邻居和睦闹春耕。

偶闻雁叫声

多年不闻雁歌声，拂晓惊醒吃一惊。
人鸟同村千百代，相伤何苦太无情。

梅：回寄志诚吟兄

2014.2.26

钦迟有意真君子，谁说无情不丈夫。
华贵雍容封国色，暗香疏影反遭诛。

林溪湾

2014.4.22

林溪湾水聚成渊，幽静房楼难见天。
若问平常人住否，翩翩候鸟把家迁。

火车站广场见少妇

2014.4

熏风吹细雨，绿伞护红衣。
盯紧站出口，不知足下湿。

溱河湿地公园

2014.7.18

半亩青荷一带葭，七根钓线五只鸭。
无风茅动三层浪，摇皱秋河曳绽花。

山村之夜

渐渐秋夜露珠肥，少有人家灯火辉。
塘岸鸭鹅争叫唤，村边公路汽笛催。

故宫玄武门外大街见残丐

双臂缺失又断身，哇啦含混话难分。
初冬依旧光着背，谁人探索意深深！

变　迁

2014.11

十家院落五家空，昔日喧嚣苦觅形。
老板打工城里住，万家灯火厦楼情。

春到新郑

古城春染绿映红，广厦高楼歌伴风。
新郑三十八道路，万家灯火水中明。

双泊河桥上随感

高岸灵蝉深树鸣，长河碧水野鸭匆。
扁舟一叶学冲浪，车水追着龙马行。

无 题

早晨入省城，归来月已明。
无处不添堵，车似蜗牛行。

竞 争

（孤雁不入群）

2014.2.28

森林分等十几层，小草孱羸石下生。
物竞苍天存适者，无情却是真有情。

龙门石窟雕像

2014.5.25

洞中端坐释乘经，不问千家万户情。
好在天生风和雨，无情打破梦中形。

过关林①

2014.5.25

疏狂自古害家身，刚愎从来乱帝心。
偃月若如身侧放，何来身首两离分。

注：①关羽失荆州后，败走麦城，后城内粮草不济，关羽冒险突围，路上中伏，关羽被潘璋部将马忠所擒，关平前去相救，也被捉住了。孙权见二人不肯投降，就将二人杀死。

涓河大桥夜景

2014.7.28

各行其道快如风，锣鼓秧歌唱段清。
鳞次高楼撑夜幕，繁星灯火水中明。

空巢二首

2014.10

一

街边落叶攒旮旯，紧闭门庭少犬鸭。
偶尔电摩街上过，三几鹤首叙桑麻。

二

西头慢走到东头，唯见翁婆相挽留。
没有曾经欢乐象，寒风空舍度春秋。

天安门广场升国旗

2014.10.30

赳赳脚踏神州动，猎猎歌高黎曙穹。
风雨沧桑六五岁，星光胜过一抹红。

注：“星光”国旗上的五颗星金光四射。

登香山

2014.10.31

一年一次上香山，感觉回回不一般。
拐拐弯弯迷了路，误入歧途新洞天。

冬日观河

2015.1.3

林间偶见飘零叶，水中相追野鸭穷。
二九河堤冬日暖，哗哗声中闻腥风。

桃　花

2015.3

春凤有意促蒹葭，细雨无情落艳花。
身粉虽成胭脂泥，香妍犹胜夕阳霞。

催　种

2015.4

　千百年来视土地如生命，抢时抢种的农民，如今也改变了辛勤耕耘的习惯，由原来的一天三晌劳作改成上下午两晌劳动。

蜀魂焦急唤醒人，抢种休忘趁月轮。
啼血不停村路染，家家炊起煮残春。

题石榴花

2015.6

百朵千堆压树干，花瓶燃起火一团。
小心谨慎修容后，抱去家中细赏观。

题廊下燕

2015.8

　哥家的燕子，每晚老燕子卧巢中，几只小燕子卧绳上。

东西劳作日飞飞，昏晚纷纷回故居。
父母巢中眠入梦，儿孙绳上伫栖息。

观　雪

窗前依桌坐，静观羽纷纷。
遐思早出户，追逐踏雪人。

想念外孙

几回泪水耳边流，浸湿枕巾和枕头。
人老可能均是此，期求绕膝入帘眸。

谈诗词创作风

叹息浮躁变时髦，比照葫芦学画瓢。
只要顺溜便是好，谁人做傻探根苗。

诗画结合意象之源

（新韵）

2015.9.22

荒漠狼烟日月愁，大河滚滚耻回头。
黄沙戈壁川曲脸，画意应从像中求。

恰逢中秋住医院

2015.9.27

冷水一盆浇上头，何曾想过病疾纠。
八十一难挨着过，笑对人生度夏秋。

看耄耋之人登长城

耄耋鼓勇上长城，银发秋风红面容。
一道靓丽风景线，羞煞多少后来童。

杜宇魂

2016.4.20

朝听布谷一声声，节到催人莫忘耕。
啼血无休蜀天子，化鹃依旧护民生。

夜　起

清清夜半起涟潮，搅动心田逐浪高。
诗稿书函如雪片，投之木李报夭桃。

中国工农红军东路军攻克漳州①

2016. 6. 28

将军夜磨刀，战士志昂高。
古老城头上，红旗猎猎飘。

注：①1932 年春，中央红军为了粉碎敌人经济封锁、向外发展，提出攻打漳州的决策，由毛泽东率领红军第一、五军团组成东路军东征闽南。4 月 20 日攻克漳州城，缴获 2 架飞机和大量枪支弹药。之后，又占领南靖县、龙海县、漳浦县、平和县、长泰县等县。毛泽东在此指导地方党组织创建红军独立团和建立工农民主政权，为闽南革命根据地建设奠定基础。

夜　耕

（折腰体）

2016. 7

书台三尺种膏粱，笔管一支流露浆。
星辰为伴听风度，且把青光作日光。

晨　见

2016. 7

风清水色依旧深，气朗曙光一抹新。
行色匆忙早行客，悠然自在健身人。

葡萄架下二首

2016. 7

一

一串紫红一串青，珍珠玛瑙含水灵。
含于口中轻轻品，甜里微酸又淡馨。

二

一架紫青一架红，碰头触手水灵灵。
晶莹化作神珠子，送给知音当璧城。

雅　兴

（孤雁出群格）

2016. 8

开脸无期亦有期，连绵阴雨涨秋池。
会当熬尽新烛泪，三尺台前觅小诗。

二十四节气感怀

立　春

残雪崖前已不多，春风又见裂冰河。
地温日渐松僵土，冬麦还青漾绿波。

雨　水

（新韵）

似雾如丝罗面雨，早晨冬麦挂晶珠。
田边地埂蹚一趟，露水悄然湿裤足。

惊　蛰

春雷乍动已成霆，熟睡冬虫被唤醒。
惺忪睁开看世界，屋前早见向阳娉。

春　分
（新韵）

节逢昼夜两平均，一半晨来一半昏。
九九归一红杏放，三阳开泰庆中春。

清　明
（孤雁入群格）

清明时节雨纷纷，化作泪珠青滴坟。
草木繁葱春意重，子贤孙孝祭先人。

谷　雨

墒情温度适宜天，种豆窝瓜正当前。
汗水换来丰硕果，千吨粮食万担棉。

立　夏

告别温柔春尾天，迎来夏种夏收连。
滋荣万物阳光照，单等秋收果实圆。

小　满
（新韵）

水肥光照灌浆间，麦海扬波金浪连。
机器隆鸣人脸笑，装粮袋子垒如山。

芒　种

休论生熟麦全收，播种时间影响秋。
午后饭前不一样，水泡豆子看楼头。

夏　至
（孤雁出群格）

季候时令夏已停，热风退去待秋生。
高温地表才刚释，三伏正逢二暑更。

小　暑
（新韵）

尽管虽然小暑天，未曾达到汗不干。

还能夜里安心睡，蚊子嘤嘤嘴未馋。

大　暑
（新韵）

湿热难熬似过关，心中憋闷气不连。
寒冬三九中伏热，天气截然不一般。

立　秋

过罢立秋锄挂钩，高粱大豆预先收。
休要认为能安睡，三伏仍然热不休。

处　暑

灯尽油枯三伏收，灌浆苞谷正当头。
地瓜萝卜方开长，白露节过收大秋。

白　露

过了白露是中秋，忙了家中忙地头。
春种秋收希望季，大囤尖顶小囤流。

秋　分
（新韵）

等长昼夜是秋分，麦种犁耙整理新。
现在省了多少事，机收机种技科神。

寒　露
（古绝）

过了中秋中午热，夜间寒气袭人烈。
越冬麦播正当时，最利倒针和分蘖。

霜　降

渐转西风哈气长，清晨地物见微霜。
穿身夹衣剜红薯，白菜萝卜做窖藏。

立　冬
（新韵）

偏南风退换西风，万户千家备过冬。
春夏秋天忙不断，此时方会放松松。

小　雪
（古绝）

该见雪花无有雪，只因天气未凉彻。
节令中间转接期，温度还高难见雪。

大　雪
（古绝）

寒流滚滚西风烈，片片鹅毛成纷雪。
冬至前来下马威，气温突降老人怯。

冬　至
（新韵）

冬天止步一阳生，转暖然而进酷冬。
都是地温升降慢，寒冬三九步匆匆。

小　寒
（新韵）

冬至节了半月生，九交一二手蜷轻。
大寒最怕交三九，出外就要凌上行。

大　寒
（新韵）

人都惧怕大寒期，晚起早眠窝被息。
等到立春一切好，倒春毕竟不多袭。

和田幸云吟长《雅聚》
2016.9.4

东隅已失叹流金，收获桑榆奋作吟。
引亢征鸿南北度，隔山隔水有知音。

附：《聚闲亭》文学艺术学刊雅聚
田幸云（征和）

闲中日月恐流金，簪盍匆忙动雅吟。
往返兰亭飞野鹤，琴台新筑待知音。

中秋夜愿月
2016 仲秋夜

月圆饼亦圆，月愿阖家圆。
祖祖孙孙盼，愿心年复年。

谢各处诗友
（孤雁入群格）
2016.9.15

情生深处变情痴，总到夜深人静时。
今世或无缘相会，平山最怕冷燕飞。

感于编刊
2016.9.15

月光悄悄照床前，潇洒秋风落叶寒。
近日时常难入梦，清词丽语舞翩跹。

感　秋
（孤雁入群格）
2016.9.28 夜

一场秋雨一层冬，飒飒秋风落叶凶。
二更薄寒三更重，莹莹晨露润秋红。

咏　菊

不随黄叶舞秋风，宁抱枯枝了此生。
非是西风愿留客，依然爱护晚节名。

野菊花

遍寻黄白山菊花，茅屋炉前好煮茶。
欲效东篱陶五柳，壶中天地自堪夸。

金钱菊①

重九寻钱菊，清香引茂洼。
此花虽说小，却也能煮茶。

注：①金钱菊，学名叫金鸡菊，又叫蛇目菊、小波斯菊、孔雀菊。盆栽观赏花卉。每年4月、8月两次播种，花期从7月、8月开到10月中旬，药用，有清热解毒功效。

家有水池

（新韵）

2016.10.3

叶落漾池涟，划开一片天。
鱼儿寻隐处，月后可藏颜。

观　鱼

（新韵）

碧水池中一半莲，田田伞下在呢喃。
一撮饵料悄悄下，挤断尾巴擦破颜。

伤　叹

2016.10.15

恨缺斩蛇三尺剑，悬壶亦少六钧弓。
缚鸡已是空怀志，唯向书中说橘红。

登香山二首

2016.10.24

一

踏阶径上最高峰，放眼满坡枫叶红。
美女帅哥欢乐语，笑看翁妪脚登轻。

二

又到秋残满岭红，今年感觉不相同。
长江后浪推前浪，诗苑风光更丽容。

颐和园抒情

2016.10.24

颐和园有心有情，有血有肉，见证了大清王朝的衰落，民国的动乱，新中国的诞生与崛起，历经三朝，风华依然，韵味更浓：

柳沾昆水洗廊轩，秋染皇园属意天。
血雨腥风成历史，铅华褪尽绽芳颜。

全国人大会议中心
天平台前遐想

2016.10.23

天平侧畔说天平，砝码从来判重轻。
斤两即如分水线，公平正义在心中。

晨起写诗

朗月霜晨照小楼，键盘屏幕欲何求。
银河种得群星灿，照耀华胥七一洲。

注：全国共有用"州"作名字县市

72 个，其中的"兖州"现在是济宁市的一个区，去掉以后，剩下 71 个。这里喻指全国。

讽说诗者

2016.11.12

凑首七言充韵律，难分近体与新诗。
卖柑人语犹闻耳，裹体黄金百衲衣。

论诗二首

2016.11.25

一

不予置评非不评，深山观景各不同。
求正务必要容变，殊路同归共起程。

二

十里春鹃十里红，浅深颜色各不同。
谁能分辨哪枝好，称量藏于心腹中。

格律诗之新解

（新韵）

2016.11.25

旧瓶新酒置，感觉不相滋。
不解其中意，人前难为诗。

踏雪寻梅不见

2016.11.25

冰路携风踩，凌寒踏雪阶。
只听木鱼响，不闻暗香来。

梅花二首

一

又见横斜仵冽风，笑迎皑雪布山丛。
不思身后终为土，爱学梅花与放翁。

二

雪长冰加三九时，向阳疏影北枝肥。
布新除旧正分野，逸韵高标君可知。

为 文

（新韵）

2016.11.26

子中方入睡，寅半已惺忪。
冬夏年年度，春秋日日清。

注：春秋，借用"孔子厄而作春秋"故事。

牡 丹①

2016.11.28

亦曾将汝比西施，丽质芳颜为越祠。
都说牡丹真国色，盛唐方显你容姿。

注：①牡丹雍容华贵，"雍容"含有丰肥浓丽意，而有唐一代，武媚娘、杨玉环皆肥也，国色天香与国母贵妃放到一起，岂不更好？

问

专家随处走，帽子满天飞。
戴上舒心不，你知吾也知。

玫　瑰

2016. 11. 29

温馨艳丽夏初芳，仪态轻盈越海棠。
飘向人间都是爱，吉祥美满第一柜。

绿萼梅

常思使命淡梳妆，料峭仍然送暗香。
墙角斜依纤弱女，借窗悄试绿罗裳。

绿　梅

2017. 1

横斜有度靠墙栽，绿萼枝头次第开。
怡与鹅毛相映趣，清香淡淡沁脾怀。

席间作画

（新韵）

梅花万点捻须安，飘雪挂冰谈笑间。
翰墨香飘轩室暖，三春雨露保心安。

渔　家

　　自厦门回武汉，过闽水跨长江，约见点点白帆行于江上，不问自知，渔家求生事，情涌心动，遂成。
　　站立船头高举纲，洒下一片天罗网。
　　欢声传到九天外，捞得幸福装满仓。

无题二首

一

人老总是爱动情，哀叹儿不身前行。
万般无奈顾自己，难当夜里泪双倾。

二

拿起电话欲说明，又怕影响儿心情。
若无其事度日月，夜深人静泪流零。

谈诗词创作

立意高新味厚真，休思碧玉胜闺邻。
风花雪月难为主，教化长留大众心。

答桃源寻梦陈洁白先生

白发青丝聚一堂，同为国粹苦甘尝。
清风吹雨春来早，户牖早开迎子房。

反《蜡梅初绽》赠竹林馆主王海静先生

汗水浇花未必发，程门立雪才真雅。
千寻壁立欲消无，伏榻焉称崖上腊。

答新疆吟友黄启峰

昆仑本为龙脉源，挑起新疆一半天。
皓月长歌欣对酒，天山论剑悟参禅。

三九暖如春

2017. 1. 15

三九如春暖，融融不见凌。
倒颠违节候，环境布憎罾。

谷日原玉和陇上匡晖女士《丁酉立春日晨起答友人》二首

一

惊见东君悄为邻，感叹路埂点醒春。
劣文难入诗家眼，秃笔焉能作弄人。

二

谁人敲键到清晨，剑叶萧萧偷弄春。
老马亦能发新奋，直追陇上第一人。

谢匡晖先生自叠前韵酬众诗友雅和
（折腰体）

东君暗定做毗邻，草木争先来报春。
群芳尚未梳妆好，派出寒梅待客人。

诗词家
丁酉正月二十六

情熔屋脊满江河，后浪前涛唱好歌。
一夜春风花万树，诗词家里竞婆娑。

同步韵和吴贡明老师

君居赣江北，我住大河南。
相距千千里，长波两相牵。

晨辉一缕照小楼

慢咐丹心手鼠头，且将爱意键盘留。
未及哈欠揉双目，一缕晨光照小楼。

读周启安先生水云轩诗文集作赠
2017. 2. 25

水云轩外水云边，远见汨罗渔旧船。
橘子洲头无有渡，扬帆待指九州间。

附：谢李老师赐玉回赠

嵩山顶上碧云边，伐木声声万里传。
五岳寻诗不辞远，银丝缕缕上华颠。

赠周启安先生
2017. 3. 1

自古汨罗干国才，须眉愧弗淑裙钗。
湘灵屈子多浪漫，一统江山任尔裁。

附：赠李保田群主

嵩山洛水白云边，伐木声声万里传。
五岳寻诗不辞远，银丝缕缕上华颠。

答谢周先生启安吟长有赠
（孤雁入群格）
2017. 3. 4

一瓣梅花作渡船，三枝黄菊迎翌年。
顺观芳甸寻高处，五岳身旁是险峦。

桃花林
2017. 4. 1

经过桃花阵，落英恰乱纷。
眼前红雪片，道已没深深。

寒食前扫墓路上的遐思

2017.4.2

　　文化的生命力不是守旧，是创新。
清明不见雨纷纷，路上依然欲断魂。
华夏泱泱千古事，所求朗日照乾坤。

过桃林

（用邻韵）

误将桃苑作闺馨，欲退已经无可能。
转去转来没办法，落英遍地难寻踪。

谢启安先生高和《过桃林》

2017.4.3

隔山隔水送温馨，尽赏云轩秀水能。
虽有桃花千万片，难遮三镇有仙踪。

附：和保田师七绝

长天一曲送温馨，水起风生舞异能。
雾里桃花红雪片，琴台柳道觅芳踪。

依韵和王国钦先生《丁酉清明"天下诗林"植树忆香港诗词学会创会会长林峰吟丈》

2017.4.14

雅士高风见所同，溱洧两岸缺如公。
登临只觉千山小，原是峰头又叠峰。

附：丁酉清明"天下诗林"植树忆香港诗词学会创会会长林峰吟丈

王匡钦

2017.4.14

两度春光携手同，大河南岸说林公。
冰心如玉昭明月，仰看香江第一峰。

和田子《催惜时》

2017.4.14

熏风适意爽清晨，恰恰枝头催困人。
秋实盈仓霜季后，希望种在三月春。

洧水大桥之夜

2017.4.16

　　当我散步于桥头时，只听蛙声一片，高岸上的高层居民楼千家灯火以及岸边的长长的一排灯柱倒影在宽阔而平静的水中，又听到十多米高的桥下发出的哗哗的流水声顿生感慨。随即在手机上写下这首绝句：
　　路上川流似扯绳，往来边道比肩行。
　　又听桥下哗哗响，灯影催生蛙鼓鸣。

有感于周拥军四十初度

2017.5.4

奈何鬓角不生霜，皆是雄心志气狂。
探索从来凶险路，仰天长笑舒眉昂！

步香港诗会会长陈智吟丈 《春声》韵丁酉

高楼万丈矗云中，道合尤须志力同。
国运昭然行盛世，词林诗苑趁东风。

附：《春声》
陈 智

楼台高锁白云中，戮力还教一念同。
恰是人间兰蕙在，诸君合为写春风。

脱茧化蝶
2017.5.24

"清风徐来"五年蝶变成"史诗"感言。

七七涅槃凤凰生，偏雨梧桐雾重重。
休到屈辞蒙垢重，欢欣诗苑有清风。

意象风格与堆砌辞藻之别
2017.5.24

天生丽质玉葱茏，体态端庄意象丰。
东施效颦瞎欢喜，沉鱼落雁月花容。

原韵答合欢花
2017.6.6

脉脉含情春满头，丝丝缕缕笔中收。
参商总是难相见，月叹双心一片愁。

附：合欢花
2017年6月6日星期二

一树绒花春满头，丝丝粉色笔中收。
朝云暮雨难相见，未必苦情都是愁。

《诗词家风采录》付梓抒怀
2017.6.28

细选精挑万朵花，轻裁细剪千片霞。
织成五彩云一匹，缀满红心是我家。

魏晋诗风

邺上漳河邺下风，建安七子一般同。
荡扬总是无穷意，陶谢催生四杰成。

诗 理
2017.7.8

莫说谁精谁不精，诗洋词海弄潮功。
身边多少燃情事，妙想奇思一念中。

风 骨①

巧设相残七步吟，何需煮豆烬其身。
建安风骨今安在，自有初唐第一人。

注：①曹植是建安风骨的杰出代表，"其源出于国风，骨气奇高，词采华茂，情兼雅怨，体被文质，粲溢今古，卓尔不群"（钟嵘）。源于其父汉相曹操对其爱意有加，魏国立国后，其兄魏文帝曹丕妒其才，屡屡有加害之意，故令其七步成诗，否则杀头。曹植七步遂成诗。

怒问曹丕也！陈子昂为初唐诗人，初唐诗文革新人物之一 陈子昂的诗歌，以其进步、充实的思想内容，质朴、刚健的语言风格，对整个唐代诗歌产生了巨大影响。杜甫评价他："公生扬马后，名与日月悬。……终古立忠义，《感遇》有遗篇。"（《陈拾遗故宅》）白居易还把陈子昂与杜甫相提并论，说："杜甫陈子昂，才名括天地。"（《初授拾遗》）

莫避现实化世人

落尽豪华见敦淳，东篱自此菊生神。
桃园虽说风光好，民间仍需下里人。

师长王颖先生《夏夜》随吟

2017.7.15

夏夜清辉罩浅塘，七仙轻舞碧罗裳。
弄姿红袖荷香远，一片蛙声入梦乡。

谢哈尔滨李雪莹诗长赠书

2017.7.16. 晚

北国诗仙律韵新，宝书捧手似亲人。
东西南北一家子，托付清风带我心。

答志诚吟兄《武侯祠存疑》

出师一表古延今，金玉良言干国心。
天地轮回能阻否，托孤又会值几吟。

附：武侯祠存疑

武侯睿智世间稀，先主托孤存大疑。
若是卧龙欣受命，必无蜀国举降旗。

诗词语言与时俱进

2017.9.22

看似新奇不为奇，故文堆里觅今词。
几番生涩成邪味，穿越回归上古时。

雨后晨游

2017.10.2

水气弥林垄，沐风郊外行。
久阴重见日，块垒豁然通。

中秋夜有雨

丁酉年桂月十四

泪飞化作萧萧雨，竟在离宫赏月时。
莫叫年年成空守，故乡接我第一枝。

参观新郑博物馆

2017.10.24

陶土青铜证显踪，悠悠跨越八千冬。
荣封镇馆称之宝，岁月沧桑华夏容。

西亚斯学院①一行

2017.10.24

中西合璧跨国情，依水擎天书馆隆。
黄帝之墟接四海，七雄初霸伴其名。

注：①西亚斯国际工商管理学院是一所现代国际文化交流的知名学校，坐落在华夏民族史上第一个朝代有熊国、春秋初霸郑国、战国七雄韩国的天下第

一古都新郑市区内。处处彰显着龙族底
蕴，欧美风格。

《独占春前第一支》：献给诗词家成立一周年
（孤雁入群格）
2018.1.1

戊戌早春还未来，蜡梅昨夜已先开。
冲天香气群中荡，撞得诗家情满怀。

雪
2018.1.4

谁把琼花撒我家，白了青竹白墙旮。
掬来鼻子几番闻，原是冬梅送艳葩。

梅
2018.1.6

小寒不曾尽，大雪乱纷纷。
疏影依墙立，昂扬精气神。

方　外
（用邻韵）
2018.1.14

云掩葱茏染黛峦，裳歌棋画出林渊。
又听踢踏芒鞋响，诗在酒中人在天。

意象相生诗千行
2018.1.14

枝头鹦鹉传新意，鹤驾云霄绿水肥。
洞彻荆门参万像，兰台且看不须归。

寻　道
（用邻韵）
2018.1.14

山中方得一天闲，世上风霜又一年。
舟渡人间寻圣手，蓬莱自在方外天。

无　题
2018.1.18

浊酒穿肠过，伤痕心底留。
何时人彻悟，唯向佛来求。

许昌拜访李俊恒吟师
2018.2.7

葡萄美酒玉光杯，酒不醉人人自危。
笑论建安七子傲，巾帼驾车送吾回？

戊戌元宵节喜雨

雪不遮灯雨打灯，淅淅沥沥不消停。
举杯痛喝丰收酒，化作一犁五谷生。

杏花落
2018.3.13

乍见枝头数点红，谁知一夜笑春工。
东风欲绽花千树，惜把残魂抛草蓬。

湖北崇阳樱花谷

2018. 3. 17

颜俏不争春，因迎渡海人。
骚家浪中走，相伴是花魂。

三番雀占燕巢二首

2018. 4. 5

堂前旧燕年年来，飞飞兄家添新喜，旧窝已被灰雀占，重建新巢隔樑起，等到新家建成后，高高兴兴雀入居。三迁故事继续演，再建新家重寻址。惹不起也躲不起，夜色朦胧向天泣。悲也！惜也！叹也！恨也！怨也！愤懑也！捉笔记之。

一

背井离乡泪和泥，新窝远距旧巢西。
被窝还未夫妻暖，夺爱横刀雀已栖。

二

自古人间分冷暖，以强凌弱不稀奇。
三迁故事千年演，断子绝孙随我噫！

开　犁

（孤雁入群格）

2018. 4. 8

香魂一缕化红泥，冲鼻芬芳旋绕犁。
锄下安家千粒种，金秋仓满囤尖肥。

答志诚吟兄《春天即兴》

2018. 4. 12

诗人多少出卿相，林下红英变作泥。
柳巷坊间心语吐，催春唯有白沙堤。

无题二首

一

青莲自古有几多，倾泪少陵无奈何。
鹏举果将鹏翅展，焉能毒酒起风波。

二

子美奈何虫蠹害，青莲醉月洗愁怀。
燕雏安晓天鹅志，振翅一飞铜雀台。

答启安师 "枣花映得诗花开"

2018. 4. 23

一骑轻尘缓缓来，子姝琴瑟啸歌台。
心中已被情装满，焉得兰亭聒噪怀。

附：枣花映得诗花开

2018 年 4 月 23 日星期一

一骑红尘仆仆来，留云裁月结诗台。
兰亭枣上春风满，溱水茨山衔梦怀。

静夜欢歌

2018. 5. 3

床前明月光，照我读书郎。
举案知吾意，齐眉半夜忙。

无　言

2018.5.18

通车一月补丁漫，标线清新警示拦。
省道依然如此筑，不知它路又哪般。

新郑县考院遐思

2018.7.5

进院似听宣旨声，官袍代代出此中。
仕途欢乐行医苦，跨过龙门顶子红。

赠安徽诗协副会长兼常务副秘书长董万英女士二首

2018.7.28

一

莲绽七支化佛身，云生五彩铺天门，
修因成果菩提下，尽结良缘种善根。

二

总把新桃换旧符，遂心更在积浮屠。
包容周济开天下，并蓄同收有坦途。

蝉

一

褪去原形上树梢，一声低吵一声嚣。
扯开嗓子直呼喊，万绿丛中弄娇夭。

二

寄养屡身泥土中，靠攀高树赖枝鸣。
沉沙折戟挣扎苦，地面高温小命倾。

蛙

一

渺小担心不上镜，想方设法往前冲。
征询意见藏身洞，一众蛤蟆乱发声。

二

华衣着体新形象，丽语应时代旧声。
看遍水坑都一样，嗓子喊破比英雄。

锅　盖

灶火熊燃蒸气腾，细听锅内水开声。
盖子捂紧休松手，浪静风平自止停。

羊奶橘子树

2018.8.2

四十三年缸里娇，珍花遍布绿中妖。
清香弥漫寮庭院，金果深冬挂树梢。

秋　雨

2018.8.19

已见红云覆险峰，日藏行迹马疯腾。
秋声风送入千户，雨打黄昏落小城。

秋　兰

2018.8.21

经雨成花浅带红，紫茎绿叶笑秋风。
未曾开口已先醉，捉笔糊涂难句攻。

雨后赏兰

2018. 8. 21

一盆兰草两三栽，雨后和阳次第开。
深吸轻呼香在院，快门机拍蝶飞夹。

答谢马炳礼先生专程
自京回新郑款待众友

2018. 8. 24

悄然秋意笼梢头，京雁飞飞回故丘。
兜满金歌和玉韵，幽州不会作中州。

重见火烧云

2018. 9. 4

天空总是日浊浑，习惯霾风雾幔尘。
没有烟囱和采石，今夕又见火烧云。

依韵和开封于兆福社长
《白露》二首

其一

仲秋临白露，初闻桂花香。
寂静新残夜，莲蓬老满塘。

其二

（新韵）

凝气生白露，清风送桂香。
浅凉残月夜，宁静老荷塘。

响水滩

2018. 11. 16

隆隆震耳闷雷鸣，高壁飘垂六丈绫。
四处寻看无甚物，浪花五尺自潭升。

隆昌雨

2018. 11. 17

初冬喜遇雨丝丝，化作琼浆草木萋。
敷面不寒温似玉，心窗轻叩送情曦。

都江堰

2018. 11. 18

劈开天险修江堰，一水侧分成两流。
父子二人中渚站，欣看万亩作良畴。

七盘关出川

2018. 11. 18

七盘关外将人候，七盘关中作挽留。
四百兼程秦岭过，风华各异曰千秋。

叹　莲

2018. 11. 28

绿盖高茎水建家，下生白藕上开花。
夺其子女千千万，斩草除根灭蔓芽。

愁无解

2018. 11. 30

芒鞋竹杖竖岗忡，借问牧童元圣宫。
横笛伶言遥指处，笑看诸子正争雄。

瀑布（组诗三首）

（新韵）

2018. 11. 30

听　瀑

离离芳草上原生，冲耳雷轰鼓闷鸣。
遥看青川无觅处，苍蝇无首撞编钟。

寻　瀑

晴川芳野画图工，柳岸桃林探隐踪。
竹蔽沟深天一线，悬垂崖壁百寻绫。

观　瀑

飞流直下三千尺，雷动径冲上万重。
裂石巉崖收野马，飞花溅玉扮蛟龙。

问垂柳

2018. 12. 11

万物天生凭骨气，悲怜惟汝弄骚姿。
既然无胆争高下，何必招摇带雨丝。

读蔡国芳老师《晚晴涓韵》

2019. 1. 12

飘悠天籁带蒹葭，碧浪如琴送伯牙。
不见东风消息到，隔江犹唱一丛花。

腊八节劝祝朋友

2019. 1. 13

刀风瘦水酷寒愁，护胃健脾三碗粥。
五谷杂粮养身体，龙蛇笔下永无忧。

春日寄语

（己亥年元正）

除夕立春其意深，万千气象化成金。
新年平顺堪称贵，家室祥和即福音。

喜赋《旦园流韵》

2019. 2. 9

流韵旦园七彩霞，讲台播种喜当家。
爱心化作千层浪，托起玫瑰万朵花。

用王颖先生《新春放怀》元玉

2019. 2. 10

高贤大德群英会，总是无时不念君。
待到气清秋朗日，金风送去吉祥云。

附：新春放怀

王　颖

鸿儒轩鬏群英会，雪萼豪情不忘君。
诗伴春华千卉放，文风高雅织松云。

步周启安先生韵亦说《倒春寒》

碎雪残冬虽料峭，崖头路侧已新芽。
劝人莫断天的事，洗手更衣迎彩霞。

附：倒春寒

周启安

细雨冰凌春料峭，湖边未见柳滋芽。
亥年何事晴难访？但愿梅开邀彩霞。

师生聚会

师生相聚喜洋洋，论到当年笑满堂。
杯满香醇化情谊，脸颊漾溢没商量。

白居易故里诗歌文化季
开幕式二首

2019. 2. 24

一

（新韵）
春柳初发居易里，冬松等待雨山崖。
东郭寺北歌声响，满目碧波桃绽花。

二

（旧韵）
默默无言看大千，叮咚流水落银盘。
痴情更著风和雨，步叩雷音度牒传。

景物诗须依节令变化

2019. 3. 1

人间四月芳菲尽，山寺桃花始盛开。
物候发生循定律，棠梨莫比杏先来。

杏林赏杏花

2019. 3. 17

林外横斜四五枝，淡浓胖瘦总相宜。
绝无心念争春色，十里长亭蜂绕衣。

春　晨

轩窗偷进月笼纱，小院翩跹春散花。
晓梦困听新竹叫，且将幽怨付琴家。

依王君国钦会长《河口咏槐》
原韵家山咏槐

彻夜熏风画轴开，冰心一片八家裁。
人言好景江南有，阵阵清香故里来。

附：河口咏槐

王国钦

春风入梦画图开，一片初心如玉裁。
谁把玲珑情义诉，大河从我故乡来。

浮安静先生《春分游东湖》

东湖三绝世惊殊，诗梦柳牵当面乎。
燕剪春泠衔广宇，船装人愿入萍图。

附：春分游东湖（三首）

周启安

一

东湖绿道伴随行，岸柳牵衣点水萍。
眷顾人生不禁老，少时春梦已无形。

二

岁岁乾坤自转轮，那年渡口别伊人。
游船最忆掀歌舞，更有诗书伴酒樽。

三

恰逢暖日好心情，健步林廊听燕声。
岛上湖亭浑广宇，封封诗信总牵萦。

次韵中华诗词学会副会长
刘庆霖先生《四月平谷赏桃花》

2019.4.24

天将美景铸东方，一夜春风成海洋。
幸有贤君天籁会，师归依旧带芳香。

茨山十章

2019.4.28

一

茨山茅草掩宏荒，窄径无人透热凉。
浩荡私风随日盛，春秋故事演无常。

二

常言朱紫缘书得，转世投胎没细商。
下辈托生谋划早，好乘车马坐金堂。

三

怀装黄土出关乡，大道天涯负族望。
美梦未醒还在做，草根怎会成栋梁。

四

延续千秋香火旺，多儿多福路漫长。
天将祀嗣人家送，却不悲怜隔夜粮。

五

干死干活还咋样，急行慢跑落慌张。
不需伸手要钱用，父母自然装我囊。

六

骨头即使磨成扣，也难帮儿多少忙。
两眼汪汪心里血，前生欠账今世偿。

七

一件褂子不一样，补丁还将补丁藏。
少盐寡味将就过，耳朵塞着见孝郎。

八

弟兄长大阋于墙，置气分家戥子量。
齿利眼红成陌路，争相不养老爹娘。

九

稀汤一碗度饥荒，唾沫参和数落光。
臭气满身人难近，只当养狗善心长。

十

灵堂前面痛悲伤，唢呐声音传四方。
车马金堂仆女有，阴间待遇比人强。

题赠杨家卿教授和
书和人的故事作品展

2019.5.16

其一

清香翰墨记人生，影照书文见性情。
不是古温风水美，只因笃志惕恒行。

其二

鹰击长空搏大风，鹏探皓月展宏功。
流星赶月追云步，横笛银驹弱水东。

其三

旅途顺耳不消融，催动妻风脚下工。
浅草云霞西照远，锦光道上马蹄轻。

青岛崂山就餐

2019. 5. 27

两魂出窍一魂留，墙壁晃摇房顶悠。
碗筷欢欣盘子舞，室中生出石山头。

杭州叹南宋

2019. 6. 17

半壁江山残日红，钱塘难以护偏荣。
一朝风雨摧城破，马踏金阶蝶化空。

步张志钦先生元玉奉和
杨文生会长、王国钦会长恭贺
七代会召开

2019. 8

劲吹号角立秋时，又聚吟军十万痴。
高唱新声复兴路，神州汗洒慰完知。

自海口返郑

2019. 10. 8

青山绿水恨悠悠，吟友诗朋相对愁。
空客已成穿宇燕，仍然舱内泪河流。

纪念澳门回归二十周年
步社长王国钦先生韵

2019. 12. 20

胡笳四百响澳门，热泪无期化雨纷。
梦寐得求孺子笑，上邦安国吉祥云。

空间实验室

(新声韵折腰体)

红旗插在天门外，请束送达冰魄宫。
人神共尝丰收果，天地同修鱼水情。

二十二日夜有雨

2020. 2. 22

久躲天廷悄探春，小城偷落向黄昏。
闻听冠疫侵华域，涤尽妖氛惠子孙。

劝　君

2020. 2. 29

研判交流石变金，柏梁台令发时新。
劝君莫作旁观者，走出此门无故人。

白玉兰

2020. 3. 12

闻得清香缕缕冲，寻源拔脚逆和风。
花魁不告何方住，轻抹淡妆迎浅空。

三 月

桃浪泱泱小院南，青峰矗立桃浪前。
轿车冲浪庄园近，新燕衔泥过栅栏。

挽 春

碧浪横生垄亩滔，梢头斜吐绿云潮。
春光莫道难留取，心若向阳花自夭。

永夜歌

2020.5.25

圆月何时剪作弯，镜中乌发竟霜漫。
双腮已陷三分足，五鼓惊人入梦难。

用李白清平调同部韵
赋新余仙女湖

2020.6.9

　　江西新余市是史书中最早记载"七仙女传说"的溯源地，也是"中国七夕节"的发祥地，2015年8月被中国民间文艺家协会命名为"中国七仙女传说之乡"。"豫章新喻县男子，见田中有六七女，皆衣毛衣，不知是鸟。匍匐往，得其一女所解毛衣，取藏之。即往就诸鸟，诸鸟各飞走，一鸟独不得去。男子取以为妇，生三女。其母后使女问父，知衣在积稻下，得之，衣而飞去。后复以迎三女，女亦得飞去。"——《搜神记·卷十四》。

其一

云想衣裳花想容，君思玉品我思侬。
若非奇秀新余女，定叫杨妃独自彤。

其二

湖水清新照秀山，翩然似见七仙颜。
姿容哪得如之妙，妃子神伤后殿潸。

其三

倾城倾国夜耽欢，常使深宫倒凤鸾。
怎比脱尘仙女好，白绫三尺马嵬安。

枝头鹭

枯枝水中挺，白鹭立杆头。
瞪眼搜三面，寻机下铁钩。

晚 秋

庚子年丙戌月乙卯日

山高云浅淡，霜重叶殷红。
隐坐垂纶者，竿弯已似弓。

《晚秋》写后

诗画构思逾卅年，一朝锋底似流泉。
鱼肥水美霜冈烂，夏雨春花仓囤圆。

封 冠

2020.12.5

帽子作为权象征，民间争取赛罴熊。
车骑华盖随员众，胜过家郎与院公。

诸葛街亭惩马谡，杨修一语竟成箴。

电视剧《大秦赋》之嫪毐谋反

2020.12.16

密布乌云冠礼日，腥风血雨裹章台。
秦王决断谋良策，华夏之花从此开。

感于陈国才《题杜锡麟兄三角梅美拍有感》

2020.12.28

岭后窗前三角妍，南国冬日竟消寒。
天人和美峰原翠，致富仙乡正鼓呗。

采　诗

鸡鸣竟敢扰诗声，更鼓何时换闹铃。
询问睡虫藏躲处，枝头喜鹊嗓音清。

浅　春

瘦枝刚泛青青色，肥杏争飞采蜜蜂。
惬意鸭儿游绿水，划成人字九州通。

无题二首

2021.2.3

其一

万物天生季节分，番茄腊月味不真。
粉妆玉砌姿容美，泥塑黄金裹肉身。

其二

老红青淡若霓云，时尚细腰追艮纷。

赠天长地久陈国才吟长

2021.2.22

海南三角梅开否？北国迎春绽案头。
遣送香风飘海峡，兰心赠予匠心酬。

雨　水

摇曳猩红料峭生，黄金缕作柳鞭缨。
杏花一夜春风雨，洒向人间都是情。

赞喀喇昆仑戍边将士

2021.2.24

消得楼兰魄，聚吾华夏魂。
一腔英烈气，只为筑昆仑。

雨水雨

不见牛毛见湿衣，安生莫过柳垂丝。
龙多或许相推诿，洗亮全城红杏枝。

惊蛰凌晨

半轮悬月夜，鸟起闹中寅。
岸径人行早，滴珠浸道深。

樱　桃

芭蕉初沐雨，捧紫夏樱桃。
味道因人变，功能随景高。

野　菜

阳春田亩上，蒿草竹篮剜。
若鹜趋之者，全因那顶冠。

雨晨行

不曾闻雨落，但觉湿衣裳。
弥漫春云暗，草芽才刺芒。

青梅煮酒

调和酸辣味，品透一人生。
经过千锤锻，方成万世公。

花　愿

2021.7.9

莫道花无百日红，青园绿野笑从容。
许身何计名和姓，换得华胥彩万重。

无　题

2021.7.10

怀有迷津才为文，为文之义导迷津。
古人不晓今时月，今月从来照古人。

看渔者钓得大鱼

2021.7.17

天理昭彰不遵守，以强凌弱狠之尤。
生吞同类无良念，咬定鱼钩一命休。

刘项斗智

2021.7.22

谁言竖子是流氓，满腹生成锦绣章。
折戟沉沙成故事，秋风铁马饮西阳。

七夕夜雨三首

8.13

一

清规不变三千年，岁岁今宵泪筑澜。
何必当时开禁令，终成大错在银滩。

二

缘自前生续自潭，织成云锦下薇垣。
情开缱绻从今结，儿女夫妻七夜寒。

三

一夜啼泗没有停，银河广汉惊帝廷。
冲开天幕狂澜泄，耳闻人间尽哭声。

注：形式为内容服务。格律格式是写诗的依据。做到有法可依。有法而无定法。如非要扣定格律不放松，伟大词人毛泽东的《蝶恋花·答李淑一》："我失骄杨君失柳，杨柳轻飏直上重霄九。问讯吴刚何所有，吴刚捧出桂花酒。寂寞嫦娥舒广袖，万里长空且为忠魂舞。忽报人间曾伏虎，泪飞顿作倾盆雨。"岂不不合格了?！诗词重在意境也！偶有出韵之作，便即破格也！

秋夜答抱花人

夏鸣听罢又秋声，似水月光超水凊。
桂树菩提无相论，十分祥意七分行。

喜金桂花开

2021.9.16

去岁月宫移小院，今秋米粒闹缤纷。
车行未到家门口，半截米街贯鼻闻。

四月石榴开

五月生榴火，已初妍绿葱。
世人言此事，谁不捂朱红。

夏夜浣衣

河汉疏星，桂月如铁，四野安静，
清溪照人，浣女临水，鱼停浅底，安和
静妙，四十五年前之美图，今加小序耳。
河汉微开星似眼，宫门兰合月如钩。
浣衣倩女槌停石，人与沉鱼相对牟。

蜡　梅

2021.11.4

迎着东方地平线窄窄的一抹红妍，
走在立冬日雪雨后的路二，突发感慨，
世上百态，人间冷暖，各取所需，各有
所争，何如蜡梅也：
映雪崖前几点红，争迎料峭斗匹风。
芳妍不学妖姿柳，一样人间百样容。

踏雪寻梅补续

2021.11.25

　　余从事诗词创作逾五十年，诗词研究
业已过二十年，诗词曲教学亦十几年，形
成了自己的风格与理论。参与了社会诗词
组织的比赛、颁奖、讲课等多次活动，在
推动、光大优秀传统诗词文化方面，早有
结社想法，并愈演愈烈，在 2016 年 11 月
25 日写出绝句《踏雪寻梅不见》后的 36
天后，终于 2017 年 1 月 1 日成立了网上
"诗词家"。历时 5 年，当初的成立"现代
意象诗派"的愿望仍未达成。思之堪叹！
遂吟《踏雪寻梅不见补续》以记之：
日见西风烈，凌寒铸雪魂。
崖前何所为，寻找爱梅人。

寒　梅[①]

忧怜桂魄初望月，冰雪清辉夺宇坤。
疏影新枝墙角瘦，暗香浮动已黄昏。
　　注：①写梅不见梅，才是上品。首
句合而不合，桂魄与望月，看是合掌非
合掌。桂魄，统指月亮，望月，只说满
月。衬托也，以此衬托月光还没有冰雪
的晶光重。进而赞美寒梅之高格。即使
寒冷的晚上，依然在传播着梅香！一个
"瘦"更显示梅的骨气，气节。

下　雪

梨花飘逸紫微宫，一扫阴霾块垒通。
路上行人多不见，相看竟是白头翁。

草 花①

2022. 1. 10

雪映崖前数点红，争迎料峭戏春风。
不图搔首妖姿艳，求得人间新岁同。

注：①草花，不知其名，色浅淡，花瓣薄，形体小，出生于枯草衰叶之中，竟然紧跟春的脚步，迎接寒冬之后的第一缕暖阳，最先破土而出。其高盈寸，永远离不开地面。身体孱弱，弱不禁风，但却敢于搏击还处于料峭状态的初春的风，逆势而上，最早绽放，最早给人们带来新生的希望，新生的快乐！但自己却不求闻达天下，无怨无悔，当百花盛开的时候，她却已经完成了她的使命，消失于绿色铺成的春野之中。位卑未敢忘责任，苟计富贵愿舍身。此诗可谓托物言志也。

职 司

2022. 1. 11

霜从临晓白，露自夜初凉。
昴日星官者，啼鸣五鼓乡。

晨路感怀

2022. 1. 15

瘠壤苗赢弱，肥田玉树身。
疲于奔命者，都是底层人。

注：今天早上，我在去梨河镇的路上跑步，看着路边的树木与衰草，突然就想到，贫瘠的土地上生长的幼苗无论怎么长，都是赢弱的。而肥沃的田地生长的幼苗自会犹如玉树临风般苗壮生长。

就因为它们的生存环境，社会背景，基本条件不同，而产生出截然不同的结果。触物生情，联想到社会，人生，看着身边急急忙忙，骑着电车，或者自行车疲于奔命的南来北往人，没有一个不是草根层，生活在社会底层，日日如此，年年如此，不管怎么辛苦劳动，也脱离不了社会下层的命运。而那些出生、生长在社会上层富裕家庭的人们，他们也未必那么辛苦，却过着锦衣玉食的生活，行有宝马，衣有名牌。差别何其打啊！便随即口占此绝。以示对底层劳动者的同情。

心 语

风雨尤追梦，擦肩拼命人。
几多空置屋，钱少怎安身。

感 叹

石下孱孱草，铮铮倔强身。
思成参宇树，命贱不生人。

大 雪

2022. 1. 21

气温节令当天变，冬雪雪冬寒亦真。
智慧先贤醒后代，慎追敬畏谨宗循。

寄 友

冰心何必在琼壶，化作金笺寄古苏。
莫忘堂前旧时燕，飞来故里做新垆。

灶　王

（中华新韵）

千年职灶王，监管一家粮。
俭度丰收日，不思悲泪长。

题为诗者

2022.2.27

山重水复路延伸，柳暗花明洞府春。
戴镣披枷觅幽径，今人硬是胜前人。

二○二二年二月二十二日
星期二

元心日月巧逢年，荆径荒原生种田。
忧闷清音耽耳外？为何前世有其缘。

无　欲

2022.5.8

欲抛银线钓曲流，兴致苦无竿架求。
向野觅寻花海韵，稍安余岁染霜头。

无　题

2022.9.30

旗帜焉能做虎皮，声望全靠水平滋。
修身养性感情定，细致推敲莫犯疑。

趣谈诗梦

2022.10.5

诗入梦乡寻老夫，三更挨到五更无。
谪仙索句趋前看，出语点醒浆子糊。

答谢哈市马福德先生
邮寄补品

平水韵七阳

身生贱恙躺医床，掐指惊疑两月长。
哈市诗朋如相问，冰心一片对青苍。

词

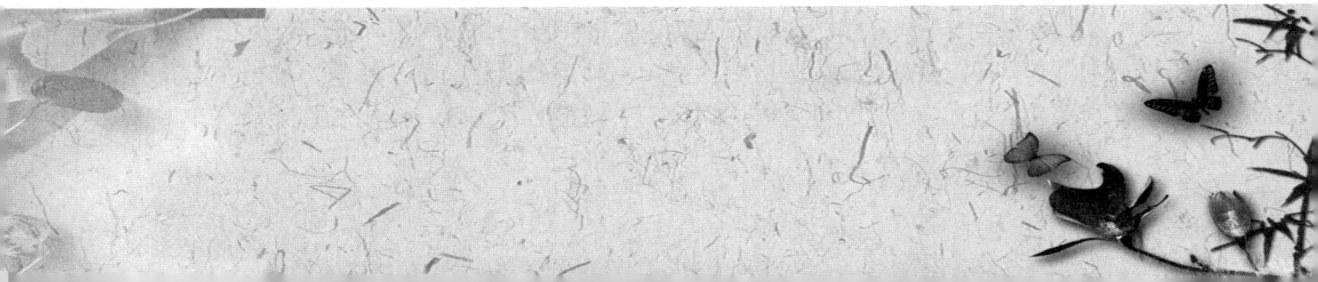

青玉案·登山感怀

2002.9

长空旷野秋阳暮，伫立在、天中处。畅想人生都有路。柏涛松阵，夕晖残注，吹雁西风去。　　大河浩渺淹千古，万事悠悠付寒暑。别墅豪车村野度。有山登跃，有兴便赋，何发归行虑。

青玉案

2015.3

舞文弄墨无寒暑，陋室注、心神苦。甘为诲人情愫抒。月台花谢，荜窗蓬户，只与春光驻。　　痴情恒志前行处，词海诗山笃登渡。琥珀银杯遥相付。同心协力，深研彻悟，携手寻仙路。

青玉案

2016 春月

桃园三月花千树，粉片落、红了路。蹊自花间通隐处。日光明媚，淡云风妩，只见蜂儿舞。　　俏颜默默枝间注，笑语盈盈绕花树。婀娜多姿移静处。欲寻无影，蓦然醒悟，躲在身旁顾。

青玉案·上元

2022.2.15

上元风暖天心顾。空百巷、关千户。洴水公园人涌处。英雄锣鼓，高跷扭步。狮子龙灯舞。　　秧歌竹马划船橹。接踵摩肩笑声熹。浅夜灯光猜谜语。嫦娥

奔月，八仙东渡。灿烂听花诉。

渔家傲

2020.8.25

致远斋中无昏晓，清心室内时光老。慎独楼前星夜眺。商角调，轻吟浅唱渔家傲。　　淡泊能将心志表，还须宁静方才好。不必未言先带笑。持正道，具茨山下无烦恼。

渔家傲·连日雪

2022.1.23

纷纷扬扬昏接晓，银花不管人烦恼。遵纪照章行干扰。几日了，堆银积玉如山昂。　　道路寥寥车马少，居家生活真单调。麦盖三场分蘖好。锣鼓叫，小孩搂着蒸馍笑。

哨遍·庆祝 3.28 西藏百万农奴解放纪念日

2008.3.28

三等九级，尊鄙有依，前世安排齐。穷命头，改变不了的，子子孙孙当奴隶。被赶驱。即便会说人话，依然身份为工具。交易似牛羊，什么底价，一根绳子而已。交换馈赠取弃随需，性命重量薄如蝉衣。百万农奴，无垄无居，不男不女。　　噫。猎猎红旗。遍插青藏高原地。五九年三月，竟然魔风突起。朗朗的西藏，阴云蔽日，喇嘛妄想夺权力。锁链被砸开，翻身解放，分得牛羊田地。做主当家和睦祥熙。长虹架设飞车鸣笛。

免三费、普及教育。国家全力支援，实在无以比。五十年赶超千百代，跨进了新时季。乘风破浪正当期。各民族、同心合力。

定风波

2002.10.10

捉笔狂书窗案前，清风竹舍度流年。往事胜烟消不退，无悔。不亏人主不亏天。　　不会丝毫心中惴，无畏，半生全献栋樑园。路遇同仁温吾慰，元恚，开渠灌圃乐归田。

定风波·冬至日有雨

2016.12.22

冬至一阳寒室生，恰逢预报雾霾兴。小雨通宵无尽意，欣喜。浮沉退去现清明。　·俄尔担忧天使诈，害怕，过了今夜又升腾。企盼还回山水净，笃定，中央护卫地天清。

定风波

2018.4.11

渐起熏风入晚春，驰追翻卷麦浪新。千树万枝香雪尽，伤闷。柴门深锁草茵茵。　　独自凭栏漫思忖，强忍，蓬庐难再友成群。笑问仙家何处隐，答认，擎天一柱玉昆仑。

望海潮·汝陶①魂

2009.3.25

莽荫苍翠，伏牛横卧，遂成古汝椎瓯。腾奔汝河，汤汤逝去，孕生代代英俦。黄土造芳丘。小小轮转动，手上泥球。壶中江山，装得下四海七洲。汝陶文化长流。铸青瓷胆魄，万载千秋。开放改革，风云正骤，龙腾虎跃神州。巨手绘鸿猷。万众齐努力，再铸丰收。破浪承风竞渡，永远立潮头。

注：①汝陶，即汝州陶瓷。北宋汝官窑是陶瓷发展史上的一朵奇葩，它独领风骚，雄居宋五大名窑之首。目前存世的不过60多件。

望海潮·城关乡新貌

2018.3.6

郊原田野，平畴阡陌，城关自古粮仓。渠贯北南，扶疏夹岸，水如匹练清泱。棋布建新庄，柱立矗楼厦，满眼隆昌。万户千家，宝马皇冠竞驰骧。　　蜜甜生活谁创，有亲民党政，斩浪开航。华夏太平，神州盛世，唐尧虞舜重光。看市貌村装，听鼓喧箫响，一派和祥。他日宏图实现，共举庆功觞。

望海潮

2018.3.23

江河横带，山川竖枕，诞生微信诗家。群志不移，情怀难变，百秋千载之佳。铁笔绘金华。赞歌咏胥夏，无数奇蒪。字字珠玑，尽将神域八方夸。　　民殷裕党规划。复兴强国梦，代代茌茌。盛世太平，风云际会，踏风潮乘浮槎。劈浪向天涯。群友齐努力，戴露披霞。百舸中流竞渡，我敢摘浪花。

河 传
（温庭筠体）
2014.3

桥半，闲看。青青柳岸，草丛遮遍。陡坡晶湛露珠明。小停。几人沿路行。　　老翁默默船上站。漫撒缆。白鹭好凄惨。燕飞飞。志已灰。鹭追。远汀鸂鶒归。

夜行船·溱洧交汇探源
2021.7.1

初伏之前衫洇渍①。斯螽月、闹心天气②。燥热非常，电车单骑，探究汇流之地③。风飏水、芦摇蒲抵。涟成浪、鸭沉鹅起。浅岸停车，长竿抛饵，争把洧河当渭④。

注：①夏至三庚暑头伏。夏至日逢庚字，从夏至日第一个庚字算起，第三个庚字日即初伏起日。初伏距夏至二十天。而夏至日后的小暑距夏至日十五天。②斯螽（zhong）月：农历五月。斯螽，蚂蚱，典用《诗经·国风·豳风·七月》："五月斯螽动股，六月莎鸡振羽。"斯螽动股：蚂蚱双腿弹动。即五月蚂蚱就破土而出由，由蛹成虫。③溱洧汇流：指溱河与洧水汇流处。在新郑市傅庄南。④浅岸停车……争把洧河当渭：新郑境

内的溱洧二河已被治理。数十米宽的水面，碧波荡漾，鸥飞鸭游，片片芦蒲，随风摇曳。轿车、电车停放河的右岸，占了好大位置。钓竿长垂，次第摆开。"渭"，指流经甘陕的渭河，隐用姜子牙垂钓蟠溪的故事。

帝台春·拜轩辕
2009.3.29

芳草澄碧。萋萋郑韩地。落絮乱红，帝诞辰期，神州同祭。过海漂洋返故里，共心意、谒宗寻底。拜轩辕，海角诚心，天涯献礼。　　一首曲。三尺缕。泪拭去。又偷泣。上一炷高香，下三鞠，尽默诉、我之心意。一树交枝叶相落，兄弟共心度难曲。再兴舜尧天，夏秋千年续。

海棠春·纪念周恩来总理逝世四十周年
2016.1.8

西花厅院花开早，仍旧是、氤氲缭绕。眨眼四十年，往事如烟袅。　　运筹擘划宏图好，泪水洒、长安大道。试问海棠花，翌日开多少？

汉宫春·献给香港回归祖国二十周年
2017.7.1夜

灿烂星光，现铜锣湾口，狮子山前。维多利亚深港，帜彩旗鲜。香江两岸，

溢呈着、笑语欢颜。充满耳、回家真好，回家才有平安。　　英港殖民时代，互为鱼与俎，民主何言？伤心故人呐喊，眼泪流干。今天庆祝，二十年、一往无前。双百岁、复兴之梦，子孙谁不祈圆。

画堂春·答张小航吟友贺新春

2014. 1. 30

千家灯火月初春，高天呈现氤氲。奋蹄汤鬃踏祥云，驰骤狂奔。　　却看神州遍地，人民礼赞更新。金光大道又延伸。黄帝传人。

沁园春·赋闲

2002. 10. 25

不改初心，坚守真诚，换得赋闲。望月明星暗，西风渐卷；云稀峦黛，黄叶零残。世路无穷，劳生有限。近彐区区常少欢。惟回忆，曾耕耘三尺，播种千般。　　总思共克时艰，隆中对、雄心树壮年。有恢宏规划，蓝图一卷：齐心协力，发展何难？观念创新，布棋全省，来日谁人轻眼看。但现在，剩悠然岁月，浩叹樽前。

沁园春·汝州赞歌答张长年吟长《沁园春·文化新郑》

2009. 3. 28

周号王畿，秦设之梁，隋又汝州。看伏牛南吻，汝河之水；嵩山北靠，欢唱横流。黑色长龙，纵驰不止，"洺上"奔腾车辆稠。路成网，载华南华北，筑

我高楼。　　黑金百里如油。风穴寺中寻胜觅幽。有陶瓷千载，汝魂筑就；发扬光大，百舸争游。奋力图强，鼎新革故，万户欢歌"水调头"欢情起，腹胸生感慨，挥笔吟留。

沁园春·归田乐

2009. 5. 15

少女童男，即盼当官，实在太难。似琼崖儋岸，浪涛拍打，训呼赞羡，同室攻扞。百样千般，众多计算，输过赢赢后溃盘。回头看，净浮云富贵，海市虹环。　　他诽你誉相联。荆棘踩丛丛途路艰。喜老夫虚度，顺知五五；居家闲赋，得鹿蕉间。何怨何尤，自歌自笑，天要吾侪诗殿攀。平心气，遇塞翁失马，尽乐书天。

沁园春·民族魂

2010. 4. 15

慈母江河，浩浩汤汤，百十万年。育炎黄尧舜，英雄贤达；忠贞节勇，龙脉承传。扶困帮难，真情至贵，存在朝堂百姓间。根基是，靠义仁礼智，孝悌当先。　　红嫂奶养伤员。谢延信，奉亲几十年。睹汶川地震，玉州遭难；福荣献命，何超支残。珠粒光烨，中华民族，大爱生存骨子间。等明日，看中华崛起，昌盛空前。

沁园春·长征
为庆祝建党九十五周年而作
2016.7.1

湘水滔滔，赤水哓哓，岗峦月残。看大河铁索，乌江浪急；雪山皑矗，草地苍烟。酷冷高原，无粮炊断，草毯泥毡军帐安。长征路，笑迎风雷电，意志如磐。　　官兵勇往而前，闹革命、推翻三座山。纵离乡背井，血流头断；舍身为国，又有何难？高举红旗，永跟党走，万险千难只等闲。初心在，复兴中华梦，重任担肩。

沁园春·元旦献诸友
2018.1.1

华夏钟声，浩宇雷鸣，群内激情。庆山下火灭，迎新辞旧；平原木长，祥瑞隆兴。粤赣新湘，鄂云皖豫，黑吉辽甘皆喜盈。不需说，均狼毫提起，溢彩流莹。　　满怀家国豪情，笔落处、惊涛拍岸鸣。赞炎黄后裔，煌煌历史；三山推倒，浴火重生。自信荣光，笑看小丑，阻我几多阴计生。团结紧，定披荆斩棘，圆梦功成。

沁园春·喜看中央扫黄打非与打黑除恶
2018.2.9

二〇一八，扫黄打非，再掀狂澜。看万钧锤重，打黑除恶；千斤拳猛，梦断魂残。扶正祛邪。公平社会，捷报人民交口传。吟情重，咏江山永固，海晏河阑。　　神州野沃天蓝，九百万、清明坤与乾。睹气正风荡，畅胸润腹；雾霾除尽，渐现从前。路不拾遗，晨钟暮鼓，快乐康馨如蜜甜。一曲罢，愿年年喜庆，岁岁平安。

沁园春·新郑巨变
2020.9.12

不忘初心，牢记使命，奋斗不停。看园区棋布，高楼广厦；城乡一体，路网车龙。碧水蓝天，文明富裕，县市百强势若虹。民为本，故政通人和，力量无穷。　　曾经历史辉宏。轩辕帝、人文初祖称。想春秋初霸，烟消云散；战国雄主，黄土尘封。唯有当今，莺歌燕舞，党政人民搏复兴。迎双百，正凝心聚力，阔步长征。

沁园春·纪念毛泽东127周年诞辰

五百年间，紫薇临凡，动地惊天。喜文章思想，引航道路；才华韬略，领袖群贤。指点江山，激扬文字，万世千秋有遗篇。令雠友，均望其项背，莫与齐肩。　　甚么汉月秦关。更有那、唐宗宋祖传。便成吉思汗，元璋洪武；努尔哈赤，夺取皇权。工部青莲，屈原居易，文字堆中称德贤。俱往矣、看尧天舜日，重现当前。

沁园春·贺海南昌江姜园村①
姜园书社成立

2021. 11. 6

古村姜园，水秀山清，鸟语花香。看南临昌化，悠悠千古；北傍山马，满眼葱苍。沃土肥田，丰盈水量，盛产瓜蔬和果粮。书香誉，因地灵人杰，重教之乡。　　尚文崇学荣光。算今古、几多才俊郎。有科场取士，贡生举子；当今翘楚，研博闾阎。书社姜园，弘扬传统，书画诗词歌琅琅。民心愿，为弥新历久，一力担当。

注：①姜园被誉为"瓜果之乡""渔米之乡"。还有一个美称是"书香村"。

沁园春·为毛主席128周年
诞辰而作

2021. 12. 26

六亿神州，泪水涛涛，汗水滔滔。感三山推倒，翻身解放；砸开锁链，冲破笼牢。主席谋划，党来领导，重塑乾坤志气豪。摘穷帽，秉更生自力，央不弯腰。　　虽然盛世临昭。比唐汉、仍差千步遥。务初心莫忘，记牢使命；长征万里，道路迢迢。服务人民，人民依靠，常想江山谁更娇。俱往矣，企百年圆梦，还看今朝。

沁园春·词概（一）

2022. 1. 10

词乃诗余，起始南朝，定型晚唐。有花间婉约，艳浮香软；豪放格律，恣肆汪洋。温牛孙韦，李欧晏柳，还有苏辛姜与张。北南宋，把诗词文化，推向辉煌。　　玉渊绚丽芬芳。恰恰似、弱冠豆蔻郎。太圆融典雅，婉柔清丽；动人心魄，慷慨昂扬。言事书情，明牌出处，调守平夷宫角商。能做到，则就轻驾熟，腔顺声琅。

沁园春·词概（二）

2022. 1. 12

律句为基，散语入辞，出处作依。有偷声吟令，摊破促拍；歌头引近，摘遍慢随。韵数删添，字词增减，用弃由吾斟酌之。加虚字，率一二三四，对句成兮。　　一牌别正多歧。查句数，顿号不算其。务布篇谋局，陡开平起；转承过度，尾合收齐。用典据经，恰如其当，加重情怀喜或悲。章句也，忌哏迟晦涩，乏味无滋。

沁园春·诗词之意象情景

2022. 1. 23

象在诗中，意在言外，寓景于情。或融情于景，抒情借景；交融情景，触景生情。意赖象生，象因意胜，起伏心潮绪难平。情和理，看孰轻孰重，落笔分清。　　诗词总在词荣。僧繇画、添睛龙跃升。莫画蛇添足，多之一举；虎成家犬，马氏冯京。慨发而慷，吟歌及物，胜似天工韵味生。勤思考，定神来之笔，靓丽清莹。

曲游春·看八七版电视剧《红楼梦》

2017.9.19

一部红楼梦，满纸荒唐语，林氏冤女。订定终身，却莺期燕赴，宝钗身替。换日偷天矣。可恨那、等级门第。可恼她、老少全族，都是斗心施计。　　狗屁。纲常礼仪？抹一把相思，如雪如雨。看破荣衰，与人情世故，沧桑更续。叹乱丝难理。罢罢罢、葬花情寄。反变成、一枕黄粱，害了自己。

武陵春·解梦

2019.3.16

道路纵横村郭密，气象透清新。幸福安康快乐神。最美是农民。　　慢登崎路和风荡，汗水已津身。偿愿家山解梦人。不负小阳春。

寿楼春·沉痛悼念霍松林先生

2017.2.3

曾祈求多年，愿程门立雪，薪火相传。昨日方才遥祝，乐康团圆。谁会想、今天便，赴帝宫、身排朝班。忍看寿楼春，时鲜果供，双目已潸然。　　游词国，耕诗田，度丝阑旧曲，金谱新编。五老之中为长，隐居西安。苗已壮，参青天，反是您，离开人寰。祝云路平安，天门受封尊上仙。

迎新春

2017年元旦

子夜闹钟响，日历翻开新页。晨练妍阳晔，已交九、西风劣。大街边、行人急切。乱嚷嚷、男女追相超越。或把朋友结。杯觥转、争雄吹绝。　　气清风静，墨宇新月。窗外望，曳摇剑叶髋节。更阑夜籁台前坐，锁眉思、点石成铁。苦耕耘、词曲诗园常论决，开胸解心结。笔注昌世，舜天尧月。

玉楼春·山乡之春

2010.5.15

春风青石般①桥驻。拂柳撒娇摇杏树。鹳鸲嬉戏碧湾游，燕子衔泥涂旧住。　　足停乡野红英处。阡陌车流油面路。西方不亮亮东方，华夏万方尧舜富。

注：①般，读盘，快乐意。

玉楼春·三九天下连阴雨

2017.1.7

时交三九丝丝落，街上全天河泡脚。昊天金阙玉皇悲，颠倒时令非朕错。　　旁边耳闻偷偷乐，讪笑不言为什若？生存环境失和谐，气候异常人自虐。

玉楼春

2020. 12. 24

烈火老君炉子炼，一颗丹心亲奉献。何来溱洧有华章，诸子百家遗锦缎。　　厚意深情无法免。玉液琼浆精制荐。闻鸡起舞到黄昏，不怕良宵香梦见。

醉乡春·和吴志诚吟长《元日再寄诗友》

2010. 2. 13

院井雪花狂落。墙角绿梅初俏。守旧夜，渡新朝，正旦悄然来到。　　欲贺正朝词少。点墨毫秃难了。忆心语，念词修，热肠一寸君知晓。

点绛唇二阕

一

境换时移，既无吊发还无刺。江河纬地。处处创新技。　　过海瞒天，变脸巴川戏。卅六计。藏刀笑里。空使人憋气。

二

冷眼观风，油盐不进头难剃。僵桃代李。借体还魂意。　　算尽机关，只为名声计。怎放弃。龙门跃鲤。舟渡河边系。

竹枝词

（刘禹锡体）

2015. 1. 13

机械收割稻粒脱，插秧比赛又开锣。西边声起东边落，田野高扬快乐歌。

玉蝴蝶·庄周梦蝶

庄子梦，世人知。可叹蝴蝶痴。羽翼与裘衣。何曾断舍离。　　千秋事，争赓继，欣饮老醅酿。空遗笑谈资。悔于肠断时。

望江东·望金门

2008. 7

蓝水相隔透烟雾。亦望见、金门树。犬鸡啼吠互思寄。老至死、难相诉。　　群情怒震"台独"黜。海浪偃、春风煦。一衣带水尽呵护。手牵手、团圆路。

注：化用《老子》："甘其食，美其服，安其居，乐其俗。邻国相望，鸡犬之声相闻，民至老死不相往来。"也盼望如陶潜《桃花源记》说："阡陌交通，鸡犬相闻。"郑文光《夜渔记》："现在，这儿已是鸡犬相闻的村落了。"

芳草渡·奥运火炬传递登顶珠峰

2008. 5. 9

擎天柱，地三极。登绝顶，上云梯。

圣山招展五星旗。燃圣火，环帜熠，世惊奇。　　惊天地，神鬼泣。亿众扬眉吐气。飞翔梦，感情激。光环宇，播友谊，洒晨曦。

忆秦娥·故里抒怀

2005.11

征鸿绝，残阳斜照前朝阙。前朝阙，细言历史，雨霜风雪。　　四方朝圣轩辕谒，寻根大道龙旗猎。龙旗猎，漫呈祥瑞，福延根叶。

忆秦娥·施夷光

2008.11.20

浣纱涧，鱼沉浅底交心愿。交心愿，天生丽质，只为瓢碗。　　献身越国无冤怨，红颜迷得吴王乱。吴王乱，西风残照，落霞飞雁。^①

注：①越君勾践图复国，以吴王好色，乃用范蠡谋，偏访国中美色，得西施，饰以罗毂，教以容步，习于土城，临于都巷。三年学服，乃献于吴王夫差。吴王嬖之，日事游乐而废朝政，亲佞幸而远贤良，终至国破身亡。

忆秦娥·王昭君

2015.8.15

昭君女，和亲远嫁匈奴去，匈奴去。心系大汉，胸装元地。　　今生唯有梦中忆，空行雁子声凄厉。声凄厉，车轮滚滚，此情难寄。

忆秦娥·武媚娘

2018.1.7

扬名切，媚娘梦盼朝天阙。朝天阙，风情万种，手段高绝。　　王朝父子飧同妾，长安遍染忠良血。忠良血，夕阳映照，未央宫阙。

忆秦娥·杨玉环

2018.1.7

宣姿色，玉环贲涨情更迫，情更迫，赢了皇帝，输了封册。　　子妻父夺遭天责，马嵬驿站皇绫勒。皇绫勒，千秋荒冢，孤魂阡陌。

忆秦娥^①·过年

2022 正月初三

除夕谒，千家万户坟前说。坟前说，儿孙发达，金银无缺。　　不燃鞭炮新元节，拜门锣鼓红包热。红包热，挣钱容易，出钱如血。

注：①此调依李白《忆秦娥·箫声咽》之原意另作。元人高拭认为：《忆秦娥》的词调属于古代五音中的"商调"。而"商角"二调，在古曲中通常是用来表达凄怆怨慕之情。李白这阕《忆秦娥·箫声咽》堪称"词祖"之作，从他诞生之日起，就更加适合用来表达哀婉之情怀。

摸鱼儿·和许昌学院李俊恒教授《将参加省两会》书怀

2017. 1. 12

感先生、数年参会，依然心志如故。关怀民主民生苦，尽职责和谐路。情爱付。目似电、透穿社会无惘顾。闻鸡起舞，皓月透轩窗，清光遍地，捉笔抒情愫。　　常关注，乡市旮旯角处。生民可否均富。不思言浅人轻嫚，依旧上书倾诉。将届去。仍旧是、星光灿烂初心露。休言迟暮。对得起良心，建言督政，班固两京赋。

凄凉犯·清明夜雨

2018. 4. 5

院庭巷陌。阳春夜、枝头一片离索。淅淅沥沥，终难寂静，哒哒如啄。声声似乐，想来是丝丝雨落。怅然中、思绪飘飘，二老室中踱。　　刚好卅春夏，王母盛情，难辞难却。欺心践约，住昆仑、听经传学。或许云游，九州昊天常驾鹤。不孝儿、缅念有加，泪已渥。

满庭芳·会期

（独木桥体）

2011. 10. 18

初度金风，京城聚会，激情奔放成歌。八仙过海，踏浪向天歌。王母有兴蟠会，娥显技、广袖长歌。吹台上，竹林七子，你弹我便歌。　　高歌。天籁赛，人才济济，耄耋兴歌。看窗外，婆娑绿影摇歌。切磋点评邀约，睡意去，彻夜欢歌。南腔起，北音紧步，各自有心歌。

满庭芳·新郑小城我的家

（独木桥体）

2017. 12. 19

新郑以本地古时的名人为主题，集博览、游乐和休闲功能于一身，造就了一批风格各异的游园，成为市民休闲的好去处。

珍树名花，芳茵翠竹，星罗棋布游园。山廊亭榭，不亚旧时园。琴瑟弦歌续梦，舞红袖、肥瘦公园。一支罢，满怀荡漾，尽付与林园。　　年光多韵味，庄公复活，子产规园。邓析子，韩非居易吟园。李戒许衡高拱，丹心付、故国家园。千千岁，依摇婀娜，新郑是花园。

霜叶飞·中秋有雨

2022 中秋

露宵冷草。无星月，楼铺灯亮梢啸。掩窗闭户坐家中，街上逍遥少。翳渐重、俄天漏了。噼啪啪雨倾风闹。看重重轻轻，淅沥沥、窗光影里，闪闪光皎。　　隔幕想我家乡，如今应是，地净单等机到。小楼聆听暮秋风，陷入沉思眺。叔伯弟兄哥与嫂。轻言温语将会拷。答复难、含糊易，少说为佳，不言为妙。

玉阑干

（代人作）

2018.3.30

浓脂厚粉担春倦，盼等素笺红字远。堂前紫燕在呢喃，龙泉剑、把心戳烂。　桌台凌乱梳和剪，难解开、缠绕麻线。本来当断却丝连，到如今，我怎么办。

洞仙歌·贺诗长孙震八十寿庆

2008.10.11

仙风道骨，算来还真早。鹤首童颜是刚好。洞天开，明月初洒祥光，喷薄起，丽日方披映嶨。　菊东篱遍种，学步渊明，酒趣诗情度宫角。翠郁胜南山，不老青松，休说是，垂垂老了。福如海，千秋万年涛，玉帝寿、隔荒共呈笙表。

洞仙歌·捧读吴志诚吟长诗词书稿

2010.6

玲珑金石，还真无说错。雕玉珠玑亦无过。遍行间，净是真感实情，诗词意，贵在陶人自获。　运用如椽笔，评论千秋，入骨三分震心魄。颂扬真善美，尽致淋漓，溢美处、各得其所。假恶丑、鞭挞不留情，重教化，犹如浪花一朵。

洞仙歌

2011.9

百年富贵，一夜邯郸梦。堪破人生退应勇。笑生前身后，图个虚名。褒与贬全叫他人去定。　栋梁初长大，不必萦怀，潇洒于归故园中。看青天咫尺，斗竖参横，生兴致，再非笔动。盼只盼，处林下泉边，吟明月清风，并将梅弄。

玉人歌

代人作

空杯子，泪水又迷离，蜷伸长臂。骂声悲喷，句句懊惭意。端餐碗里看锅里，狗胆狼心肺。黑心肠、雷击刀砍，决难好死。　盘算也无计。怨冤说怨冤，照常想你。伏桌而眠，索影在天际。同居同寝双情愿，就是浮生事。自今天、不想思更不记。

瑞鹧鸪·祝嫦娥一号发射成功

2007.10.24

腾飞利箭刺苍穹。流火明光过夜空。一号飞船奔月去，千年梦想告功成。　吴刚手捧浓香酒，玉兔相迎礼甚恭。靓丽嫦娥舒广袖，祝福故里唱东风。

瑞鹧鸪·朱德的扁担

（贺铸体）

扁担三尺两肩驮。挑着神州锦绣河。

晨踏井冈风雨路，夜阑军帐马灯蹉。　　几多载雨风雷电。无数回艰困挫磨。踩出国家独立路，唱红民族富强歌。

八归·上将许世友

2020.6.30

有关将军的影视剧看了很多部，大多是程式化，看到的每每是胸怀扩大、境界高远，文质彬彬，服从指挥，方向明确，足智多谋，运筹帷幄的威武形象，唯独对《上将许世友》特别喜爱。因为看到的是一个侠骨柔肠、敢爱敢恨、孝悌忠信、活着尽忠、死后尽孝、有血有肉、形象丰满、光明坦荡，把一颗心袒露在阳光下的热血男儿和于百万军中取上将首级如探囊取物的传奇战将。

黄麻起义，离妻辞母，从此革命相许。人间正道天涯处，何管血风腥雨，不需环顾。侠骨柔肠肝胆照，踏破草鞋长征路。便断首、坦荡光明，决不把身俯。　　肩负家仇国恨，难全忠孝，烈酒真情倾诉。脚拳神勇，大刀威猛，百战军魂如虎。更粗中有细，令敌闻名怕成鼠。归来去、感天应地，草枕长眠，贤臣孝子汝。

注：尾句句式"平平平仄仄"因"孝"子故，将律句变作古五言"平平仄仄仄"。

阮郎归·奥运会闭幕式

2008.8.24

五环花绽玉宫街。暂时圣火歇。传播包容暨和谐。成功收获节。　　心花放、泪声咧。欲归意不决。七夕桥上再应约。今宵暂握别。

满江红·国庆节

2007.10.1

志士仁人，涅槃后、开思醒觉。相聚在，五星旗下，涤尘濯渥。前仆后承开辟路，镰刀斧子除邪恶。血与火、推倒帝官封，江山握。　　鸡报晓，天明鹊。无基础，新开拓。路无人走过，敢于探索。自力更生创伟业，一星两弹强军魄。圆梦日、看锦绣神州，钧天乐。

满江红·望月

2009.9

美景良辰，神州地、共同拜月。欣喜的，相牵金厦，合家欢悦。今夜嫦娥舒广袖，更超去岁情儿切。六十载、多少次中秋，铅华晔。　　轩辕帝，吾汉阙。思家苦，祈求谒。喜熊猫登岛，峭除心结。等到鸿沟桥化日，吴刚捧出黄花烈。海天碧、且看舞忠魂，团圆节。

满江红·滕王阁上观南昌

2011.4.20

画栋雕梁，临茫荡、沧波万顷。斜日照，扑红描翠，半江沉影。浩浩江心沙聚岛，汤汤水面人摇艇。看卧虹、车速快如风，相呼应。　　高厦立，新楼靖。斑懋少，沙鸥兴。阁楼虽犹在，换了时令。地覆天翻朝换代，江河日月时迁境。借问王、地下可曾知①，江山靓。

注：①指王勃书《滕王阁序》一事。

满江红·抗日战争胜利
六十九周年感赋

2014.6.11

历史难忘，九一八、沈阳事发。三七七，将官捐命，士兵流血。月半屠城三十万，存亡危急人人察。四万万、共敌忾同仇，除倭虿。　　谋钓岛，将我遏。司马梦，人皆揭。欲求灰燃复，鹃鸦呜咽。醒后雄狮身矫拔。和平发展谁先达。复兴梦、洗世纪蒙羞，重开跋。

满江红·南京大屠杀
死难者纪念国家公祭日

（新韵张元幹体）

2014.12.13

一九三七，倭侵犯、石城兵燹①。强盗狗，豕突狼奔，铁蹄踏践。掠抢烧杀嗜血滥。暴残恶狠绝人念。月半间、屠戮我兵民，三十万。　　国家恨，民族怨。公祭日，冤魂缅。耻羞要牢记，厦华须勉。历史无人能斩断，事实休想随心变。小岛国、想取信东方，朝前看。

注：①石城，即石头城，又指南京。

满江红·虎头山二战终
战风景区

（苏轼体）

2021.14

东北边陲，看要塞、虎头风景。小日本，军营遗址，掠华凭证。连体山峰成空腹，远东战役山留影。烈度强、今亦闻腥风，伤痕永。　　终结战，人民胜。忠烈愿，山河整。乾坤似锦绣，地球难靖。强盗在、重寻前日梦，张牙舞爪更威猛。盼中华、环宇扫清时，群伦领。

烛影摇红·祝荥阳诗词学会
成立二十周年暨换届大会

（新韵）

2012.6.19

历史长河，指弹转眼成追忆。喜羸弱幼嫩芽苗，今已参天立。林茂竹修遍地。布琼浆、和风细雨。蓝图初就，画卷徐开，心潮难已。　　回首前程，古荥沃土植根系。生活现象是源泉，将汜黄吸酗。围绕人民主体。把精神高歌演绎。发扬光大，推旧出新，随时进取。

蝶恋花·毕业

1983.7.24

饮酒西楼醒亦记，春去秋来，聚散非容易。斜月半窗还少睡，曳摇树影寒光翠。　　衣上酒痕笺上字，点点行行，总是离人意。辗转不停无有计，夜阑双鬓流清泪。

蝶恋花·晨醒

2020.7.5

曹植休夸才八斗，绕是杨雄，未脱追贫手。班固浣花书锦绣，少陵投赠难糊口。　　历历红尘谁悟透，飘缥缈缈仙乡，为把残羹嗅？早晓人情如翼透，诗情竟比人情厚。

元玉和周启安先生
蝶恋花·中秋寄友

2018.9.4

后羿门前丝万缕，香透寒宫，红袖翩跹舞。岁岁人间归梦处，只流清泪言无语。　　庭院深深深几午，夫唱妻随，爱伴春常住。一别千年奔月路，相逢唯有中秋聚。

附：周启安蝶恋花·中秋寄友

秋菊盛开丝万缕，江北江南，满院霓裳舞。又忆晴澜游冶处，龟蛇黄鹤花边语。　　皓月梁园深几许，桂树金凤，恰似和春住。一别经年扬子路，再逢七夕千杯聚！

惜秋华

（新韵　吴文英体）

2017.8.22

去去来来，叹行踪、又到了南飞季。转首再看，星菲满怀希冀。曾经信誓凿凿，揽尽海天儒雅气。今矣，度沧桑、竟然仍无妙计。　　四秩苦寻觅，百舸争流处，断少同心意。思撒手、去去去，壮怀难抑。从头再整山河，草舍处、骚人重聚。休弃，待明朝、欢歌笑语。

看花回·借庆祝鄜南诗社
建社十周年赞李述合、
茹桂枝二位老师

2015.7.7

掐算今逢十岁期。荣苦相随。劳心操肺通权过，睹两轮、玉走金飞。青丝成皓首，到底何为。　　常把神州华夏思。腹涌涟漪。百花园里耕耘细，图个目悦心怡。鄜南风水好，携手同归。

看花回·怨

（代人作）

2018.3.25

小院春深带晓寒，通夜难安。镜前憔悴梳妆懒，切切悲，泪洗容颜。经年音信断，结了新欢。　　海誓山盟发誓言，化为云烟。眼帘眉际都成恨，负心人、五脏坏完。不思还挂念，双颊流泉。

秋霁·乡村傍晚

1985.9

临晚烧天，看蔚宇氤氲，夕日西坠。劳作收工，肩荷镐铲，臂轻摆步优美。嗓清调脆，放声歌唱风光璀。绿色逯。抓紧、气清天朗获金贝。　　长鞭甩响，奕采飞扬，汗牛拖车，略显疲累。鸟于归、超前追尾，家家炊晚灶烟沸。秋实累累人悦喜。景情如画，山壮观水更肥，淡雅平静，叫人痴醉。

念奴娇·赤壁怀古

2007. 12. 12

蜀吴连手，御曹魏，南北隔江相抵。魏主阿瞒，兵困处、江北黄州赤壁。羽扇轻摇，登坛设祭，要借东风计。帮周公瑾，不惜千万兄弟。　　值当公瑾青年，满身都是胆，雄姿英气。指点江山，一瞬间、樯橹了无踪迹。各为其国，相争与苦斗，设局博弈。人生如梦，到头来一场戏。

醉江月·读刘禹锡陋室铭

2009. 4. 21

愁多欢少，叹人生苦短，趋利离险。追利逐名难愿满，甚至髫堆初挽。即便萤虫，树间杂草，一样争相绊。试看天下，有谁参透极限。　　偏就巨擘刘公，淡看名利，常住玄都观。亨利乾元全不记，奋笔疾书无断。两袖清风，一间斗室，杰作铭文传。荒台遗像，至今仍是垂范。

念奴娇·杜甫

胸装百姓，壮怀家国意，三别三吏。忧势伤时为本旨，社稷江山情寄。群怨兴观，淋漓尽致，扼腕常叹悱。书钉青史，读其诗晓其理。　　揭批抨击讴歌，手中椽笔，千载无谁比。变革开创新律体，文苑诗坛功伟。顿挫低扬，平平仄仄，尽显之神意。宗师今古，后人望顶行止。

念奴娇·西安怀古

2012. 5. 8

临高远眺，厦楼鳞次比，城墙分际。秦岭渭河相卫处，满眼古都新意。丝路之端，三秦要地，辉赫谁能匹。江山如画，望中依见痕迹。　　经历风雨沧桑，开来继往，成科研重地。国际大都京兆道，兴旺历朝难企。唐汉秦周，王陵兵俑，落日长天去。关中天府，金城一日千里。

霜天晓角

1992. 9

脚踏轮旋，流星疾鹘般。已忘离家多久，趁月色、速团圆。　　夜深人阑，鸟疲枝上眠。摇曳微风细细，欢送我、晤婵娟。

霜天晓角

1995. 8

银光淡淡，月也归乡黯。心里倒江翻海，踟蹰影，随风渐。　　国家难两念！岁时难复啖。怀揣鹤情鹏志，只有把、婵娟欠。

霜天晓角

2020. 12. 24

暗香开锁。疏影枝头婀。端砚池中润笔，心播种、情收果。　　稳妥。伏案坐。金牛犁唱贺。翰墨丹青辞赋，且迎接、东风破。

安公子近·招生^①

1995.6

长空星火闪。异乡公路灯亮，杂树呼呼后退，村子渐渐淡。无心将书览。当此暮天夜景，自觉招生繁重，车子难停站。　　望处旷野沉沉，暮云黯黯。餐风饮露，住宿不定投村店。嘱弄清方向，精准开车，遥指窗灯数点。

注：①风餐露宿在招生紧要关头已成为家常便饭，披星戴月赶时间，赶学校，见领导，做宣传，路边称两斤黄瓜，买两个烧饼充饥不知多少次。

诉衷情近·重九
（代人作）

2011

爱心褓褓，直到天新地再。家严教诲殷殷，慈母细心护爱。山样厚深如海。来世今生，永记爹娘爱。　　重阳拜。我把黄金又采。挂牵思念，寄与妈妈带。征鸿快。孝心一片，儿遥祝愿，女求康泰。永报爹娘爱。

秋色横空·洗浴

1974.7

肩搭毛巾。敞开胸褂子，汗渍洇湮。灰头土脸多泥垢，河南坠子清纯。河边站、衣褪身。跳进水、欣然将腔伸。捧起甘甜凛冽，满口生津。　　头拱水冲脑门，洗清尘和汗，褪累提神。一支小调重新唱，催醒水鸟成群。腾双翅，乱

绕云。很快又、和人相为邻。美哉鸟嬉图，珍抵万银。

秋色横空·乡愁

2010.6

茶饭难咽。在深深地下，土壤咸酸。云空暗淡如蒙雾，灰霾挡住蓝天。鸥不落，鸭不喧。两岸柳、垂垂如寡鳏。簇簇丛丛杂草，长满河滩。　　何处捉蛙逮鳗？再难河中泳，岸上凉干。水渠扒掉重耕地，涝旱又靠苍天。生存地，怎这般。恶化得、令人心里寒。问何日才能，河涨浪翻！

春从天上来·上元节之夜看郑州市焰火晚会

2010.3.1

电烁雷鸣。若火箭升空，拽尾流红。芍药儿紫，藕叶儿青。天女散满天星。牡丹花儿绿，富贵态、万种仪容。绣球绒，似迎春吐蕊，笑态轻盈。　　风车地平旋转，舞个闹春风。枝挂红灯。地上空中，东停西起，震慑重九龙庭。看人来人往，熙熙攘、笑语声声。享和平。漫漫春来到，不夜之城。

醉蓬莱·梦醒

2017.7.15

乍惊醒寂夜，梦断三更，黯然无继。想后思前，把半生重理。努力耕耘，辛勤奋搏，是何其如意。夺隘攻关，高歌猛进，前程开启。　　勇退中流，献身

诗国，有限劳生，怎能荒废。甘做人梯，誓把诗才济。帽子荣誉，虚名假利，可笑人惦记。讲台传技，诗群研艺，倾情传递。

归田乐·接陪吟弟李剑锋

2017. 1. 26

心里急，一切为了朋友计。炎阳照，火盆起，谁在意。莫要奸巧滑，守诚悌。受子托、终之事，相扶休相忌。手携手，披荆平坎，弟兄同举臂。

齐天乐·丁酉年黄帝故里拜祖

三月初三

绿芜遍把春光染，轩辕故居璀璨。新雨霏霏，柳丝颤颤，遥看有熊春暖。三边两岸，血脉本相连，心香一瓣。尚飨祈福，笙歌乐舞共参奠。追寻复兴之梦，血为黄帝荐，同一期愿。　　四海之间，岳峰之顶，广袤神州花艳。征途仍险，盛世未央澜，莫思捐倦，国运兴昌。我族需沥胆。

清平乐·履职

1994. 10

背露肩祖，断壁残垣变。豪气如虹星作伴，王屋太行敢铲。　　已知棘密荆盘，岂怕神闹鬼拦。大业虽然难拓，男儿泪不轻弹。

清平乐·招生

1995. 12. 19

路途坎坷，强忍如箕簸。高树晨风星几颗，黛色清霜寒裹。　　车似赶月穿梭，情若掀浪兴波。真汉子真难做，酸甜埋在心窝。

清平乐·黎明

1997. 5

三年已过，死局重新活。机韵书声看新舸，明月清风拂我。　　人生机会几何，世间情有几多。家国两头难处，妻儿藏在心窝。

清平乐·郑风苑

2005 年春

春风依旧，黄水河边柳。千载风骚吟几首，燕舞莺歌时候。　　古文石上谈情，鲤鱼水下游行。彩艇悠然来往，风光和美昌明。

清平乐·黄帝故里

2007. 4. 3

春光明媚，欲暖游人醉。碧水一湾桥下滞，绿瘦红肥柳翠。　　鼎坛汉阙牌坊，居中初祖殿堂。伟峨地宫居北，长燃圣火无央。

清平乐·赴许昌学院拜访李俊恒教授求计创诗词流派事

2017.3.9

久思常想，总怕无应响。犹豫徘徊
频恳量，饭不香休难畅。　　驾东风访
贤良，抱病身拨冗商。茅塞顿开眼亮，
清平一曲高亢。

清平乐·李俊恒先生宝斋促膝叙二阕

2017.3.9

一

春阳如浪，暖阁书香荡。阵阵击胸
撞脾脏，怕醉失了模样。　　聊兴趣话
家常，品诗词论弱强。相见心口恨晚，
同声来日方长。

二

余生无地，怕拂庄生意。夫妇亲诚
心笃至，琥珀杯中情寄。　　诗林词苑
探奇，五湖四海求知。谁说文人相薄，
清平一曲吟离。

清平乐·换届

2019.8.18

河南饭店，喜漾群贤面。商讨领军
新方案，圆了骚人心愿。　　诗友肝胆
相喧，词家献策建言。好趁东风未艾，
真情歌唱中原。

清平乐三阕

（李白体）

兴观群怨

2021.10.20

兴观群怨，三百分明典。观察合群
消愤懑，六欲七情期愿。　　家室幸福
艰难，世间离合团圆。食色人之本性，
俱是材料来源。

跟风呐喊

2021.10.21

跟风呐喊，忘却诗之胆。锦上添花
文采艳，不胜雪中送炭。　　关注家国
安澜，肺腑肝胆之言。检验功名标准，
平民百姓衡权。

讽

2021.10.22

私情没有，大爱胸中囿。件件宗宗
高歌奏，真是行家里手。　　既有快乐
忧愁，何来柴米盐油。父母弟兄儿女，
邻友亲戚毋求。

清平乐·叹春

镜前细照，乌发根根少。窗外悄然
春色老，踌躇何时能了。　　黯淡褪尽
残红，翩跹文字无穷。岁月恰如流水，
转头一切皆空。

升平乐

2018. 5. 31

布谷声中，夏风浪里，乡原一派金黄。机械轰鸣，农民灿笑，沁脾阵阵新香。田间路上，运粮车，往返繁忙。收获季，看千家万户，洋溢希望。　　询问老农言讲，各家皆富裕，冇闹粮荒。仓廪充盈，无灾没祸，丰衣足食安康。人不妄为，国之规，行禁昭彰。唐虞世，必期然而至，复耀东方。

永遇乐·感怀（步辛弃疾《京口北固亭怀古》原韵）

2007. 7. 20

火火风风，上求下索，身定无处。度假星期，从无间断，四处奔波去。满天星挂，寻常巷陌，困顿未曾留住。想当年，风华正茂，心高志远鸿腑。　　倾情事业，胸装工作，他事何曾相顾。十又三年，忆中犹记，饥渴淮阳路。艰辛创业，新天新地，一片欢欣锣鼓。有人问：廉颇老矣，尚能饭否？

永遇乐

2011. 9. 25

月正中秋，菊还重九，深夜凉重。满地清霜，铅光遮晓，机唱闻耕种。院中飒飒，纷飘落叶，窗外似闻风动。半生来追求进取，退休却失精勇。　　兴衰更替，自然规律，切莫自相愚弄。韩信三齐，称雄五霸，将相从无种。而今

消尽，白云苍狗，唯有故乡前梦。总常想结庐林下，万峰翠耸。

永遇乐·和庄生《2017年新岁感怀》

2017. 1. 3

新宇藏蚕，冬霖抚面，晨雾轻漫。信使方增，韶华又减，何必心盘算。白驹过隙，滔滔逝水，苍狗驭云梦断。趁良时、重寻旧处，啸台你唱吾念。　　一元复始，群灵万类，竞相把春姿展。辽远天涯，眼前风物，莫负黄金管。化冰一滴，难津黄土，也为清明呈献。待神州、新阳紫气，八荒吹遍。

附：2017年新岁感怀

庄　生

旧岁才除，新年即到，喜忧参半。霜鬓徒增，青春又减，不忍轻盘算。聊堪自慰，诗心词韵，长赋菊花梅瓣。念平生、初心未负，竹林阮咸风款。　　梅香欲醉，初阳萌动，柳水冰花轻篆。触物开心，万类欣生，竟为春增艳。我本春使，岂甘人后，杏雨梨云洒遍。让新岁，群灵抱喜，万方洽忭。

永遇乐·毛泽东126周年诞辰暨逝世43周年缅怀

2019. 12. 26

四十三年，缅怀犹记，思想旗帜。兄弟抛家，亲人血迹，贡献谁能比。宵衣旰食，运筹帷幄，挽救千军车骑。叹神州、一张白纸，欲求富强容易？　　天涯倦

客，刚刚归去，便被奸邪诽诋。惑众迷思，鞭笞挞伐，意在从根废。初心乃在，使命牢记，庚续并创新意。看明日、中华追梦，风光月霁。

永遇乐·秦皇

2021.10.8

声吼如雷，气吞如虎，一代雄主。规立三同，扫平六合，统率中华二。弃之封建，设之郡县，政令皇权独谕。泣神鬼、功昭日月，泰山祭祀封予。　　辉煌伟业，龙翔凤翥，曰是昙花一吐。万里乾坤，泱泱华夏，一五年倾祚。曾经美梦，化抔黄土，僵化繁徭臣蠹。与时进、人民为本，江山永固。

贺新凉·读春秋列国志感怀

（2018.10.23 于郑大一附院）

一部春秋史。记东周、存亡之道，兴衰更始。为令诸侯逾天子，怀鬼胎图称陛。取天下、不分非是。齐楚燕韩秦魏赵，血泊中、七国皆雄起。志竞达，是宗旨。　　强权谁握谁论理。卅六计、血腥遍地。断肢残体。尝胆铺薪重生苦，顺手牵羊本意。手足戮、各为臼己。分晋三家谁诛伐，喜江山、代有人才替。盛世到，太平季。

夏初临·建房

（张先体）

夏日初长，麦黄浆满，榴花杂树氤氲。紫气东来，全村鞭炮声闻。涌来东舍西邻。探询声、众说纷纷。熏风轻荡，拌机浅唱，旧梦成真。　　车车浆泥，块块方砖，放平垂直，详酌精臻，心中画卷、工人汗水沤匀。三夏之期。喜眉梢、日看房新。劳心神。非洞天福地，依罩红云。

浪淘沙令·太康签联合招生协议①

1995.3.24

窗外雨潺潺，春意阑珊。全消睡意五更寒。梦里坐车回校去，醒后犹欢。　　独立靠阑干。浮想联翩。发端不易后尤难。辛苦困难全去也，为焕新颜。

注：①1995 年 3 月 24 日是余赴太康与太康教委签订联合办学、联合招生协议的日子。

浪淘沙令

2013.12.10

瞪眼坐门边。何必明宣。威风凛凛护公权。颤胆悚心还未进，已赴西天。　　国法大无边。尤胜狮颜。秉持正义解民冤。只要把天平放稳，何用威权。

浪淘沙令·写在"七七"八十周年

2017.7.7

不忘那一天，八十年前，卢沟桥上炮声喧。倭寇凶残民族难，血溅狼烟。　　团结空无前，无限江山，高歌猛进富强篇。逐梦尤须思耻辱，誓啄瀛鼋。

浪淘沙令·步周启安先生元玉记己亥春日游郑风苑

春日郑风园，踽踽河边。薄衣感觉些微寒。列国春秋多故事，青石栏间。　　桃浅露珠丹，匍匐衰兰。吊桥漫步荡秋千。笛韵悠扬华室出，诧得身弯。

附：浪淘沙·己亥春节游东湖
周启安

银杏对谁眠，寂寞湖边。罗衣不胜倒春寒。指上琵琶身是客，雪踏梅间。　　新蕊半坡丹，九节香兰。闲游绿道荡秋千。笛韵含情君莫问，笑在眉弯。

六幺令·岁感
2003 新岁

梅英风漾，悠飏春消息。推窗欣览新节，杨柳丝丝碧。常想方舟一叶，江海浪涛击。饮霜餐沥，驱车冲泥，直赏东篱菊芳溢。　　失意华堂排阵，笑对惊郎惕。管什补服簪缨，一样嗤如圾。珍惜师生血汗，不思贪娈吸。愁欢相敌，庄家更替。大笑只将涧林食。

木兰花令·念君
1994. 9. 18

别后不知君去路，日想夜思多少苦。无带话，又无书，道险路遥何觅处。　　风敲夜深秋暮韵，千叶万声都是恨。同窗两载梦中寻，醒后亦然无电信。

木兰花令
韦庄体
2021. 2. 7

丽日净空冬已去，无雪难生芳草路。梅不绽，日愁人，枉把心思交尺素。　　好友信朋无消息，鸿雁难传青史籍。航星北斗八方通，梦绕情牵长叹息。

如梦令·壬辰中秋
2012. 9

遍地清光如水，对月人还一位。窗外影婆娑，疑似嫦娥丹桂。迷醉，迷醉，未觉夜凉侵髓。

如梦令·新华路
2021. 3. 17

乘坐公交四顾，方晓途行歧路。开进万花园，已被迷宫困住。凝伫，凝伫，竟是神仙居处。

如梦令·乡路

走在乡间小路，童趣似泉喷注。尤是肚包天，掏鸟捉蛇追兔。迟暮，迟暮，眼看古稀将度。

三字令·那一年

1988.8

冬到夏，一更眠，四更穿。抓业务，带着班。脑昏沉，肩背痛，腿装铅。　突父病，四八天，处危关。谁伺候，有哥看。管高招，期末考，做人难。

三字令·制订五年发展规划

1994.10.11

三夏晚，早秋迟，夜沉时。书案写，脑瓜思。树雄心，怀壮志，五年期。　开拓业，筑牢基，履冰滋。跟脚立，展新姿。绘宏图，升档次，树红旗。

三字令·冬日下雪

2009.11

窸窣响，洒晶丸，确天然。渐变作，羽毛般。夜深沉，偷入户，落庭前。　将尺厚，不停潸，覆原峦。虫蠹灭，净人间。立冬天，祥瑞降，兆丰年。

三字令·巷议

2013.9.20

多少代，靠墙扎，立旮旯。南刨刨，北耙耙。百千年，陈谷子，烂芝麻。　今日是，互相夸，比着掐。薪水领，四千八？李工头，张老板，发财啦。

三字令·诗概（一）

2021.12.29

诗味厚，意嵩渊，[1]巧谋篇。逻辑合，线珠穿。[2]起兴根，承转顺，尾头圆。[3]　明对仗，仄平安，韵声宽。[4]生活语，雅辞言。取清新，毋冷僻，叙要删。[5]

注：①诗要格高味厚，立意深远。②主题要如红线串珠，一以贯之。③开头很重要，决定着下面如何写。承接转折要连接自然。结尾不论宕开一笔，或是结束全篇，或是余韵绕梁，都要呼应开头，圆合开头。④选韵要用宽韵，还不要用同一声调同一韵母的字词。避免吟诵起来呆滞。⑤不能使用冷僻生涩的字词，更不能生造词汇。文章是逻辑语言，用叙述的方式作文。诗是形象语言，用描述的方式作诗。所以不要用叙述语言。

三字令·诗概（二）

2022.1.3

糅意象，画中诗，[1]趣论疑。[2]言孛理，隔离姿。越跳文，如藕断，实连丝。③　　循省略，记前移，④倒颠词。⑤需想象，喻随施。务夸张，含蓄妙，淡浓宜。⑥

注：①意象诗要做到画中有诗，诗中有画。②哲理（理趣诗）通过形象比喻、议论释疑解理。③诗家语的特点是：悖理性，阻隔性，但又藕断丝连。④在遣词造句方面：可以省略主语（无主句）或谓语（无谓句），可以使用宾语前置的倒装句。⑤可以在词性同类的并列合成词中颠倒词的前后位置。⑥在技巧方面，可以使用想象、比喻、夸张、含蓄等修辞手法，做到浓妆淡抹总相宜。

三字令·诗概（三）
2022. 1. 3

诗用语，尽量奇，①动形词。②诗眼重，点睛飞。③记清芬，毋白叙，必新奇。④　　文雅士，俗言黎，⑤据情思。⑥纤细近，旷豪驰。⑦境空灵，神韵靡，曳摇姿。⑧

注：①诗尽量不用平常语，要奇特，有个性。②多使用动词和形容词。③诗眼特别重要，诗眼（中心词）就像画龙点睛，墙壁上画了一条龙点上眼睛后，龙就腾空而起，翱翔九霄。④记着要选用清丽芬芳，新颖奇绝的词汇，不要大白话叙述语，因为文章才用逻辑语言，而诗词是文学，要用形象语言。⑤诗要写得文雅人爱读，老百姓也爱看。⑥诗词是抒情的，其情一定要是从内心发出的真情，不要矫揉造作，惺惺作态，更不要人云亦云，随风起舞。⑦过于细腻，

做不到旗开局张，小中见大；过于旷达豪放，容易粗而不细，做不到小处着笔，大处着眼。影响立意。⑧调动笔触，就像绘画，要有空灵感，有神韵，虚中有实，实中有虚，动中有静，静中有动，直中有曲，曲中有直，画面摇曳生姿。

三字令·诗概（四）
2022. 1. 4

联合式，倒颠宜，并莲姿。①偏正者，限修兹。②动宾谐，恭主谓，莫偏离。③　　言对偶，整齐肢，不参差。④然对仗，迥然丕。意词翻，平仄对，似夫妻。⑤

注：①联合式的合成词可以前后颠倒位置使用，因为它们就像并蒂莲花，不分主次。②偏正式要么前偏后正，要么前正后偏，有主次之分，偏对正起的是限制修饰作用，不能随意颠倒。③动宾式，主谓式都一样，不要轻易颠倒位置。④对偶指的是前后两句之间字数数量要想等，字的声调平仄要一致。⑤对仗指的是前后两句不仅字数相等，相对的句子句法要相同，句法结构要一致，词语所属的词类（词性）要一致，词的意义相反相对或相近，上下两句用词声调平仄必须相反，字不重用，两句之间要有黏有对。

上林春令
戊戌岁正月十四

初现黄金千缕。点点那、枝头蕾鼓。林间燕掠莺飞。堤岸上、相牵凤

侣。　　春光不解人愁绪。太君㞋、病疴妻附。叫人力尽精疲，无心思、上林春赋。

十六字令·赴任

1994. 7. 25

难，鼠窜蚊叮睡觉难。空如已，乒乓案台眠。

十六字令·整校园

1995. 12. 1

寒，地冻天寒腊月天。齐心博，旧貌换新颜。

诉衷情令·悼念焦惠若老师

2009. 12. 29

偶闻噩耗顿心惊。藏王太无情。本来欲去探望，只落一场空。　　思往事，泪如倾。泣无声。仙班名列，驾鹤蟠池，难睹慈容。

诉衷情令·孝节

2018. 8. 25

中元四色馔馨新，五味飨先人。东郊南陌西坳，无处不香焚。　　扬孝道，奉良伦，叙情亲。千秋百代，子子孙孙，祭祖延根。

诉衷情令·己亥年榴月庚辰日新郑送别冰城吟长马福德君

2019. 6. 12

南风送爽日倾斜。古城奏琵琶。人民路上握别，强止落涟花。　　抓紧手，眼巴巴。感伤加。千叮万嘱，恨无绳索，拴住西霞。

唐多令·恭贺嵩岳诗社成立并祝社长王国钦先生大业有成

2017. 9. 6

苇叶满中州，红荷映碧秋。卅四年、方建高楼。踏浪运舟迎险上，来日看，柱中流。　　溱洧诞虢州，汴河育骆酋。定江山、必是鸿猷。欲买桂花同载酒，须等到、愿望酬。

喜迁莺令·观海抒怀

1996. 5

腥风号，碧潮骚，浩渺起狂滔。耳听千万虎狼哮。心浪逐浪高。　　念地天，思绪肇。慕海燕调汤浩。更崇展翅九重霄。驰骋廖空豪。

喜迁莺令·庆功宴

干事创业，克难攻坚，师生只看到余坚毅、果敢、迎难而上、意志如铁的精神状态，并不知道，夜深时余无奈的叹息。

饭难吃，水难咽，发展太多难。英雄有泪不轻弹。昂首渡难关。　　餐风霜，消疲倦。不怕山高路远。仰天长笑满心欢。痛饮庆功筵。

相思儿令·唱和于兆福先生《相思令·迎春》并寄武汉新冠肺炎疫控

2020.2.12

即使宅家便怎，依样待春风。金缕艳花青岸，燕急筑王宫。　　赋首蝶恋飞鸿。寄情思、荆楚江邑。人心终胜魔魃，必然莺恰花红。

清风满桂楼

2008.9.20

荷风止闷。绿雨生凉，修杨叶声涛韵。开启两扇窗，即感觉、琼浆已将脾浸。香随喜鹊到，透枝望、霞光竹隐。深呼口、丹田涌气，撞怀击困。　　人生一场尽。锁住秋光，毋成柳郎遗恨。欣鬓染无多，狂志在、诗词苑中蹄奋。千年瀚海浚。拣珠贝、祛糙储俊。云休笑、将尔裁成缎锦。

最高楼①

2019.3.2

君知否，花信候春来。果季按时排。桃红梨白天然色，杏酸柿涩细胞胎。谪仙优，工部秀，醉吟才。　　细打磨、绣针生铁杵。反复炼、黄金源石土。云小字、锦笺裁。人生有限须欢乐，尽将岁月抒情怀。众诗家，牵手走，上高台。

注：①**体式轻松流美，虽为词牌，**

渐开元人散曲之先河。

阳台路·悼念同仁周伟

2009.5.5

英年早逝。父母呼唤儿子，妻子痛哭丈夫，少女哭叫爸爸，怎不令人痛心！　　杜鹃咽。看怆声号恸，声声啼血。满堂中、孝服花圈，童女喊声悲切。这景这情，直若三冬，冷如寒铁。千秋绝。皓首人，咋不心碎肝裂。　　昨日方才相见，现已是、阴阳分别。一同工作，也算是、患难冰雪。仙乡路，一心走好，莫顾念人间月。蟠桃宴会相邀，飞临宫阙。

安平乐慢·写在新郑安置南水北调淅川丹江口库区移民新村

2010.8.4

宛地淅川，郁茏翠盖，千花百草争妍。高天纵谷，沃土流溪，安宁百代人烟。调水京津，筑平湖高坝，没寨淹田。不怨地忧天。家家户户安澜。　　为安置移民，北南千里，从此结下亲缘。修移民村子，适居秀美建家园。奉献亲人，心绊解、一应俱全。看今朝、和谐社会，文明相处花嫣。

安平乐慢·赞郑州中心医院新郑分院新郑公立医院

2020.2.20

去去来来，问询不断，何曾有过稍

停。长廊爱满，病室温馨，春意医护相生。服务周详，令求医治病，信念加增。技术犹其精。真诚抚慰心灵。　　有科室扫当，院方调配，妖魅除迹消形。行世间之善，愿施一片救难情。化险为夷，思邈在、无人颤惊。幸中心，华佗转世，民安国泰清平。

长相思慢

（代人作　中华新韵）

2011. 11. 15

长发披肩，黛眉浅画，香腮粉颈朱唇。酥胸半露，法露擦身，腰围超短罗裙。项链黄金。镜前将衣品，特个较真。个中的原因。只图能，博取欢心。　　兔儿揣怀中，蹦跶直跳，更加忐忑难禁。别言沈在，海誓山盟，岸柳槐林。茶味还馨，金石便随成淡云。看徐娘风情万种犹存，难撼之心。

长相思慢·除夕夜话

2011 除夕

饭后除夕，客厅夜话，父母争相开闸。"年初到底，电话都无，心中还有爹妈？事业行吗，找了朋友没，多晚成家。"儿子只啊啊，不知从、何处言发。　　"咋能不思家，一直牵挂，因为没法回家。几千元薪水，住吃穿、还会干嘛？万户灯花，周假日、尤其想家。"再一回、言之满满，"寻个媳妇回家"。

长相思慢·南京大屠杀八十周年国家公祭日有感

（新韵）

2017. 12. 14

建业城高，燕矶渡阔，秦淮河畔层楼。钟山晓月，莫水清风，金陵并称扬州。虎啸龙虬，看国旗猎猎，祥和温柔。紫顶瞰石头，雨花台、夙愿终酬。　　叹倭寇屠城，似山尸骨，成海血浪横流。难书东瀛罪，怎消吾、华夏神州，灭种之羞。天地证、清冤雪仇。爱和平、图强发奋，昌兴万代千秋。

长相思慢

2020. 2. 10

子女难颜，夫妻难伴，巾帼天使江城。孱身疾控一线，无私无惧，阔步昂行。秒夺分争。与瘟神搏斗，地泣天惊。救死扶伤。病床前、贯注真情。　　不分老中青，不管家乡去处，抒写精诚。冲锋陷阵，斩怪除魔，展示铿锵。披艰历险，敢担当、豪杰颜赪。冠疫消、天下欢乐，凌烟阁上留名。

长亭怨慢·纪念杜甫诞辰一千三百周年

2011. 11. 25

百千载、如霞绮旎，熠熠光辉，普照天地。笔底生花，忧心家国铸诗史。语遮苏李[①]。湮庾信、之流丽[②]。且气玉曹刘，掩颜谢、技孤高体[③]。　　陈毅：

写干戈离乱，表爱国忧民意④。杜陵落笔，剥豺虎、皮无遮体⑤。学诗以、子美为师，有规矩，劈天开地⑥。使我后来人，倾尽一生难企。

注：①苏味道，初唐政治家、文学家，推动了唐代律诗的发展。李峤，初唐诗人，擅长五言体。时称苏李。②庾信，南朝梁代诗人，宫体文学的代表作家。③指曹植，三国曹魏诗人、文学家。刘桢，三国时曹魏名士，建安七子之一，擅长五言诗。时称曹刘。④陈毅《我读》中说："吾读杜甫诗，喜其体裁备。干戈离乱中，忧国忧民泪。"⑤指叶剑英《成都草堂》中说："杜陵笔落伤豺虎。"⑥宋代陈师道《后山诗话》：苏轼"学诗当以子美为师，有规矩故可学。退之于诗，本无解处，以才高而好尔。渊明不为诗，写其胸中之妙尔。学杜不成，不失为工。"

黄河清慢二阕

2011. 1

其一

锅底一层沉碛物。冬苗盐碱如铺。到处宰鸡掏卵，挖山开土。车辆隆隆驶过，猛超载、压塌道路。土尘烟雾腾腾，空气中、漫布污物。　　千年水道干涸，郊原上，很难寻栋梁树。鸟雀不多，怎见征鸿北渡。四月生猪上市，只因为、催长药素。过量激素，肥胖症、怪奇名目。

其二

磨面增白先掺入。包装食品防腐。饮料也要提质，增鲜防蠹。冬麦将熟打药，种青菜，尤须抵蛀。月初刚过几天，就到了、本月十五。　　高兴竭库而渔，真的是、裂心撕肺之苦。老叟幼童，怪病令人发忧。发展生存重要，特别是、球人共住。振兴经济，还需要、地天呵护。

江南春慢·英雄的城市英雄的人民

2020. 3. 9

冠毒嚣张，乌云漫布，江城遭受残铄。神州震动，叹国民、惊骇佳节。凶险燃眉切。全方位、救援迅捷。遍三镇、人无界别，地没西东，同心奉献忠烈。　　交通警，巾帼杰。更外卖凌晨，店家耽歇。方舱一出，就献上、感恩鲜血。车手情尤热。先锋队、赤诚化雪。彰显我、危难当头，无畏无私，中华志如钢铁。

解红慢·清明时节

2022. 4. 4

序：清明时节，季春之始，俗称阳春，扫墓祭祖，踏青出游，自古亦然。偏近三年，新冠病毒，世界难题，犹如白骨精，屡控屡变，今已是奥密克戎。来势汹汹，防不胜防，大有蔓延之势。党和政府，发号召，讲控制，本地亦不例外。戴口罩，做核检，少走动，不聚会。大好的春天，明媚的阳光悄然逝去，似锦的繁花黯然凋谢。竟有人，受不得管控，率性随意，可悲可叹！

电车徐驭。绕碧湖，逍遥新区顾。飘英漫地，三分去二密红疏。公园道路，车拥人稠多游侣。看轩辕碧透，烟波静，渔竿聚。水亭内，母和孺，相欢浦。索桥拉，风中矗无语。祥和一派谐美处。憾新冠病毒，谁不惊惧。　　祛疫情，靠全民同除。休添堵，志趣寄托琴书。他人少与，心情好，壮体强躯。眼亮脑明，世态纷纭争今古。谁如我，贯注诗文，无俗恶。醒行吟，困便眠，狂时抒。有电视，能将万事睹。毋随风舞妄愚腐。借繁星皓月，漫记苍梧。

浪淘沙慢二阕

2012.11

余为了照顾生病的小外孙，时常到儿童医院去，常常听到有关食品质量下降的议论，每每看到令人揪心的场面，总像刀子一样扎着，心口阵阵发痛。便思索出两首：

其一

诉苦会，杂粮五谷，菜果齐到。冬麦争先发表。灌浆后再打药！又土豆随即抛泪道。种前就、药水中泡！再玉米声声放声吵：凭什药中泡？　　刚巧。菜蔬水果来到。有韭菜发言：令人恼、露土便灌药。听大枣嘟囔：我也难了。确实气恼。我不生多好，番茄哭道。想叫成熟三天老。梨哀怨、染层褐套。这都是、钱包没塞饱。创效益、后果谁知，这世界，横流物欲难欢笑。

其二

大都市，高楼亮丽，马路宽广。乡镇车来车往。太平富裕景象。看万户二家钱袋涨。日子是、一派兴旺。为甚却纷纷建医院，舒服又漂亮？　　迷惘。病疾更是多样。叹幼稚儿童，突发病、讲又无法讲。悲血液癌变，三岁初长，就遭祸降。更口歪斜眼，先天缺氧。东倒西歪瘫疾状。走廊上、熙来攘往，诊疗室、哇哇叫震响。祖父母、苦脸愁眉，母与父、忧心热泪盈双眶。

木兰花慢·春游

2009.5

恰风和日丽，踏青去、景情宜。看岸落杨花，坡前犬吠，小院鸡啼。萋萋，宇蓝水绿，悄然间不觉被其迷。超脱红尘以外，暂离成就危机。　　都知。潮兴浪移。离坎坷、不为奇。盼观海览趣，寻幽探底，追兔赶鸡①。时时、点膏承晷②，夜阑窗下挑拣珠玑。跳脱红尘浊世，再无你对他非。

注：①金鸡，指太阳。②点膏承晷，因平仄需要而活用"焚膏继晷"。焚膏继晷，唐，韩愈《进学解》："焚膏油以继晷，恒兀兀以穷年。"膏，油脂，指灯烛。晷，日光。形容夜以继日地勤奋学习、工作等。

木兰花慢·祝贺温县诗词学会成立十周年

喜十年树木，古温地、木兰荣。值青杏红桃，金潮碧浪，翠柳胭馨。真诚，素笺小字，贺诗词学会业功成。抚曲沁园春调，唱支诉说衷情。　　春醒。阡陌踏青。同志趣、协攀登。莫忘怀、带上兰亭鼓瑟，铜雀箫笙。书称。对佳丽地，竭虑殚精奉献忠贞。椽笔丹心一片，雄文耿骨旗擎。

庆清朝慢
（史达祖体）
2011.10

　　观看中央电视台新中国成立62周年山东寿光激情广场大家唱，脑海中涌现出新中国成立前的38年时间里，人民不但没有尝到辛亥革命的胜利果实，倒是陷入了军阀割据，战乱频仍，外侮内患的长期战争状态中，更加深了中国人民的灾难。土地荒芜，民不聊生，饿殍遍野，鬻儿卖女，妻离子散，家破人亡，十室九空，因战乱，因自然灾害，因执政者的摧残，死者无计其数，"千村薜荔人遗失，万户萧疏鬼唱歌"。国家积贫积弱到了无以复加的地步。如今已经发生了颠倒历史的巨变：

　　松嫩平原，稻香两岸，桃花碧柳春风。乌龙啸傲，化作青藏长虹。光缆接连云贵，民歌传唱陕甘隆。珠江岸，囵林一片，接厦连邕。　　琼岸舰桅高矗，似火枪神剑，刺向蓝空。神州十亿，迁住月地天宫。谁道黄龙睡觉，银花灿烂闸头冲。南水调，一双彩带，南北连通。

上林春慢·再贺温县
诗词学会成立十周年

　　三姓之源，司马故居，广布古温名胜。太极陈沟，佛慈胜寺，平皋国公康

定。县州遗址，遇仙观、探寻查证。看今朝，更厦楼入云，景优风净。　　政清明、族和社宁。翁童唱、一曲黄金词劲。抑扬顿挫，宫商角徵，梁园上林春令。披肝沥胆，换来了、李梨桃杏。醉扶归，盖因为、普天同庆。

声声慢·病休
1999.5.9

　　阴阴夏晚。去岁今天，过劳伤身住院。病痛折磨，想睡难遂人愿。病房卧床不动，饭茶来，咽食真难。每日里，看窗花，曳摆迎风而绽。　　观尽棚灯壁面。幸亏治，如今已经康健。一切如初，心内喜生新念。奔波碌忙又可，决心萌，完成夙愿。干事业，要操劳重作贡献。

映山红慢·致
喀喇昆仑英雄想到的
2021.2.22

　　锦绣藏南，保卫战、班公血漫。佛国断阿弥，菩提树下，袈裟零乱。头陀和尚伽蓝院。舞枪抡棍刀光灿。南无口中念，雷音却不登殿。　　边界线、喀喇昆仑，冲突酿、图穷匕见。风惨惨、判官小鬼，发动连珠弓箭。慈悲可把苍生系，善心真的人民眷。雨狂云变。国强盛、怕他甚犬。

人世留。

玉胡蝶慢

2002. 10

隐士或身堂庙，或存集市，或隐乡坊。草舍三间，庐建林下山阳。养心性、春归冬去，游涧水、夏急秋长。植农桑。炉烟袅袅，品茗茶香。 辰光，修身沐露，诵今吟古，诗韵文章。聚友呼朋，且泡茶煮酒传觞。忘年轮、何思鬓雪，常问道、切磋相商。艺无疆。前尊苏柳，后效辛姜。

菩萨蛮·返校

1995. 3. 12

条条大路车如鲫，良田万顷波涛激。夜色入车厢，客人心中慌。 日头西已匿，宿鸟归巢息。无奈路途长，惆怅结百肠。

菩萨蛮·星期六下午
从太康返新郑

1996. 9

蓝空浅夜银盘月，笛声梢影缠绵切。沉稳坐车人，心中如火焚。 因工家久别，思见妻儿烈。恨不驾云奔，飞回柴院。

菩萨蛮·梅花

2008. 1

瑶台月挂寒梢冠，冬梅早绽南校暖。墨放院中间，白开家外边。 朔风寒影瘦，凛冽清香透。英落化泥球，青魂

菩萨蛮

2017. 10. 2

平畴漠漠如烟幂，田园郁郁中秋碧，久雨复晨阳，林禾一片苍。 云深遮日像，群马直南撞。路上早行人，各因生计奔。

一剪梅·夜读

2002. 8

电闪雷鸣龙绕楔，屋内书声，室外风声。雨声只在院庭中，看似陶情，实为伤情。 明暗几回室顶灯，目睹台灯，质问台灯。为何催人梦乡中，送去昏冥，挨到黎明。

谒金门·慰梅

2011. 1. 20

庭院阔，犹被暗香熏魄。春早冬残屋内躲，独开枝上萼。 大厦高楼近左，仍有山村水廓。空室天寒人寂寞，隔窗闻雪落。

忆江南·童年好

1998. 10

童年好，无虑又无烦。四月呼朋山上耍，伏天邀友水中翻。能不忆童年。

望江南·登西山

2009. 4. 15

山腰看，坡上瓦红稠。绿水一泓鸳戏碧，岸边婆娑柳摇头。男女上山游。　遥远望，村舍眼中收。满眼碧波翻作浪，田园阡陌菜花悠。怎不喜心头！

望江南·答江山朱利兰先生《望江南·挂碍无》

2017. 4. 14

繁念净，清爽入云途。此去啸台邀旧友，迎来梁苑会新儒。先把大乘书。　禅精悟，千万视为无。修性立身坚信念，灌园将瓮已心舒。林下抚琴壶。

附：望江南·挂碍无

朱利兰

2017. 4. 14

挂碍无，悠然云涌去。哀怒尤似千万马，清风雨后辽阔如。净处禅心悟。　禅心悟，一切皆为虚。若念做空坚信愿，明镜菩提也难物。坐荆高山语。

秋风清

2011. 9

秋风凉。秋日长。你把化肥撒，他将农粪扬。忙家忙地忙秋种，大庭小院收新粮。

秋风清·北京天籁杯诗词大赛

2011. 10. 18

秋风轻。秋月明。落叶聚还散，金乌眠复醒。相思相见知何日，此时此夜难为情。

秋风清

2011. 10. 28

田中行。路边耥。机声传得远，收种三秋忙。欣看农业机工化，牛套耧犁家中藏。

秋风清

2013 中秋

秋月亮。晚风轻。师生同赏月，欢乐唱歌声。寒宫难胜人间美，宫兔嫦娥珠泪倾。

秋风清

2017. 8. 8

风荡荡。草萋萋。高天芳草远，斜日白云飞。小城秋浅云依淡。溱洧情深霞愈晖。

月华清

2018. 9. 20

"树下吴刚，窠旁银兔"，玉宫嫦娥声丽。"速驾冰轮，快把意思传递。告域外、黄帝儿孙，八月节、一年一次。孝悌。务天朝上国，团圆同喜"。　接得机屏频视。恰浩宇清辉，桂花秋霁。斯日斯时，异域他乡华裔。纷纷语、越海漂洋，双展翅、飞回家里。泪涕。向宗亲表白，此生情寄。

诉衷情

2008.6.24

当年奋斗觅封侯。相遇后梁丘。卅年转眼便过，仍记旧容眸。　功夫竟，鬓将秋。志存留。此生惟憾，心在高山，身老中州。

桂殿秋·登山

1996.8

登峻顶，汗湿巾。风高气朗荡累身。临崖站定轻舒臂，举手撕来片片云。

桂殿秋·献给"八一"

三　重

2018.8.1

八一节，桂香浓。南昌血染战旗红。秋收起义农奴恨，化作刀矛黑手丛。

遭曲折，败垂功。井冈割据十万雄。建军原则听从党，打得江山万里彤。

几代愿，盼复兴，江山永固靠长城。旌旗猎猎新征路，保国安民卫赤诚。

注：三重小令，唯第三重用十一部韵。

欸乃曲

2017.5.18

初夏仍觉清浅凉，林边庐外沐晨阳。聆听铁路汽笛响，喜看年年麦穗黄。

凭阑人

寂寞悲怆野路行，孤独凭栏双眼零，伤心无处嘤，诉冤谁愿听。

思越人

2017.10.31

碧云天，黄菊地，长亭十里秋深。三秩空留容貌俊，梦中总是相寻。　闲暇常想当时事，托于南雁传递。惆怅依然无妙计。唯留梦地相忆。

桃源忆故人

2017.10.31

潇潇秋雨霜风卷，寂寞深深谁念。昨夜竹藤庭院，黄菊迟迟绽。　眼前落叶团团转。难去心头迷恋。一曲广陵吟遍，重唱清商怨。

虞美人·感叹南唐亡国

2013.12.20

三朝家国河山绣，交付庸人手。浮图骄侈色声优，玉宇琼楼凄立夕阳收。　囚身炼狱金华否，空有诗词秀。

小楼秋夜冷飕飕，牵毒送其魂赴洛邙丘。

光头。

虞美人·初春

2014

春风夏雨经庭院，翠竹常相伴。狼毫一管写流年，总是琅声满月似新残。　　清商一曲人疲倦，乜视冰池面。管他新柳月宫颜，两鬓清霜残雪啸风寒。

虞美人

求知紫苑高兴早，梦已清醒了。鼎新革故调声嚣，却是竹篮打水、瞎胡漂。　　弄清背景看钞票，宝塔黄金造。结龙交凤是需要。明白不须清楚、学涂瓢。

虞美人

2018. 9. 15

醒来梦里庭无绿，少竹相倾诉。凭阑半日独丧沮，隐隐胸中愁苦、胜当初。　　吟歌咏韵床头附，电脑桌台诅。问君能有几多辜。霜鬓重添残雪、苦难书。

虞美人

2020. 1. 24

无情岁月匆匆少？鬓已霜衰了。欲眠睡意已全消，头痛几乎开裂，实难熬。　　悲欢快乐连番到，谁会知分晓！笑颜惟在众人乔，苦闷忧愁满腹、向谁叨！

虞美人

2018. 9. 15

争看岁月如飞雁，心中常牵念。凭栏半夜直无言，庭院嘀嗒新雨、似波澜。　　山中遍访真金少，何处寻芳草。熙来攘往缺知皋，可叹普天之下、识君寥。

虞美人·夜深深

2019. 10. 19

无情岁月何时了？来日天天少。常思倡议有人从，奔走号呼未见分毫功。　　壮怀激烈仍还在，不把初心改。著衣寅夜案前求？愁得悄然一夜、掉

虞美人·老怀二阕

2020. 8. 8

其一

江河不废依苍狗，岁尾连年首。古稀临近老颜容，多少悲欢离合、夕阳中。　　非非是是烟云散，唯有青颜变。半生如酒细评斟，只盼吉祥安定、夕阳心。

其二

人生转眼残阳路，老了才回顾。常思梗脖与颜红，所谓情仇恩爱、笑言中。　　名缰利锁如囹圄，早已无情绪。岁年迟暮肚心明，环境和谐安静、

夕阳情。

浣溪沙
1968

不见村姑慢浣纱，河滩聚拢晒毛鸭。岸边小友有俩仨。　铲子镰刀真利索，除根斩草整如暇，荆篮满满背回家。

浣溪沙
1984.7

村右沂河玉带流，相邀姐妹洗纱绸。抖开平晒石滩头。　细语叨叨心底事，红颜难道枕边羞，流连夕照把衣收。

浣溪沙·黎明前
1996.4.15

漠漠轻寒上北楼，晓星未退月光收。黎明灿灿路灯悠。　宿舍虽然空荡荡，教楼却是影儿稠，方舟各架竞风流。

浣溪沙
1996.12.10

踏破天涯走四方，已忘多久未回乡。妻儿挂肚又牵肠。　冬浅长流创业泪，夜深浩叹路途冈，人心冰雪两茫茫。

浣溪沙·送别尉氏县同班同学
1997.5

芍药玫瑰月季香，琉璃金爵白银觞。琼浆玉液友人尝。　漾荡双河倾泪送，温情风后别闾阎，离情愁绪究谁长？

浣溪沙·偶感
1998 春

一向年光有限春，等闲虚度愧吾身。酒筵歌舞必辞频。　巧笑艳姿非我意，恼花颠酒惹人瞋，唯于工作好拼真。

浣溪沙·过桃园
2001 春

丽日清风柳色新，红泥烟雨过桃林。尖尖嫩叶斗芳春。　小雀轻飞枝间叫，蜜蜂扇翅晚花寻，园中忙坏放蜂人。

浣溪沙·探望朱克文老师
2001.6

已失英姿俊秀颜，却添银白鬓毛斑。只能谈笑忆当年。　自古人生谁悟透，抛开烦恼做神仙，听经早晚不同天。

浣溪沙·市北杏林采剪杏枝
（中华新韵）
2002 春

三五路程一傻人，单车驰往杏花林。只为心中久思因。　师傅树前仔细找，春风摇曳绿枝频，争出篱栅嫁接春。

浣溪沙·感叹

2002.10

不会投机学苟营，不知拍马学苍蝇。不谙送礼托亲朋。　　不懂社交先喝酒，要灵还是垒长城，何如快意写人生。

浣溪沙·秋

2005.9

秋韵声声叩铁扉，萧萧落叶诵芳瑰。薄寒悄悄透窗帷。　　室内病人正痛苦，床前瓶吊疗伤悲，心烦意乱恼歌吹。

浣溪沙·冬

2006.1

落地梅花还有情，彤云密雾不知停。可怜愁损事权形。　　风过冰檐喳喳响，晚来懒启日光灯，夜寒独自想神灵。

浣溪沙·重阳登高

2007.10.7

顶上嵯峨驻淡云，绿枝掩映瓦栊新。翠山倒入库中真。　　缭绕香烟鸣寺鼓，菊黄棠白竞氤氲，仙家翁妪喜登临。

浣溪沙·重阳游苑见

2008.10.7

郑苑烟光绮丽新，田田无垢绿荷裙。湖中倒映半天云。　　秋水秋风秋色暖，

杖黎鹤首脚登新，岩前妩媚菊迎人。

浣溪沙·回家

2009.4

满树槐花谁摘完，干枝悬吊阻人前。熏风腐叶似馒暄。　　杂草野茎生满地，乱纷无序旧家园，心中隐隐透酸寒。

浣溪沙·感怀荥阳二阕

2009.4.20

其一

翠带千根蘸碧流，深情不敢转回头。荥阳惜别怆悠悠。　　商隐禹锡瑶池宴，春风杨柳舞姿柔，丝丝烟雨织离愁。

其二

相从主人谒刘公，荥阳汜水聚仙翁。数枝枫李又香红。　　醉眼斜瞄春水绿，浓眉低拂远山浓，此情都在酒杯中。

浣溪沙·樱桃

2009.5

密叶繁枝墙外披，珠圆玛瑙压枝低。殷红暗绿眼中迷。　　深院柴门犹紧闭，落尘便烂即成泥，最红深处有黄鹂。

浣溪沙·扶沟何超捐资助教

2010.4.24

贫苦人家出孝贤，情牵故土父兄寒。心田只有哑聋残。　　病痛难消支困志，

助教扶困济乡员，无边大爱筑高峦。

浣溪沙·纪念辛亥革命 100 周年

2011. 3. 15

改革改良路不通，仁人仗剑血流红。精英救国也难功。　　倡导三民民本位，联俄联共助农工，人民做主四方同。

浣溪沙·参加天籁杯大奖赛盛会

2011. 10. 15

疏荫摇摇趁道移，白云几片逆车嘶。秋风北雁翼飞飞。　　猜想可知人去处，凭窗不待燕来时，日斜风暖赴京西。

浣溪沙

2011. 10. 19

耳际常萦清妙音，胸中难耐曳摇心。茶思饭想泪沾衾。　　总盼华山同论剑，难逃羁绊锁枷侵，双雄共渡梦乡寻。

浣溪沙

2011. 11. 20

天上白云逐日飞，流泉追赶季风归。人生怎敢不依规。　　拴住青丝黄缙缕，壮躯献给笔为媒，扬鞭只把夕阳追。

浣溪沙·寄淑玲

2012. 2. 13

少小都钻文与歌，却陪粉末度银梭。

令人怎不叹蹉跎。　　寻觅华山同论剑，苦无同志度诗河，恰逢才女过词波。

浣溪沙·三月登黄帝女儿梳妆台二阕

2012. 3

一

山雀声声唤友来，忙乘云旎急登台。清风阵阵荡情怀。　　大地当笺情致展，春潮润笔画卷开，织成云锦待君裁。

二

沃野青青麦已苏，轻轻游舫划平湖。具茨秀景北方殊。　　曲曲弯弯如带路，疏疏密密似穿珠，归来灯火已明途。

浣溪沙·女航天员刘洋

2012. 6. 19

娥女不求赴广寒，巾英哪想让须纶，谁言豪杰出青年？　　敦窟翩翩神女傲，竟然原景在酒泉，飞天美梦九宫圆。

浣溪沙·中秋赠友人

2012. 9. 28

总是多情胜寡情，杯前欲笑却难成。冰盘亦觉拽心疼。　　灯火万家通夜照，唯余蜡烛暗流红，替人垂泪到天明。

浣溪沙·和温县张兄希昆中秋寄友

2012.9.28

一只冰轮浩宇行，万家灯火月邀生。香醇琉盏等宾朋。　　天籁搭桥苏李会，秋光共度照双星，啸歌台上两三声。

浣溪沙·回谢致友张小航

一曲新词酒一杯，京城去岁取经回。如梭日月又冬归。　　南国飞来裁锦手，北乡诗会夺花魁，几番捧读泪纷飞。

浣溪沙·十二月二日一点三十分长三月球车发射成功

2013.12.2 夜

天地长三红线连，温柔玉兔做邮员。迢迢万里赴清寒。　　捧读夫函千万遍，贴笺胸口泪潸然，轻舒红袖舞翩跹。

浣溪沙·依韵答谢周启安先生之《赠诗词家群主》

欲效青莲随意行，银笺诗行泪倾盈。耕耘全靠友人撑。　　弄雅啸台铜雀恨，吟风金谷鬼神惊，诗家共抒一腔情。

附：浣溪沙·赠诗词家群主李保田老师

周启安

负笈诗囊结伴行，心窗历历袖香盈。

由来骏骨贵支撑。　　雅趣高怀钦淡定，洧潮浩荡亦从容，但知帘后一腔情。

浣溪沙·依韵谢《诗词世界》主编郭云先生题拙著《词牌选编》

2018.2.4 亥时

京雁传书赞语来，词林木秀尽芳牌，高吟一曲啸歌台。　　秉笔甄遴甘酷暑，扶栏浩叹腹无才，菩提树下钝顽开。

附：浣溪沙·题李保田大卷《词牌选编》

郭　云

2018 年 2 月 4 日晨

翡翠玻华逐浪来，长歌短调竞争牌。希声妙曲动琴台。　　凿壁偷光书万卷，倚栏伴月问三才，吟坛一面大旗开。

浣溪沙（姊妹篇三首）

2018.8.29

一　当官好

都说当官酒水泡，每天都会有佳肴。工资不用玛莎跑。　　生杀续存随我意，升降留去有君挑，危冠褒服乐逍遥。

二　当官悲

时刻深思有律条，党规国法守秋毫。脚前红线记须牢。　　镣铐加身时已晚，哭声干宇狱中熬，一当触犯罪难逃。

三　当官记

务记宣言征路遥，初心不改记须牢。愿将生命献今朝。　　民族复兴强国梦，人民幸福小康标，船行大海搏浪高。

浣溪沙·隆昌感怀

2018. 11. 16

目睹牌坊忆古贤，临身古宇念今元。为民执政第一关。　安国兴邦因果律，君轻民重是根源，老年学校乐无边。

浣溪沙·月夜

2020. 5. 8

灯在池塘月在楼，春生枝上画生畴。一帧合照水光偷。　鸭妹鸭哥林岸卧，车兄车弟路街流，黉门将别哽边愁。

浪淘沙·难忘 1921

2017. 7. 7

加冠及笄国人愁，污雨腥风侵华秋。浪起红船灯相照，吼声汇入大江流。

摊破浣溪沙·月光下

1995. 7. 30

明月清风入我怀，鹭鸶昕击十三来。缥缈幽咽又今是，岸边排。　袅袅梵音传广宇，轻波细浪叠章佳。多少相思成旧恨，上高台。

摊破浣溪沙

1999. 9. 7

本是蓝衫出苦贫，程门立雪播耕畟。

灯影月光照书案，护花人。　冬夏春秋长奋斗，屡经风雨秀于群。余岁还当垄上叟。保平身。

天净沙·赴任①

1994. 7. 23

院荒路仄泥洼，少窗缺瓦墙塌，茂草牛吃马踏。夕阳西下，履新人犯愁杀。

注：①本词所描写乃当时真实情况。

天净沙·踩春

1998. 3

花红柳绿苗青，水肥山美风轻，雀戏莺飞燕应。晨曦宁静，踏春山野徐行。

飞雪满群山

2017. 9. 6

蜜语甜言，令人生厌，赛昭君胜貂蝉。小题大做，蛮缠胡搅，点滴情记千年。这全为你好，要不就、事了脸翻。事情刚起，兴业未半，诗友怎么看。　曾记否、红波将信传，感动人心话，腹暖开颜。该当如此，违吾初念，意不铁志不坚。黯然分手处，理由是、为何不诠。日升云散，山遥水远难难难。

小重山·郑风苑东周列国志书画廊

2006 夏

窈窕文贤君子述。卢医神术手、解忧愁①。庄公掘地泯亲仇②。颍考叔，献计废公谋③。　　忆列国东周。观汤汤逝水、越空游。尽彰出历史风流。把歌唱，溱洧载新辀。

注：①见《诗经·国风·周南》之《关雎》："窈窕淑女，君子好逑"句。②卢医，乃秦越人之号。历史上人称其为扁鹊（前407—前310），魏国三川郡（今河南省汤阴县）人。③郑庄公掘地见母故事。颍考叔给郑庄公出主意掘地见母，废弃郑庄公不到黄泉不见母面的誓言。

高山流水

2017.11.1

夜来阵阵晚秋风，展柔情、轻叩窗棂。如那断肠声，方知落叶匆匆，还疑是，塞外来鸿。无眠意，翻去翻来不定，怔望帘栊。想当年往事，好像日前生。　　曾经，激情干云透，一管笔、调徵雕宫。书浩廓江天，畅点历史输赢，说风流、理正词洪。染双鬓，听惯风狂雨骤，雪暴雷鸣。镜前空叹，胆兮颤、力兮穷。

长相思

你开怀，我单埋。美酒香烟整件来，需要破点财。　　衙门台，朝南开。有理无钱休进来，兴啥啥就该。

长相思·收看"十七大"有感

2007.10.22

官管官，管官官。官帽相连为了官，传承数百年。　　为民官，选民官。上下同心当好官，人民掌政权。

长相思

2011.7.23

7月22日凌晨4点左右，京珠高速从北向南948公里处，信阳明港附近一辆从威海到长沙的双层卧铺大客车发生燃烧，客车共35座。超乘是12人，所有乘客全部是站外违规上车。41人死亡，尸体已经被烧至炭化，只有通过DNA验证才能辨别尸体的身份和人数。1人重伤。原因系事故车上非法携带、运输的易燃化工产品引发大火所致。

血水流，泪水流。万唤千呼始未休，终成梦里头。　　天也愁，地也愁。人命哪如钱袋牛，谁装心里头？

长相思

2011.7.24

7月23日20时50分，杭深线永嘉至温州南间，北京南至福州D301次列车与杭州至福州南D3115次列车发生追尾事故。D301次列车第1至4位脱线，D3115次列车第15、16位脱线。根据初步掌握的情况分析，组织和管理不善是事故形成的主因。加上故障后人工操作不当，酿成了最后的惨剧。

设备新，道路新。追尾轰然折断身，血浆土地湮。　　体制新，观念新。怎会肢离还断身？谁将群众亲？！

长相思·华山引凤亭遐想

2012. 5. 12

引凤亭，住凤亭。遥望春秋古国城，依然紫气萦。　　雀儿鸣，鹤儿鸣。凤舞龙飞佳俪行，穆公亲子情。

长相思

你开怀，我单埋。美酒香烟整件来，需要破点财。　　衙门台，朝南开。有理无钱休进来，兴啥啥就该。

长相思·壬辰中秋

2012. 9

盘也圆，饼也圆。万户二家愿月圆，神人共缱绻。　　天也寒，人也寒。凉到心中实在寒，秋风吹夜寒。

长相思·想念外孙

2014 中秋

天欲留，又不留。哀叹苍天不愿留，惟能心内留。　　泪花流，稚颜留。孺子声音双耳留，夜深擦枕头。

长相思·梦见外孙

2014. 8. 16

噩梦惊，心跳更，弱子偎依入梦中。怎么没发声。　　想儿容，忆儿容，脑海眼前儿笑容。恍惚重又生。

长相思·梦情

2014. 11. 11

思乡情，念乡情，总是乡情入梦明。乡亲父老情。　　梦人生，想人生，一本人生难念经。人生谁说清。

长相思·圆梦诗词家二阕

2017 春宵

一

问候声，祝福声，祈愿诗朋快乐生。春宵夕夜情。　　念兹情，全家馨，长幼父兄康泰盈。顺心随意成。

二

风一程，雨一程，冲破云层见彩绫。春和丽日明。　　昊天兴，庶民兴，坎坷铺平途已闳。一心追梦成。

长相思

湘水流，楚水流，流到吴山古渡口。吴山点点秋。　　思悠悠，怅悠悠，念到黎明方始休。启窗依小楼。

长相思·回寄，暮春吟

2017. 4. 29

去路遥，返路遥，灯月光中立大桥，思飞第一桥。　　路迢迢，水迢迢，望断遥遥三镇桥。啥时踏上桥。

长相思·追寻诗梦

2018. 3. 24

行路难，行路难，尤胜子胥过昭关。难于上九天。　　志钢坚，心钢坚，不管荆丛和险滩，视之如等闲。

长相思

鬓成苍，发变霜，一世一生一爹娘。恩情似个长。　　昊天长，泪河长，每到周年流泪长。梦中思爹娘。

长相思

2018 中秋夜

秋分天，丰收天，两节相逢在一天。农民最喜欢。　　月儿圆，饼儿圆，今夜银轮胜往年。偏偏人不圆。

长相思

2018 中秋夜

月矣盘，饼矣盘，深夜夫妻泪水涟。黄连心里咽。　　秋分天，丰收天，喜庆均衡同一天。老人哭得欢。

长相思·洧水公园

2019 桂秋

鸥鹭追。燕鸭追。桥水相携共沐晖。红霞片片飞。　　影儿催。渔歌催。兴到深时不欲归。月升人未回。

千秋乐·张文斌吟长七十四寿诞

2012. 2

顶稀鬓雪。耕植诗坛月。铁笔冷，银钩热。魂牵临汝地，培育梁州杰。雕琢细，词坛诗苑争相阅。　　一路奔宫月。身退心无歇。怀壮志，情飞越。神闲无物我，大智重阳节。松鹤寿，佛前听讲名不缺。

千秋岁·清明祭

2020 清明

城郊原野。华夏清明节。花垂泪，鹧声咽。与猪年更痛，添祭白衣烈。青昊哭，黑云幕雨人尤切。　　毒疫妖氛灭。早入昆仑阙。天使责，完行彻。日间难晤面，夜里情思接。人去也，自今玉带花篮谒。

千秋岁·恩师林从龙逝世周年祭二阕

2020. 7. 22

其一

羔裘雄雉，君役归期否。北风起，无衣急。黍离和溱洧，氓与蒹葭靡。将檀伐，鸱鸮硕鼠鸥鹩意。　　孔雀东南徙，广厦千间企。将进酒，长门泪。琵琶行所遇，长恨歌相慰。诗之本，全心全意真情寄！

其二

追名逐誉，谁把千秋虑？谋现实，趋如婺。阿谀逢迎喜，群怨兴观怒。飘落叶，诗人帽子遮天舞。　　灼见真知数，应景跟风富，常叹息，难于卜。论家何处找，唯对恩师诉。常关照，旧乡新韵求呵护！

千秋岁·沉痛悼念袁隆平院士

2021.5.23

潸然流泪。国士安详睡。业绩伟，人憔悴。乘凉禾下梦，吨半丰收惠。餐桌米，几乎全是您汗水。　　做粒优良子。增产才珍贵。全球愿，粮仓斐。一圩加十七，谁敢望肩背。休息好，透支身体您真累！

忆王孙

1998.10

冬云灰淡雁南归。醒悟当初是与非。朝代更新日落晖。国之悲。汾水东流记媚妃①。

注：①"媚妃"指媚娘武则天。她曾残忍地害死高宗皇帝的皇后王皇后和萧淑妃。

月上海棠·答诗词家诸诗友

2017.3

春风细雨裁云手，不如意、人生十之九。荜户盈映，数点红，绿中竞秀。柴门掩，墨玉淋漓做酒。　　休将道统初心负，有竹菊、松梅四位友。潜心修文，便余馥、残膏谁嗅。趣常在，纸背狼毫力透。

十月桃·为新中国而歌唱

2016.11.28

江山破败，叹人民四亿，哭号连天。内战连绵，日倭加倍凶残。先贤上海宣誓，英烈们、毁舍纾难。前倾后继，一唱雄鸡，大地红漫。　　美利坚挑战兴澜。家国念，雄兵助战朝鲜。卧雪餐冰歼雠，甘冒严寒。坚持死守三八，旗猎猎、靓丽光鲜。硝烟散尽，华夏和平，重绽芳颜。

鹧鸪天·同学相会

1994.9.26

萧索凄风秋意残，悲声苦雨夜敲阑。杯传寒月陪金兔，牛女银桥泪泫然。　　铰不断，理还团，一宵愁得鬓丝斑。建安风韵随云散，何日弹词啸垒边。

鹧鸪天·通许晚会景奇吉国诸兄弟

1995.3

双手殷殷捧玉钟，感情今日醉刘童。窗前杨柳摇明月，室内桃花扇底风。　　分别后，梦相逢，南柯几次与君同。今宵且把银灯照，害怕相逢在梦中！

鹧鸪天·同窗会

2004.5.20

意切情真捧玉觥，拼着一醉面颜红。吟歌一首柳杨月，倾诉三年兄弟情。　　情三代，酒一盅，回回梦里与君同。今宵再把银杯满，犹恐相逢是梦中。

鹧鸪天·念屈原

2008 端阳

端午汨罗波似霆，灵均怒发屈冤声。丹心一片昭新月，碧水满江呈故形。　　天地怒，鬼神惊，悲歌长啸楚王城。菖蒲苇叶包甜粽，慰藉诗人抱石情。

鹧鸪天·同学会

2008.4

天地轮回物候更，清茶一盏喜相逢。音容婉似当年色，乌发焉如落日红。　　红歌唱，舞姿松，心情激动暮颜彤。挥毫泼墨菊花赞，高咏低吟百字令。

鹧鸪天·感怀

2010.4.25

少小心中立壮怀，弱冠即上打擂台。经天纬地无思想，五典三坟唯我侪。　　人未老，不悲哀，追求进取志萦怀。常思前路春重度，再造辉煌天地开。

鹧鸪天·典当行

2010.5.12

纳底鞋儿粗布装，坏墙土地吃粗粮。虽然没有开奔马，却也开门好纳凉。　　求富有，怕穷光，移挪借贷到钱庄。家庭财产全都抵，一意追求超大强。

鹧鸪天

2011.1

沂水荒凉九道弯，干枝枯草满河滩。鹧鸪无奈思同伴，清汉何时落野川。　　衣带土，脚生烟，轻轻踩踏腐松暄。乡间田野禾苗瘦，不见稀疏叶子扇。

鹧鸪天

2011.3.18

一夜乡原刮信风，满园杏树数枝红。鸳鸯嬉戏游春水，除草翁姑树下工。　　栏栅站，路边踪，贯神锄动意萌冲。和融恬静农家乐，强过熙攘闹市容。

鹧鸪天·释怀

2011.11.2

抹掉红冠换靛棉，追寻彭祖养天年。毛驴倒骑川红道①，赶日青牛函谷关②。　　扶尾唱③，靠岩眠，暂存白鹿青崖间。三江五海够杯酒，对月三人戏青莲④。

注：①八仙之一的张果老倒骑毛驴过故道川红崖。②老子不愿意接受令尹喜的挽留，驾青牛腾空过函谷关。③古代名琴焦尾琴。④"青莲"指李白。

鹧鸪天·记中国发射火星探测器
2011.11

展翅腾飞雷震①欣，孙猴探窑踏祥云。昊天广宇新楼建，神十飞船有女神。　　遵约定，会相亲，寒宫置酒接嘉宾。天庭宝座先毋动，马上回来再叙因。

注：①"雷震"指封神榜中的西周文王的第一百个儿子雷震子。

鹧鸪天·元日
2012 正月初一

上下同开八股跑，家家饭馆彩灯高。两边车位双排满，仍有几多汽笛号。　　年夜饭，上元宵，千家万户罢厨刀。争相预付家餐费，饭店过年成大潮。

鹧鸪天·人日
2012 正月初七

春色全城初露夭，风光人日倍妖娇。半轮桂吐辞前夜，六瓣梅开迎早萌。　　从夏始，至今朝，年头年尾放鞭炮。女娲不把泥人造，初七咋能人戴髻①。

注：①《荆楚岁时记》："剪彩为人，或镂金箔为人，以贴屏风，亦戴之头鬓。又造华胜以相遗。"

鹧鸪天·春日
2012 正月十三

沃野三阳尽染晖，嘉园四序吐芳菲。雀飞直为惊风树，鱼隐都因钓线追。　　千棵柳，百枝梅，梅青柳翠剪刀催。太平盛世繁荣景，华夏神州共举杯。

鹧鸪天·上元节
2012

滚滚翻翻龙舞高，摇摇摆摆旱浆操。威威武武敲盘鼓，哐哐锵锵锣钗铙。　　腿脚舔，肚胸挠，雄狮上架哨清哮。春风得意吹人海，接踵摩肩起大潮。

鹧鸪天
2012.2.15

余的拙作幸被文化部和湖南省人民政府联合举办的中国首届百诗百联大赛评为入围作品，余一直翘首等待大赛作品集的寄来。

燕子飞飞筑泥斋，喳喳喜鹊别枝台。春风春雨春山绿，春意春情春色乖。　　公路等，案前猜，不闻南度雁归来。突听邮递车铃响，事急慌忙门打开。

鹧鸪天

2012.2.15

蘸尽江河写碧山，遨游跨鹤地天环。年参王母蟠桃会，日寝弥罗龙殿前。　提三尺，背弓弦，斩蛟射虎莽沧间。若思寥廓惆怅梦，鹏背扶摇上九天。

鹧鸪天

2012.8

习习轻吹窗两扇，朗朗秋照上阑干。天涯咫尺近还远，出行之人还未还。　情切切，意绵绵，化成云彩胜红笺。雁归之日书函到，坐跨扶摇白鹤还。

鹧鸪天

2012.9.2

吹破残烟夜半寒，一轩朗月上珠帘。因惊伏枥途还远，纵使心坚难入眠。　名锁绕，利缰牵，世人争斗语言权。蜀吴故事何时断？元亮先生五柳源。

鹧鸪天·感怀

2013.8.2

快乐幸福出少年，炎凉冷热不需谈。攀爬桑树摘桑椹，浇灌桃枝蕾放颜。　高崖上，水中玩，几曾脸色把人看。挎篮割草西霞晚，写字读书夜半阑。

鹧鸪天·塞下新颜

2014.5

奔涌黄河下万山，春风飞度玉门关。倾听羌管柳杨曲，欣看绿洲谷浪翻。　徒步走，乘车观，树波花海艳阳川。季凌景物何方觅，塞上鹧鸪飞满天。

鹧鸪天·今年秋月十七圆

（进退格）

2016 仲秋

十七正圆寅五分，多磨好事石成金。举头轻看杨梢上，红袖长歌出殿门。　素娥走，射神跟，一绳拴了两真心。且看人间不眠夜，翘首期望下俗尘。

鹧鸪天

2016 中秋

比着葫芦画不圆，谁人能按仄平填。宫商角徵羽难学，场景言情事难安。　有寻乐，有为颜，几人真为种诗田。诗山有路勤为径，词海无波苦亦甜。

鹧鸪天·读许昌学院李俊恒教授佳作有感

2016.11.22

幻列朝班上八仙，今知耍斧鲁门前。

泠泉洗目清帘看，道骨仙风隐洞天。　诚下拜，吐真言，结缘文字绕蒲团。真经自必真心取，一片真情叩佛关。

鹧鸪天·答谢许昌学院李俊恒教授有赠《鹧鸪天》

2016.11.23

五典三坟自古传，真容欲睹果真难。虽然小可留遗憾，刚好先生在面前。　鸽传谕，雁捎言，借来后进壮楣颜。山阴再兴兰亭会，末学程门拜圣贤。

鹧鸪天·答谢长葛陈方旭老师和韵

2016.11.23

少小曾攻经史源，奈何劣质苦难言。柏梁梦会传杯令，啸坐醒邀击键盘。　握秃笔，掘深泉，冰心一片玉壶天。痴人福在前生定，秋夜栖梧玉树前。

鹧鸪天·自舒心

2016.12.8

堤侧观花堤岸杨，钓翁垂钓钓丝张。燕儿剪水鸥冲宇，鸭子凫池鹭踩浪。　山日短，紫宫长，人情闹市用分量。闲庭信步吟诗粹，投笔梁园伴夕阳。

鹧鸪天·解人

2016.12

诽语闲言论短长，唾沫星子把人伤。清规谨守把经念，不越雷池守纪纲。　随贬低，任褒扬，节操在我没商量。世间奇事街坊撰，无欲清心人自刚。

鹧鸪天·丁酉春节送诗词家众吟友

地北天南目的同，八家七姓聚一宫。诗词苑地鲜花绽，湖海行船诗浪汹。　情脉脉，意钟钟，吟哦咏唱国之风。并肩携手登云路，风雨同舟彼岸冲。

鹧鸪天·洧水湿地公园

2017.4.12

绿岸丛中几点殷，笑颜喜接踏青人。凉晨朝露结珠玉，杨柳梢头揽碧云。　歌渐咽，笛渐浑，尽将别意付东君。双洎河畔从今日，明月清风忆故尘。

鹧鸪天·为诗难

2017.7.17

彩笔勤书格律工，一窗风露半窗彤。轻描杨柳拂新月，重画桃棠思旧容。　清角寡，徵商融，魂牵梦绕羽和宫。犹听燕赵悲歌起，多次相逢在梦中！

鹧鸪天·你是几十年来睡觉最早的一次

2017. 11. 25

十点卅分关电源，下楼准备梦乡安。老婆忙说表扬话，几十年来第一天。　三更起，子时眠，熊猫两眼黑圈圈。养肝时间需珍惜，莫再看成是当年。

鹧鸪天·暖冬之象

2017. 11. 26

温暖冬天呈眼前，今年不似往年寒。邀功雨雪倒了季，秋尽依然洪水翻。　亚洲苦，美洲怜，淹房倒树路行难，千家万户炊烟断，怒火冲霄玉帝冤。

鹧鸪天

2017. 12. 4

大爱休要口号喧，至诚莫用壮怀言。雕虫小技人讥笑，拼凑成章己汗颜。　诗难写，写诗难，一腔热血孝惊天。感情分出真和假，文字嬉游如纸钱。

鹧鸪天·《天下粮田》看后

2018. 1. 16

乾隆八年，一场"金殿验鸟"引出匿灾不报、贪绩婪财的惊天巨案，暴露大清国粮田萎缩、粮仓空匮的危机。因病归乡的刘统勋奉命出山，带领谷山、杜霄等新上任的年轻干臣，冲出重围，以顽为典，执行乾隆的开荒增田大策。苦干两年后，粮田转危为安，国家经济逐渐恢复元气。然而，以铁公南、宋五楼为首的贪腐势力，公然挑战新修的"禁丈"法律，借开荒之名，升科收税，残酷盘剥垦民，使乾隆的垦殖大业功亏一篑。此时，全国十八省中，逾半遭遇百年未遇天灾，全国性粮食危机再度爆发，国本动摇，引发朝野激烈动荡。刘、谷众臣又临危受命，以浙江重灾区为突破口，坚持以法治田，与朝野恶势力展开生死较量，终保住大清国的耕地红线，粮食安全被确立为国家第一要务。可新政甫出，却又面临更尖锐挑战，因开荒过度而引发的生态灾难随之浮现，刘、谷众臣再次赴汤蹈火。

拉着棺材复任官，犯颜直谏胆何寒。安良除暴不求赞，一片丹心社稷延。　创天下，打江山，开疆拓土凭刀坚。粮田乃是朝廷本，国富民强天下安。

鹧鸪天·上元夜

2018. 3. 3

空巷万人游上元，污衣墙角曲身眠。奔驰宝马头衔尾，脚蹬三轮戏听欢。　月亮挂，彩灯旋，一宵歌唱三千钱。几家满意几家怨，富裕穷酸不一般。

鹧鸪天·清明

2018.4.2

雨打青坟泪柱纷，无言痛忆墓中人。爷娘安享欢平界，凡世还游多少魂。　　高楼厦，敞轩门，困民可是敢开唇？何时泥腿分一席，安抚人间多少贫。

鹧鸪天·台风

2018.9.5

定海神针捅烂瓢，龙宫坍塌龙王跑。风卷混沌周天彻，豕突苍茫半面哮。　　千尺浪，百层涛，掀房拔树自空浇。屠城灭户三遭后，狼藉忍看珠泪抛。

鹧鸪天·钱塘潮

2018.9.5

百里已经声似钟，近看更是虎狼冲。狂潮怒卷天千尺，恶浪汹潼堤万工。　　十寻浪，九层峰，如牛喘息气先松。几番挣扎无功后，枰内暴猿收敛容。

鹧鸪天·仲秋寄诗词家群友

2018.9.18

广宇蟾宫颊泪潸，伤心依旧念夫颜。人间可是清酥摆，天上已经红袖旋。　　邀俊彦，聚良贤，中秋二度庆团圆。心心念念银灯点，期盼相逢在翌年。

鹧鸪天·仲秋代民工寄家人

2018.9.18

双眼婆娑涕泗滩，两心牵挂万千般。家乡可是尝甜饼，这里已经无法眠。　　打工苦，养家难，一年四季想团圆。梦中常把亲人念，泪洒相思盼翌年。

鹧鸪天（六阕）

一

洋火洋油洋蜡燃，洋机洋线洋烟卷。洋针洋布洋花伞，洋面洋盆洋钉全。　　破沽口，烬皇园，洋枪洋炮列强欢。铁蹄践踏神州地，明示华人狗样看。

二

黑夜南湖灯示晗，山沟马列蠹遮天。仁人志士抛舒甸，奴隶贫民建锦乾。　　毁家业，救国畑，红军九万剩八千。前仆后继二八载，日月山河换旧颜。

三

断壁残垣千万难，废墟之上建家园。学习精卫誓填海，效法愚公敢盾山。　　宏图美，擘划鲜，豪情壮志地天翻。民生经济农轻重，工业类别最最全。

四

建设国家空史前，学苏仿美怎周全。须知探索挫折伴，先觉从来敢断天。　著雄卷，制鸿篇，诸葛事后抢着担。问他遇此出何策，恐怕无人敢发言。

五

鸭绿江边战火燃，中南半岛炮声喧。印中边境争夺战，宝岛击熊罴虎完。　两弹爆，卫星传，深谋远虑保家园。宏图伟略安天下，才有和平享百年。

六

摸石过河肯定难，改革开放史无前。万千休走回头路，务必坚持勇敢攀。　筹谋易，路行艰，百年事业众人干。新征路上团结紧，伟大复兴迎梦圆。

鹧鸪天·步黄启峰吟弟原韵追记元正夜梦母
己亥年端月谷日

每到元正夜梦中，接迎老母下苍穹。蹒跚移步宅门月，喘息依偎庭院桐。　头发白，面容红，如真似幻些朦胧。今宵再现之前景，一副金銮离彩虹。

附：鹧鸪天·夜梦奇遇
黄启峰

午夜相逢游梦中，飘然身影泪苍穹。

闲谈苦恼思乡桂，望叹心迷念故桐。　观万紫，看千红，云天意薄月朦胧。家贫素养堂前燕，漫舞裙钗逐彩虹。

鹧鸪天·去来也
己亥年正月十六

自古人生如过关，一关更比一关难。是非功过人评说，唯有合棺论佞贤。　清流苦，孤臣难，几多不是偏盖全。逃离三界红尘外，天马行空做散仙。

鹧鸪天·规劝
己亥年正月十六

蝇子闻腥抢食餐，争权夺利闹翻天。甜言蜜语两张脸，是鬼是人难释诠。　为名利，毁容颜，怎么不想结良缘。何须苦苦修来世，补路修桥在眼前。

鹧鸪天·感怀
己亥端午晨

岁岁年年吊子平，子平在世亦吞声。自然规律本源定，大路通天各自行。　欲躲避，竟相迎，无人能把法条更。乘风逐浪心存道，通达权衡功亦成。

鹧鸪天·闲议

己亥端午晨

无为之中含有为，有为依旧是无为。抱残守缺空望月，念托南柯说有为。　　天下事，在于为，优柔寡断是无为。莫要忏悔无功果，言出行随才有为。"浮云且莫遮双眼"。

注：上片首句、二句的前一个"为"字应仄声，这里用了平声，不合平仄。

鹧鸪天·怀念恩师林从龙先生

2019.8.22

相月梧桐雨断声，化成涕泗漫州城。哀荣声载仙乡路，怀念歌吟诗苑情。　　匆诀别，忆相迎，几回梦里伴师行。灯前剩写金笺字，犹恐身微毁令名。

鹧鸪天·游春

2019.4.11

种地人家莫滑奸，千方百计种庄田。当天有米锅中煮，隔夜无粮心里煎。　　路西侧，地连边，三春冬麦不一股。左邻黄瘦难盈尺，右舍青肥大腿间。

鹧鸪天

找遍姐姑问月时，或言霜序或兰期。去来都是生前定，生死何须清楚知。　　带不走，撒无资，糊涂淡定过

稠稀。春秋冬夏随它换，坎坎沟沟坦对之。

鹧鸪天·清明祭

2020.4.3

国务院公告：2020年4月4日举行全国性哀悼活动。全国哀悼抗击新冠肺炎疫情斗争牺牲的烈士和逝世同胞。在此期间，全国和驻外使领馆下半旗志哀，全国停止公共娱乐活动。4月4日10时起，全国人民默哀3分钟，汽车、火车、舰船鸣笛，防空警报鸣响。

汽笛长鸣蜡烛明，神州哀悼国之英。柳杨垂下高昂首，喜鹊枝头早断声。　　风呜咽，雨珠倾，愁云掩日玉宫嘤。灵香素手铭心志，恭送天庭瑶殿卿。

鹧鸪天

怎么强捱难到明，披衣触摸手机屏。窗前惨淡天悬月，胸内阴凉日下风。　　目光住，涕流零，雄心化作夕阳情。叹思无奈真无奈，怯闻鹧鸪伤感声。

鹧鸪天

居士修行陋室穷，枝头灰雀理不通。春深牵挂满怀事，一片冰心对月宫。　　草木季，岁轮匆，人生百载究何功。拉撒吃喝凭张嘴，祸福吉凶闪念中。

鹧鸪天

2020.4.24

已与昆仑明相思，阳关三叠唱龟兹。天山总在天低处，友谊长存友嵩扉。　　风细细，雨丝丝，有期看似亦无期。春媒作证交征雁，羌笛玉门两相知。

鹧鸪天·端阳遐想

2020.6.25

尸醢九侯当酱餐，剜心比干怎身全。夫差赐剑伍员死，范雎谗言白起叹。　　岳鹏举，海青天，凌迟崇焕使人寒。鸟亡兔死皆同理，虎在君家干国冤。

鹧鸪天

2020.7.2

诗风如潮，微刊如浪，诗人如"鲤"，风平浪静，几人留得痕迹？

冷看庄周醒世文，梦中成蝶有几分。脑门鼻子都栽破，壮志雄心作笑论。　　多出力，细耕耘，些微收获也缘因。劝君莫把情消尽，记得留余给他人。

鹧鸪天·夏雨

2020.7.2

雨打窗台无意停，雷公电母出天庭。闲看老样天河水，坐品新茶杯底清。　　风后雨，雨前溟，洪蒙混沌雨风生。涤清污垢成正道，一抹残阳夕日明。

鹧鸪天·夕阳晨路

2020.7.18

多见匆匆赶路忙，谁们不是为饥肠。能将文字当诗读，已把今生活泰康。　　降雨雪，化炎凉，杞人无事怕洪荒。红尘滚滚频挣扎，没有沉沦是福长。

鹧鸪天·河南豫龙律师事务所成立20年致贺

2020.8.29

大道之行德是宗，诚躬守信务持中，救难纾困爱心果，化剑为犁腾豫龙。　　内涵守，外延从，开创局面路方通。当心权利无真解，体现价值第一功。

鹧鸪天·春节不复回

（感于赵满贵"在京过年感吟"）

添置新衣年货丰，福祥寿喜帖联红。儿孙宗族登门拜，礼送亲堂笑脸容。　　年味淡，梦情浓，发财致富世风隆。乡愁生意哪头重，万贯金钱人已疯。

鹧鸪天·捧上我的心

辛丑初一

姐妹弟兄情义真，每逢佳节倍思亲。
宵衣旰食建群苦，沥胆披肝泪水
纷。　知心话，不欺人，掏心掏肺与
君闻。元正只把键盘敲，恐怕凉吾群
友心。

六州歌头·向四川汶川特大
地震遇难同胞致哀

（平仄互叶体）

2008.5.19

龙山裂断，高厦蓦然倾。人丧命，
家业罄，苦民生。痛悲声。总理灾情省，
中常领，方针定，颁令硬，军风正，陆
空兵。抗震救灾，先保人安静，控制灾
情。港澳台共哭，宇内外同鸣，血脉相
承，一根生。　国人咽哽，神州悴，
神鬼咏，半旗升。明畏敬，求亘永，表
心声，体亲情。四地同悲暝，全力拯，
众成城。亡者请，生人顶，化悲情。泪
擦干重上路，凄凉景，更壮人行。用生
存之力，止住泪如倾。笑对人生。

六州歌头·建国六十周年颂

（新韵平韵体）

2009.8.31

分田到户，牛马做了人。执大印，
除恶尽。扫盲民，启灵根，党派团结紧。
协同进，承艰困。皆发奋，环球品，五
湖吟。星弹一星，国固之坚盾，保境安

民。进来安理会，发我最强音。燕舞莺
唇。奏韶钧。　改革求稳，国之本，
狮兴蕴，富民深。西部进，平等论，绘
图新。万家欣。铁路如虹润，千万觐，
两天临。深宇引，飞船亲，广寒宾。伟
矣三峡大坝，平湖韵，调水兴民。一峡
东西岸，两岸一家亲。复兴强身。

六州歌头

（新韵平仄互叶体）

2009.8.31

母亲河，百千载，育精英。炎黄会，
熊罴扫净，归来绘图腾。飘飘龙旗动，
颁禁令，修法典，国家定，民相用。启
文明。五帝禅权，一切为黎庶，写史书
青。看炎黄儿女，飘海过洋行。志士仁
雄。五洲生。　战乱纷争苦，汤蝗旱，
尤是日倭凶。八国犯。豺狼种，血河凝。
受欺凌。更恨独夫令，红旗映，六十生。
为强盛，求功毕，酒一盅。拜祖中原新
郑，香一炷，珠泪声声。愿人文初祖，
佑我日东升。难忘乡情。

六州歌头·庚寅年
黄帝故里拜祖

（平韵体）

2010.4.16

万方一统，定鼎在中原。黄帝建，
代代传，礼仪颁。典章全。华夏图腾诞，
抓粮产，民居建，温饱暖。修宫殿。制
舟船。研造指南，农社雏形诞，朗朗坤
乾。历千秋百代，喜风雨如磐。族脉连
绵。稳如山。　慎终追远，三三念，

隆祭奠，彩旗卷。风送暖。人笑面，舞翩跹。拜轩辕。圆梦寻根愿，参宇间，脉根连。一祖甸，同源缘，语同言。海外家中拉手，同心建，锦绣家园。盼雄狮醒后，写好复兴篇。启后光先。

六州歌头·举国哀悼送国魂
（平仄互叶体）

2020.4.4

泪流似泄，哀悼国家魂。肝裂损。肠断寸。血张贲。感情真。慢把新词顺。长河进。探根本。荣耀印。伤怀轸。五千春。人为自然，瘟疫频生殒。日日新坟。哭声传广野，白骨暴千村。怨鬼成群。有谁闻。　　醒狮昂奋。重虞舜。冠毒泯。火山喷。华夏震。行动迅。党军民。聚心神。抗疫屏千仞。医员忿。献躯身。汽笛引。哀之瑾。悼昆仑。膜拜英雄，美酒呈骄骏。痛饮三樽。壮之行程色，上我敬香云。哭送仁君。

水调歌头

2002.10

雁征成列阵，北斗七星游。凭栏望断，苍茫一派老天秋。遥想当年公瑾，赫赫纶巾羽扇，跃马赤矶头。创鼎足三国，英气竞风流。　　又张苏，合纵横，拜相侯。子胥忠耿，扶幼主反斩其头。已是覆盆之水，怎样才能回首，一笑泯恩仇？毕竟遮不住，春水向东流。

水调歌头·登滕王阁感怀

2011.4.20

辉煌金碧耸，重迭干云霄。江南江北，分外苍翠三山娇。未睹落霞秋水，却赏赣江春涨，滚滚天际辽。迟迟沙鸥剪，缓缓信风撩。　　地天迥，环宇广，逸兴高。安贫乐道，舟泛大海舵扶牢。已失东隅不晚，方始桑榆刚到，泼墨蘸狼毫。效阮籍狂妄，学薛孟[①]清高。

注：①薛孟，指孟尝君，名田文，中国战国四公子之一，齐国宗室大臣。是为孟尝君。

水调歌头
（毛滂体）

2018.9.19

又到中秋节，该赏月儿圆。银杯诚奉，广寒宫里素娥前。天上人间一样，南北东西同盼，老少共康安。我欲乘风去，桂下庆团圆。　　相思愿，鹊桥见，靠因缘。劳生有限，分别容易见时难。恰似白云散聚，又是参商追赶，绝不会双全。把酒邀诗友，千里共婵娟。

依中华诗词学会刘庆霖副会长元玉《水调歌头·思故乡》另作《水调歌头·回家》二阕

2019. 2. 25

一

是梦非是梦，总是念家乡。期望泡破，却把伤感变正常。曾想东邻西舍，能够勤劳致富，桃李满村香。如今仍然是，衣旧面容黄。　　矮土墙，黄尘路，日月长。续麻门口，聊侃直到夜苍茫。几户炊烟缭绕，数院牛哞猪唱，实在费思量。鸡鸭呱呱叫，排队鲤过江。

二

驾车行速慢，展翅疾回乡。如今已是，别愁离绪变平常。见到东邻西舍，万语千言不尽，总到饭传香。看宅前房后，扶疏果儿黄。　　环境美，路灯亮，照夜长。大街小巷，迈动两腿行苍茫。饮食粗精搭配，电器齐全高档，恩德用心量。宝马村头逐，疑似鲤过江。

注：两首水调歌头都是曾经写过的，今依韵重填。

附：水调歌头·思故乡
刘庆霖

本是故乡子，卅载在他乡。乡愁清瘦肥硕，变化总无常。记得蛙声夜话，萤火三更初夏，池畔落花香。两遍母亲唤，一盏豆灯黄。　　梦已杳，人渐老，路偏长。井仍在背，山高水阔正茫茫。

也有青峰陪坐，也有溪流伴我，只是怕思量。何日眼前水，忽作黑龙江。

水调歌头·诗词文化研究所

2020. 2. 12

诗词研究所，欣聚众精英。释疑传道，分析研判抒心声。相互交流学习，努力取长补短，同志可成城。布衣书宏论，百姓作诗评。　　风浪涌，舵牢稳，正航行。葛天八阕，宫角徵羽伴箫筝。敲就平平仄仄，谱得钧天雅奏，铜雀品庚蒸。欲脱龙山帽，自会对兰亭。

水调歌头·中秋节

2020. 9. 12

双节同庆日，共赏月儿圆。诚心祈愿，嫦娥休恋月宫寒。天上人间一样，神鬼仙人同盼，老少共康安。你住海东岸，我住海西边。　　相思愿，梦中见，倍心酸。人生有限，离合咋会这么难。华夏应该统一，民族必须发展，莫误比双全。把酒邀兄弟，千里共婵娟。

水调歌头·河李生态农业采风
（张孝祥体）

2021. 5. 14

意欲采风久，河李早晨行。乡村道路南北，全部果蔬棚。虽说隔膜观看，依旧瓜如黄杏，水果番茄红。换季莓薅净，豆角又生成。　　葡花香，樱果重，壮藤青。老农新秀，棚中棚外，织梦幸福容。调整农村产业，增长农民收入，富裕自安宁。只要真心做，百姓必欢迎。

意难忘·用周邦彦韵答谢汝州张文斌吟长

2009.10.26

东北西南。数遥遥百里，信往书还。呼机无线电，神往胜交谈。思见面，也真难。一字贵千钱。赏琴韵，高山流水，珠落银盘。　　性情中自无前。解移宫换羽，排解疑难。长频知有限，细水不成潭。朋友念，种心田。试说有何尴。雁归去，问询也到，箫子亲颜①。

注：①借用竹林七贤阮籍啸台放歌之典故。

宝鼎现·太空漫步

（新韵）

2008.9.25

金秋风起。发射基地，天梯高立。长箭甲、携风而去，宇宙新朋哥与弟。苍茫夜，喜众星参觑，绕地行如游戏。翘首待、人人盼企。世界尽说服气。　　缓缓轻把舱门启。五星旗鲜艳妍丽。芭蕾舞、空中杂技。漫步兰空观广宇。环地观，亚东雄鸡立。莫把时间浪费。紧赶追、尖端科技。卫我空间域利。　　天上胜过人间，咋比上，神七霸气。搞航天、三中其一，抓着国运意。烈啸啸、腾蹄奋起。复位蟠池地。醒来日、狮吼和平，天下谁人负抵。

临江仙·中秋夜

2002.9

惜叹中秋无月夜，皆因雪打观灯。素娥无计出宫廷。苦风兼细雨，淋漓到天明。　　长恨吾身非属我，何时跳脱营营。烦听乐舞管弦声。思乘白鹤去，山海寄余生。

临江仙·修鞋匠

2007.6.28

针镊钳锤刀剪动，一边放料包隆。先将胶水擦边锋。手摇机器响，修后似新容。　　炎夏树荫遮日照，隆冬趋避寒风。有时生意不兴隆。或然侃往事，或者报刊攻。

临江仙·依许昌学院李俊恒先生原玉答谢深情款待

2017.3.9

驾驭春风心爽朗，徒程门趁鞭黄。雅恬素室赧隆堂。意真胜久识，情挚盖乡芳。　　学院问道倾相授，压琼浆似流长。畅怀我辈相扶襄。高论拨雾障，玉露满空囊。

附：临江仙·初会李保田先生畅论诗词写作

李俊恒

一缕东风春意骤，杏催连翘金黄。有朋自远会厅堂。一声轻问候，胜过百花芳。　　闻道荆州临玉树，高山流水悠长。骊珠襟抱共怀襄。诗词连你我，高沧溢青囊。

数。　抱头相向，泪流泉涌，不想各奔归路。山盟海誓地天长，又岂在、朝朝暮暮。

临江仙·清明

2018.4.5

甘露纷纷如洒，行人急急如奔。郊原杨柳发枝新。秃坟烟雨远，寒日泪珠频。　清早驱车何去，钱馃供馔双亲。厦楼林立刺天云。乡村消失后，何处去寻根？

同步新韵和开封梁园诗社于兆福社长《临江仙·人生乐》

2018.8.25 于新郑

铁塔倾说历史，二湖评判双家。开封曾是我的家。岸边询鲫鲤，域外叹黄沙。　宋韵唐风仍在，瑶琴大鼓琵琶。欲图抒尽旧繁华。街街展新貌，处处赏菊花。

附：临江仙·人生乐

于兆福

常品唐风宋韵，爱吟雪月风花。神州处处是吾家。兴来摇翠竹，笔走带烟霞。　闲采行云下酒，醉烹甘露当茶。风风火火走天涯。诗中留岁月，足下印鸦丫。

鹊桥仙·七夕

1997.7.7

月回蟾寓，群星蒙面，灵汉只留宵渡。鹊桥短暂一相逢，但胜过、人间无

鹊桥仙·郑风韵

2006 春

芦花如穗，田田如伞，芍药玫瑰争绽。荷仙妩媚立莲坛，压众丽、风光无限。　郑风扑面，太湖石撰，塘柳蒸烟轻漫。书东周故事河边，俱往也、将新郑看。

鹊桥仙·七七夜有雨

2018.8.16

夜阑云黯，风停星隐，群鹊短吁长叹。睹天河滚滚狂奔，祈王母、河清海晏。　滂沱涕泗，横流波浪，反助惊涛拍岸。夫妻儿女眼望穿，求恩赐，来年相见。

桂枝香

2011.10

红尘滚滚。看几处街头，卖唱声震。端坐轮椅滑板，告求纾困。赤身裸体残阳里，对西风、匍伏如觐。手中瓷碗，面前地上，几元施赈。　睹此景、情何以忍。袋中伟人票，相助饥馑。便赋悲怜，也就饱温当顿。酒楼餐馆时常堵，马龙车水公孙运。轻罗漫舞，情歌低唱，后庭遗恨。

秋蕊香·重阳读赵以夫
《秋蕊香》次韵

2008.10.8

满眼金秋，黄花遍地，凉风乍透衣裳。山峰兀顶处，碧绿叶初黄。蓝天上、云淡慢飞翔。散疏集镇村庄。高低处、栉排鳞比，丰谷之乡。　　远眺沃原山水，初建有熊国，居室农桑。阪泉争、二帝誓盟邦。涿郊战、统驭共龙疆。衍绵不断悠长。毋忘记、豺狼侵入，华夏之殇。

天　香

2010.9.8

情系乡村，竭诚服务，胸装千万民众。肥沃农田，诚实守信，热血红心相送。根深基巩，事业旺、职工与共。制造一流产品，收获如日之昃。　　发展才能博贡。为明天、春江潮涌。牛股港星上市，兴发驰骋。璀璨工程启动。重质量、长功彰作用。效益优先，回归大众。

透碧霄·喜建污水处理厂

2017.7.9

大桥边。洧河西岸柳林间。减排净化，优良除污，设施齐全。溶稀沉淀，纵横管道，交错相连。看潜龙、焕发容颜。吹岸清风起，如歌如诉，荡涤人寰。　　遍市乡巷陌，纷纷言议，党建就心安。再也不，闻腥臭，喉道干涩咸酸。必然会是，心朋情侣，凫鹭轻烟。

仗何人、多谢工员。赞声传山岳，云白天蓝，又似当年。

两同心·记汶川特大
地震抗震救灾

2008.5.19

地动山摇，断垣残壁。不放弃、最后期奇，救生命、不言抛弃。泪潸然，涕泗滴流，怎不哭泣。　　希望更需传递。爱心托起。向天问、为甚无情，青山在、炎黄同力。战地魔，万众一心，志坚不惧。

踏莎行·寻春

2016.4.15

苞蕾含羞，剪刀开口。山坡处处春工薮。帅哥美女手相牵，踏青自趁黄金柳。　　山雀飞飞，林莺咪咪。新婚夫妇槌衣久。清风徐荡水轻柔，浓涂淡抹乡关秀。

踏莎行·望楚

2016.9.16

雾锁楼台，月圆楚渡。仙乡望断不知处。哪堪秋暮瑟风寒，雁鸣声里关窗户。　　欲寄金黄，却传尺素。行间字里思无数。洧溱环绕郑韩城，谁能阻滞长江驻。

望远行·出外招生

1995.6

银钩半挂，横道上、渐渐行人稀少。户前摇叶，头枕新凉，养性养身通晓。最是家山路远，欲归不就，对月交心难觉。靠窗听，当院几声啼鸟。　　谁晓。终日操劳为甚，就是要，全心办交。没啥委屈，并非苦恼，挂念爱妻儿小。夜空怅望，调角银河翻浪，天若钟情也老。慢想思，时间争分抢秒。

莺啼序

2013.4.18

熏风夜阑淡淡，敲明窗竹户。黄猫在、窝里喵喵，似把幼子安抚。鸡扇翅、咯咯相顾，士绅一样行方步。感头昏脑涨，无眠早起清污。　　四十三年，出早归晚，寄情于案疏。如今是、体胖心宽，已无几多俗务。万不能、天长梦短，处斗室、足不离户。线册翻，拍案击歌，深研精注。　　时常思想，林下结庐，水边观鸥鹭。友三五、围石抵足，薄酒三杯，乱韵分题，传令击鼓。浅丛白兔，高崖青鹿，兰空如意机灵鸟，比翼飞、击水桃花渡。青苔拾级，危岩峭壁题诗，抚剑巅峰尘土。　　登亭望极，草色天涯，看参商不遇。只关注、朝霞落日，暮鼓晨钟，鸾凤携旅，鹤鹏伴舞。陈词慢理，黄卷常展，蓝霞阔海笔磨秃，把相思，弹入哀筝柱。融和寂静清幽，出世红尘，忘怀可否？

莺啼序·夜阑更秉烛

2018.3.28

初更悄然入睡，三更醒起舞。睡不着、覆去翻来，怅想年已迟暮。忆前事、云烟景象，依然历历清新处。念半生求索，竟无化风吹絮。　　四四春秋，秉笔伏案，趁晚霜晨露。育英杰、沥血呕心，何曾偷懒旁顾。细耕耘、誓将汗水，黑涂白、贡渊颜路。复周仪，一日三餐，周公吐脯。　　年龄花甲，按制退休，常思林泉赋。继传统、笔发诗苑，二度迎春，禹甸梁园，棘丛开路。无人不是，希求快乐，有谁真做苏辛杜，眼只将、帽子名称顾。初心不改，宁可相背而行，笔墨惨淡营处。　　修身修德，修善修行，莫把时光负。暗思量、掌般天地，寸目几无。鸴凤迟归，赶乌追兔。时不我待，焉能光大，蓝天阔海鸿雁过，慢相思、调入金丝柱。为人为国为民，矢志不渝，击浪勇渡。

莺啼序·赠诗词家诸友

2019.12.31

时逾仲冬大雪，竟初春气象。谁知道、一夜寒风，树下黄叶飘荡。雾气重、便他对面，依然碰触不相让。想自然规律，凭谁之力能抗。　　五十春秋，启韵宋调，暨汉歌楚唱。呆人也、殢浴诗河，尽情收获营养。入词林、寻幽探宝，伏几案、金笺掀浪。醉心于，暑往寒来，角柔徵亢。　　兰亭聚会，已历三年，靠友师扶仗。今日已、幼苗森郁，冠盖一方，璞玉成才，我侪强壮。金无足赤，人无完备，参差不等为应当，折桂枝、总得春闱榜？成功在我，唯有精益求精，切戒浮躁狂妄。　穿云裂石，积土成山，乃警言譬讲。总叹息、几真崇尚？顶戴红缨，络绎于途，名利场上。成群传道，平台交感，梁园也摆珍馐宴，待明朝、都白衣卿相。佛心只在人心，启阃开闿，甫提宝藏。

莺啼序·建党百年庆

2021.5.16

炎黄九州圣域，已莺歌燕舞。岁来早、十里春风，荡骀原野阡路。袅袅灶烟晨眷户，摇摇绿树风舒雾。美哉乡村富。桃花苑里家住。　城镇公交，往来不断，笛声呼客旅。乘车点，醒目非常，道旁栽景观树。国扶贫，源头脱困，社区建，消除忧顾。看村庄，洋墅中楼，帝廷仙府。　东西发展，长远规划，且大刀阔斧。施国策，为民执政，共享成果，幸福安康，和谐同步。工农教育，文军科技，千秋荣耀今恢复，四邻邦、竞做吾藩土。兴邦强国，全民协力同心，搬山业苍天护。　船通拉美，路接欧非，合作和互助。所有地球村中户。彼此尊重，互利同赢，和平相处。亲诚惠敬，相生相辅。追求前辈探索路，首先要，甘愿当公仆。龙腾盛世之时，再举觥觞，敬吾始祖。

双双燕·答友人

2012.3

洧溱湛湛，透潜底清流，锦鳞几片。

春寒料峭，堤已复生新屭。弱冠芳龄手挽。岸柳下，相偎相伴。荷花淀畔交心，竹子林前甜侃。　难遣。心头眷念。就咫尺之遥，海涯之远。剪云为筏，翠缕化成红线。词苑诗坛结缘。掩书卷，望天长叹。贤为悦己人容，士为悦人者盼。

归国谣·青岛中华当代文学学会换届暨诗词世界杯与长城杯颁奖会

2019.5.27

青岛。会所静听排浪啸。结缘天下同道。半生心血耗。喜把愿望终了。粒沙撑厦傲。笑迎途险关峭。一支归国调。

瑞龙吟·收看《井冈山》感怀

2007.12.8

秋收后。高举暴动红旗，怒涛声吼。古田决议引航，整军肃伍，要跟党走。　会双首，红色割据开启，政权初构。哀叹王佐文才，竟遭诛杀，泽东谪诟。　宁赣无情双撤，欲将其囿，原因强凑。盲动"左倾"教条，恬讪旗手。谈兵纸上，要塞撕开口。搬书本、空怀激烈，风情难有。实践真够否？国情国史，须要探究。重任擎旗手。兵将喜，期望已经够久。马前雀跃，拥尊魁首。

花解语，江河化酒，群山峙玉。狂喜灵均，欢歌鲍谢，千杯李杜。向珠峰高处，摩崖镌刻，吾华族，腾飞赋。

水龙吟

2020.3.19

连天碧草青山外。劳燕归斜阳快。乡原墢陌，杏花人面，年年还在。雨打霜凌，春移秋续，沧桑赓代。叹人人、具被名缰利锁，皆呈领军丰彩。　　诉语窗前皓月，把手招、斑竹谨身拘态。庄生悟道华山，凤蝶逍遥自在。未熟夜炊，客居醒梦，脱离三界。莫因循、好趁东风，设法璞琚雕玑。

婆罗门引·从厦门眺望金门

金汤固若，海门雄镇旧浯洲[①]。夏金共轭千秋。咫尺铸仇雠。泪流波涛涌，欲住难收。　　狼烟早收。半世纪、等白头。历史岂能改变，不再回眸。坚冰融化，春烂漫、蹉跎岁月休。彩虹架、唱信天游[②]。

注：①海门指厦门和金门两岛组成了通海门户。浯洲，古岛屿名，简称浯屿，即今福建金门岛。清代渐以金门作为岛名，浯洲屿之称遂湮。②信天游，流传在中国西北广大地区的一种民歌形式。

水龙吟·霸王城感怀

2009.4.23

项刘裂土分疆，至今故事仍然有。尘封去掉，翻开历史，画中游走。杀戮连天，剑光刀影，成王成寇。算江山万里，血流洛渭，都因为旐加首。　　但忆沉舟破缶，鹤声唳，秦关相授。而今剩下，垓前凭吊，邬江探柳。我辈登临，残阳西照，滔滔河右。看沧桑巨变，乌骓厉啸，永生相守。

水龙吟·步刘征先生《水龙吟·贺中华诗词学会创建三十周年》原韵

2017.3.14

清词丽句千年，春风慢抚翻新曲。竹林兴会，龙山落帽，兰亭新雨。大院红墙，馆堂学府，万家千户。又田园阡陌，妪翁童稚，颂安泰，歌丰足。　　舵手举纲张目，倡传承，遍及国土。国风楚韵，创新光大，梁园雕玉。合事而作，歌生民病，争当白杜。润如椽，指点江山万里，竞相新赋。

附：水龙吟·贺中华诗词学会创建三十周年

刘　征

风骚焕彩千秋，新天恰待翻新曲。春阳破冻，故园荒寂，沐风栉雨。瞬三十年，云兴潮涌，弦歌户户。会耦耕俦侣，白头笑对，浮大白，嫌未足。　　待向来朝纵目。梦飞天，临睨乡土。百

秋夜雨

2009.8.28

彤云密布遮秋月。声声秋雨如咽。叩

窗声不住，飒飒飒、滴答竹叶。　风吹杏树新枝动，不住拍、门上环铁。此际愁更烈。问玉帝、何时生月？

清商怨·志1976

2018.9.2

距1976年已经四十二年，当年1月8日（农历1975年十二月初八）周总理逝世，7月6日（农历六月初十）朱德委员长逝世，7月28日03时42分53.8秒（农历七月初二），河北省唐山发生7.8级地震，造成242769人死亡，重伤16.4万人。9月9日（农历八月十六）毛泽东主席逝世。在中国历史上，在世界历史上，都属首次。大祸天降，祸不单行，人民痛悲，江河泣泪。神州唯有泪号啕，哭声直上九重霄。每每想起当年当时情景，无不泪流双颊。痛哉！悲哉！今作清商调一曲记之：

一年之间巨星坠。怎不人心碎。一月悲伤，中秋更注泪。　唐山天塌地溃。廿四万、冤魂愤鬼。祸不单行，如今依旧悸。

城头月

1996.5

窗前月色明如昼，夜路离人有。半碗清茶，三张饼子，暂止饥肠吼。　从来创业迎难走，岂把心肝抖。四海为家，多交好友，虹晛风雷后。

秋夜月

（尹体）1995.9

三秋佳节。夜清凉，凝玉露，茱萸千结。菊蕊身旁香放，院庭银贴。把书本，摊床上，未曾一阅。思念、蓬荜妻儿心切。　匆匆相别。走千家，询万户，唤醒行决。不想西窗添烛，语欢情悦。只因为，刚起步，艰难惨烈。夜深、凝视户前明月。

秋夜月·中秋月

（柳体）2002

轻风跌宕。蟋蟀唱、正逢玉盘初上。几日来、接连阴雨秋渐爽。昨天晴、今夜里，只有蟾宫灯亮。更显寂寥空旷。　抬头仰望。沐似水月光，起旧惆新怅。忆往想今思后，难以言讲。苦和辣，忧与乐，冷热难忘。化羽飞翔，共伊高亢。

西江月·武夷山赤石漂流

蟒漭弯江曲水，森森竹树藤萝。寻欢舟上泛清波。头顶白鸥飞过。　炫目波纹鳞影，连天壁岸泥涡。陶然一醉绿包和。抛却几多烦恼[1]。

注：①烦心事都扔到一边。

西江月·和志诚吟兄

2012.1.1 前夕

不想兔儿已去，何思箕宿方精。残阳怎把盛衰更。铁律苍天已定。　沐浴严冬酷暑，笑迎风雨刀兵。悬崖傲雪立松青。我自泰然处定。

西江月·寄诗友

2017.12.2

总是忧伤哀怨，何来欢悦愉情。优胜劣汰本相争。不必踟蹰难行。　生活总要面对，世情定当权衡。不通舍得不安宁。透彻方能福永。

西江月·再寄诗友

2017.12.2

常为他人着想，世间总是关情。人生处处会相朋。随缘才能笃定。　只盼诗桥鹊搭，更求彩蝶牵成。能宽容处且宽宏。教化才能告竟。

西江月·三寄诗友

2017.12.2

不必呻吟无度，无须自作多情。物源事理世前明。规律昭然而定。　逃避生活有错，脱离社会无功。大千世界写民生。何苦艾期耿耿。

西江月·苏轼体调寄洧阳野父吴志诚之秋日与梦立、保田、战东欢宴

2018.8.20

丽日天涯尺素，和风千里传书。闻朋銮驾起东吴。欢乐祥云南浦。　莫念溱河水浒，且言熊国城闾。一杯薄酒喜相吐。别后何时重聚。

西江月·追寻庄周

2018.8.21

时闻啼莺鸣雁，贯看春月秋风。闲来饮酒醉花红。冬夜恹恹懒动。　寻觅梦中飞蝶，原来白日庄生。不思霜淡与云浓。图个天人永共。

步周启安先生《西江月·寄诗词家群》元玉答启安先生

2018.8.23

再把黄昏吟诵，重将暮岁成章。耆年照发少年狂。丽句清词咏唱。　听便春风秋雨，兴观云逐燕翔。群朋友谊化诗行。留作他年掀浪。

附：西江月·寄诗词家群
周启安

迟暮卷舒吟乐，心声吐纳成章。诗人聊发少年狂。留下浓浓酬唱。　景物楼台高锁，云霄鸿雁同翔。携来厚谊附诗行。总忆春风柳浪。

西江月·蟊风

2019. 6. 2

拍马溜须吃饭，奴颜媚骨扬名。拼图文字掩其形。抱臂成团日盛。　　天下乌鸦一样，有蛋都养苍蝇。山中猴子虎威横。风水韶光时正。

西江月·郑磊诗友同部韵跟和

2020. 11. 29

欲借蜡梅同品，感伤冬月无琴。红枫陪着瘦枝金。添了几分寒凛。　　世事恰如人事，孤舟冷浪浮沉。只要等到送春音。定是杏园披锦。

西江月

2020. 12. 24

暴雨狂风过去，惊涛骇浪跟来。神州一夜又阴霾。淡定从容消解。　　接种疫苗在即，人民自当宽怀。天罗地网已安排。魔鬼焉能破界。

瑶台月·赏月

2010. 8. 10

东风拂地，铅光洒，婆娑枝影摇曳。宵霄万籁，唯余高杆旗猎。宿鸟与、杨柳相谈，颇不解、银光汉阙。玉蜀黍，抽枝叶。蛩声叫，鸡嗓切。宅前伫立，心清意惬。　　猛然间、笛声嘶烈。阵阵长鸣声震野。鸟儿枝头跳，犬接激越。静中动、动静和谐，水墨泄。一幅图帖。

思泉涌，似洪泻。试跃跃，腹中写。滔滔不尽，邀月磋切。

庆清朝·闻国家成立中华诗词研究院

2011. 10. 17

弱雨生新，催冰作水，画工重将春还。红墙便将暖气，吹破残寒。三二年坊里热，平民泥腿舞词鞭。城郊外，望中秀色，红绿黄斑。　　从前曾，今日是，落急成涛化作二重天。必教水美肥丰，养壮梅团。魏紫姚黄竞秀，湘妃流泪点斑斑。东风巧，全把滴翠，吹遍眉山。

苏幕遮

2015. 4. 6

守良心，修善德。逆水行舟，碧浪宁魂魄。走遍天涯无倦客。芳草萋萋，郊野歌阡陌。　　断乡音，无旅墨。日日询天，佳讯雍尘塞。邻斗高楼难自摘。沐雨栉风，钟子交俞伯。

连理枝·嫁女儿

婚嫁邻居女。都要添箱礼。布料银钱，并无规矩，各随心意。礼尚皆如此，少和多，没人真在意。　　过去当龄女。父母妆红理。户对门当，婆家不弃，第一要义。现今结婚覆地翻天，丈夫亲迎娶。

连理枝

2018.9.16

　　观看梁山伯和祝英台，虽有想到孟姜女、白蛇传和天仙配，无一不是悲剧。为什么男欢女爱自由结婚就这么难？皆源于三纲五常也！儒教通过三纲五常的教化来维护社会的伦理道德、政治制度，在漫长的封建社会中起到了极为重要的作用，也因此不知造成了多少冤案！

　　古有杞梁妻，今有同窗记。董永七仙，许仙蛇女，情深冤累。誓炷枝连理、鸟双飞，两情相展翅。　　规矩无情意。毒手生冤泪。咫尺难欢，遥思白骨，怎将分止。果是新时代、兴新风，自能随心契。

杨柳枝·香港回归

1997.7.1

英国租治百五年，复兴才会再团圆。
七一喜进娘怀抱，吐气扬眉展笑颜。

杨柳枝·重阳节

2005.9.9

今日今年又重阳，采来黄菊送心香。
发扬孝道关怀老，日暮红霞胜艳旸。

杨柳枝·春到新郑

2018.2.5

开冻冰河蘸柳鞭，镜湖新碧戏鸳鸯。
郑风苑里春光染，一夜惊醒艳媚天。

八声甘州

1984.7

　　有燕莺、忽忽觅新稠，闪闪往来稠。看村村唱晚，家家起灶，户户烟浮。天地苍茫一派，嫩雀老枝啾。日落青山后，碧水东流。　　虽未登高临远，亦风光尽览，田野全收。爱红花绿草，亲岭壑沟丘。握如橼、蘸光沂水，借晚霞、绘幅画图留。河蛙唱、丰年吉庆，万载千秋。

八声甘州·鸿沟感怀

2009.4.23

　　忆昔时、猎猎战旗红，两岸筑军邕。计明修栈道，陈仓暗渡，夺取关中。四面楚歌垓下，不肯过江东。楚霸别姬处，遍地流红。　　千载春来秋往，惜垣残崖断，斗转参横。看山河仍在，遍野尽葱茏。睹云涛、如潮汹涌，却无心、赞俊杰英雄。功名事、从来如此，转项成空。

八声甘州·八达岭上

2017.11.16

　　立八达岭上目南征，雁空舞翩跹。忆秋风胡马，争鸣鼓角，血染边关。万里长城疆固，国太庶民安。史掩黄尘道，须记狼烟。　　皓月和亲悲悯，牧羊苏武塞，卫霍新篇。勇兵陈瀚海，拓土朔方边。烽火台、烟消烬散，北海阴、沃野碧波翻。看今日、神州华夏，一统江山。

八声甘州·暮雨

（李岳瑞体）

2018.11.6

暮雨潇潇，肃杀故园秋，聆听叶落声。恨冬来暑往，一年又尽，诸事无成。镜里鬓边增白，嘘叹总难平。时似黄河水，日夜流瀛。　　慢步登高望远，觉西风渐紧，北雁南征。叹宵衣旰食，未铸寸毫钉。想几人、全心做事，盼谁家、共助古诗兴。天知我、小楼敲韵、伏案愁凝。

八声甘州

2020.3.6

看弟尖兄呇阋于墙，内部起生纷。叹双亲度日，火烤鳌焙，水煮炉熏。老母突然瘫痪，住院起争论。治疗一周后，单等埋人。　　谁晓阎王未判，竟下床行走，汤水强身。但终难逃脱，唢呐送新坟。老父亲、完全变傻，大小便、低智子端盆。半年少、幸而解放，再祭亡魂。

八声甘州

2021.2.14

喜中华古典曲诗词，立志不更移。历庚辛甲乙，卯辰酉未，迎送东西。反复红衰翠减，冰雪雨霜期。唯有心中念，织梦无私。　　笑弃扬名立万，对琳琅满目，似醉如痴。赏佳辞璞句，书论与评诗。约请来、杯中日月，竟忘邀、燕语柳莺姿。忧登上、长城高处，辍笔难兮！

采桑子·赴兰考

2011.5.25

焦魂守护新兰考，乡镇村庄。碱地沙冈，千顷农田着绿装。　　莺歌燕舞春风润，工企农桑。沃野园旁，遍地桐花分外香。

采桑子·久违的南山

2013.8.15

家居山北沂河岸，岁岁登山。今又登山，不觉离家卅二年。　　精神抖擞苍龙脊，回忆当年。不似当年，无悔人生五九年。

卜算子·夜难眠

1994.7.26

缺月挂疏桐，入夜三更静。覆去翻来想不停，头涨灯花影。　　招聘教师难，录取生源悴。设备图书更不足，怎不人心冷。

卜算子·闻太康县教育局原职教股朱爱玲女士早殁

2013.8.23

噩耗惊破天，默念悲时缙。说好年年相见欢，今作眠中觏。　　酒恨掩征尘，遗韵埋香鬓。月伴春秋向天哭，送我歌中俊。

卜算子·夜难眠

2018. 3. 28

彻夜梦回回，反复难平静。埋怨心中那个人，怎不遵商定。　　突听拍门声，疑是他归宁。赶四连三开大门，竟是风吹动。

卜算子·用情

2018. 4. 29

淡月挂枝头，夜寂人俱梦。伏案新书入仄平，感慨胸中涌。　　何处有清音，盼结同心共。探路参天茂木间，且把光明奉。

卜算子·叹世

2018. 4. 29

相见言谈之，苟苟营营重。故事殷勤成笑柄，谁是真心弄。　　权力和金钱，久已浮风涌。慨叹熙熙攘攘中，缺了撑梁用。

卜算子·憧憬

2018. 4. 29

何处有清音，微信诗家共。学研交流心意同，尽责中华梦。　　虽说蜀途难，照样相携从。拥立峰巅红日迎，大笑银杯捧。

卜算子·笃行

2018. 4. 29

不如起而行，叹世无何用。华夏神州一分子，责任肩头重。　　利益可相关，只把清明拥。笑看蝇营狗苟君，满脑糊涂蛹。

卜算子·访山览胜

2018. 8. 30

黛色罩峦峰，绿染层林碧。晓燕歌声千障暗，宽服寻幽密。　　惊诧踏浮云，发见金鸡立。剑影拳形演太极，飒飒罡风急。

卜算子·依原韵和梓林师"黄昏"词

2019. 2. 23

怎忍闲白头，空叹西阳里。把握人生第二春，催马扬鞭起。　　日日著新词，自觉心无戚。只要常怀闻鸡啼，岁月焉能逼。

附：卜算子·黄昏

2019. 2. 22

坐看日西沉，白发秋风里。漫道人生再少年，旭日东升起。　　念念有心词，掐指眉头戚。一俟黄鸡引颈时，无奈光阴逼。

卜算子

2020. 2. 25

黑雾罩江城，日照街清静。不见人车相往来，居室瞳瞳影。　　燕鹊直惊悲，花泪连珠迸。遍树春枝不肯发，气结人心耿。

卜算子·白玉兰开

2020. 3. 13

风雨接春回，冰雪将春罩。秃鹜寒鸦争相舞，浊浪排空到。　　到也一时间，只把人心闹。白玉兰花开放时，自必群魔剿。

卜算子·父亲节母亲节

2020. 5. 10

华夏孝为先，设甚双亲节。敬老尊贤几千年，传统何时绝？　　孝悌信忠诚，世代相承接。法理纲常规范人，犯者形神灭。

卜算子·无为胜有为

2020. 7. 18

既在三界中，一切随缘好。看似吃亏却便宜，何必争分晓。　　宁静致功成，淡泊消纷扰。摈弃人间龌龊念，福报知多少？

卜算子·适者生存

2020. 7. 19 凌晨

明面公开争，暗地无情夺。生本光身死皮囊，谁把天规悖。　　环顾看芸芸，残忍如凶鬣。转体持斋又念佛，勇者才存活。

卜算子·研诗

2020. 7. 20 寅中

诗赋是钥匙，可解情怀困。多少疑团尽释然，洗净心中垢。　　过往不争名，今日才无咎。拣尽琼花锦绣添，寂寞能增寿。

卜算子·磨诗

2020. 7. 20 寅末

诗是养生丹，逾吃心逾透。磨得全身庚气消，功力修为厚。　　耻与他人争，羞把虚狂斗。旰食宵衣日月减，只把乾坤镂。

卜算子·学诗

2020. 7. 20 卯除

狭隘变虚怀，忒有空灵感。境界高纯文雅人，修养相肝胆。　　八德是非论，文字褒和贬。靓丽清新群怨言，处世无邪念。

卜算子·提醒

千万别钻营，更莫施奸巧。老实为人好处多，底线坚持好。　　名利放脑后，回报抛云皓。摈弃人间龌龊念，福报知多少？

更漏子·惊魂

2018.3.28

四更天，万籁静，梦地突然惊醒。侧着耳，用心听，有车门外停。　　衣穿定，鞋子蹭，莫教人儿受冷。心忒急，脚更匆，仍然又是空。

何满子

2018.4.2

最近时常怅懑，岁华颇不怜人。思想眼前多少事，好似麻线纷纭。急切先人坟上，把那无奈详陈。　　犹见浮云掩日，往来都是辛勤。怎胜开心全不问，忍教烦恼频频。潜夜雨丝凌乱，姹红嫣紫成尘。

江城子·心愿

2009.4.2

学诗仙拜少陵郎①。效苏黄②，仿张姜③。左有白猫，右手拉京黄。野鹤闲云垂钓叟，琴拨弄，诵情殇。　　凌霄愿作大鹏扬。驭苍茫，搏疆场。乘定长风，王母寿桃尝。何日登堂临殿室，诗苑地，列门墙。

注：①少陵，杜甫。②苏东坡，黄庭坚。③张元干，姜夔。

江城子·戊寅年正旦夜梦母

2010.2.20

八千日夜两茫茫。不牵肠，总难忘。一个青坟，眠我爹和娘。每到忌辰钱馃送，双膝跪，泪汪汪。　　尤其深夜梦思乡。母慈祥，站床旁。相看无言，却是泪流长。人上年龄多忆想，常注目，眺西方。

江城子组词四阕

2017.4.4

其一

一声霹雳自天降。未曾忘，不能忘。记得那年，初二备餐忙。听到父亲声急促，忙看望，魄魂光。　　母亲合眼倒于床。着新裳，袜一双。撒手西归，乘鹤赴仙乡。万唤千呼听不见，声嘶哑，泪千行。

其二 （新韵）

母亲养育弟兄八。屎擦擦，尿刮刮。黑夜白天，忙地又忙家。辛苦俭约一辈子，驼脊背，挽霜华。　　我从能够数俩仨。母穿呀，补丁沓。俭用省吃，钱也不知花。儿女弟兄都长大，立门户，各成家。

其三 （新韵）

每年正旦想得慌。饭不香，夜嫌长。

盘算明晨，怎样祭亲娘。覆去翻来难入梦，恍惚间，母床旁。　　慈眉善目好慈祥。摁压床，抚摸裳。细语轻言，切莫太张忙。爱护孙男孙女长，人行善，佑绵长。

其四

烟花三月柳丝长。想爹娘，在仙乡。三十春秋，扫墓表心殇。接近清明情难抑，光想用，脚来量。　　如何向母说清祥。爱孙强，我身康。二老放心，慢把果鲜尝。不到黄泉难见面，儿唯有，泪流常。

酒泉子五阕

一

常忆六高。团结紧张勤劳。师生间、无内耗。情如潮。　　多年音信太稀少。心中常寂寥。记犹新，消息渺。觅之遥。

二

常忆五中。重压依然奋勇。绘宏图、开拓颂。势如虹。　　虽然人去楼成空。心中常有梦。遇人言，消息送。叹无穷。

三

老念职中。世故人情特重。少发言、多提供。守初衷。　　淹流岁月已成梦。惟思真友重。忆及之，感叹共。祝重逢。

四

黑发老翁。教育科研专俸。跑基层、温暖送。情更隆。　　进修学校最终梦。绵薄之力贡。大半生，担当重。向从容。

五

老大十冬，细灌溉勤播种。话语殷，情意重。续初衷。　　流金岁月已成梦。晚霞催马踊。第二春，诗赋诵。献余聪。

南歌子

2018.8.31

皓月西厢照，轩窗淡淡凉。人字断南航。且书心底事，洧河旁。

南歌子·西湖

2019.6.15

北岸披丝柳，西湖染锦粼。一声鸣笛透青芬。惊诧凝脂如玉，岁月无痕。　　古越西施美，余杭景色新。新桃湮去旧花氲。莫道谁非谁是，历史车轮。

注：杭州地处钱塘江下游北岸。

破阵子·朱日和建军九十周年阅兵

2017.7.30

二万里风雨路，九十年血征程。铁甲战车丧敌胆，导弹钢枪固我营，域疆得太平。　　基地三军威武，蓝天战隼雄鹰。消灭虎狼来犯敌，一片丹心志气宏，此身为国生。

破阵子

2018.9.14

四十年来家国，八千里路风霜。收获巨书墙角放，换得鸿篇梦里藏。此情玉帝详。　　蜡烛到明垂泪，狼毫尽日穷忙。竟是晚年愁苦意，漫道当时奉献忙。心强命不强。

生查子·病中吟

1998.7.11

腿疼不能行，住院医伤痛。疗治十几天，担架来回动。　　婆娑隔窗摇，月季花开重。徒唤奈何心，唯和棚灯共。

生查子·叹春

2020.4.19

绿色已深深，泪把春心诉。诉又有谁听，暂把春光驻。　　朝夕总悽悽，思念离人苦。苦久必伤人，直把春留住。

行香子·和湖北楚风女子诗社秦凤女士《行香子·辞职》

2017.3.18

去也情深，留也情殷。不须留、鸿爪泥痕。飞南归北，展翅殷勤。欲学杨娥①，拜荀灌②，效王真③。　　山河表里，经纶六腑，记挂因、事奉家亲。壮怀激烈，浩气雄魂。气压梨花④，超良玉⑤，胜昭君⑥。

注：①杨娥，明永历帝护卫张小将的妻子，自幼习武，骁勇过人，将殉国，娥为报国仇家恨投身义军，反清复明，刺杀明朝叛将吴三桂，行刺未成，而壮烈牺牲。②荀灌，西晋尚书左仆射荀崧小女。13岁时，其父镇守南阳，被贼将杜曾围困，粮尽援绝，危在旦夕。荀灌自荐出城讨救，率勇士数十人于夜晚缒城突围。急速赶往石览将军处乞兵救助，接着又带父亲书信向南中郎将周访请援，周访派其子周抚率三千人会同石览前去救嵩，宛城解围。③王真：词宗一代才女，诗词、绘画、书法、操琴都出类拔萃，将毕生精力和才华都倾注在诗词、书画、操琴艺术上，成果累累。④樊梨花，中国古代女英雄，智勇双全，其自嫁薛丁山为妻，协助薛丁山登坛挂帅、南征北战、所向披靡。⑤秦良玉（1574—1648年），明朝末期巴渝战功卓著的女将军、女军事家。⑥王昭君，昭君出塞，汉匈两族团结和睦，三世无犬吠之警，黎庶忘干戈之役。

附：读李白之《宣州谢朓楼饯别校书叔云》寄调《行香子·辞职》

说也难堪，说也难留。弃去也、不事烦忧。秋雁长空，对饮高楼。纵小女子，微身世，大风流。　　抒怀逸兴，方遒挥斥，指青天、景愿悠悠。及时断腕，未雨绸缪。笑滒前尘，换新绪，弄扁舟。

渔歌子二阕

2011. 5. 10

　　余时常久久地站在双洎河堤上，关注的目光随着打鱼人和打鱼船在河面上不停移动，看着打鱼人悠然自得，往往会浮想联翩：

一

　　竹篙击打浪花圆。渔网撒出一片天。汊湾里，草丛边。催生美梦水中间。

二

　　一竿青篙一小船。河湖洼荡度流年。陪日起，伴星眠。不馋绅士不馋官。

曲

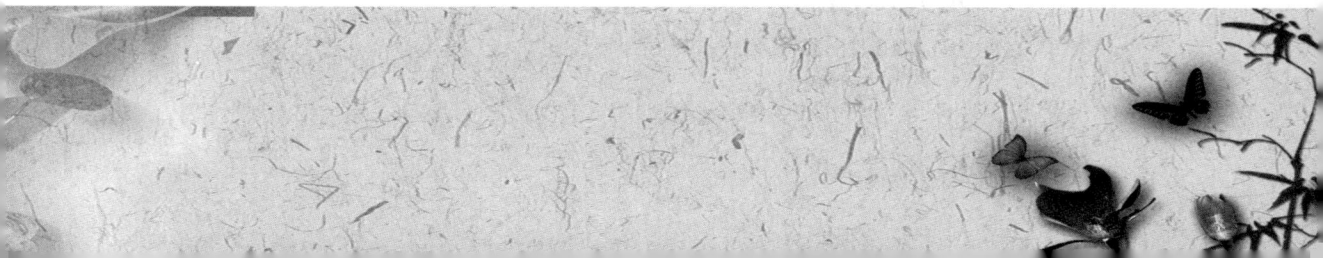

［北曲·正宫·套曲］家的变迁

2011. 7

穷河西（亦入中吕）：两只筐坐小儿三，俺一根扁担把家迁。全家昼夜不分连轴转，仍然寄住屋檐下，被远近戏称李冒烟①。

快活三（亦入中吕）：一声春雷响九天，轰隆巨震倒三山。穷人当上执金吾②，日月山河变。

滚绣球（亦入中吕）：驱雾霾，除旧观，改革开放、与时同进，莺歌燕舞呈现新颜。农民不离乡，也把工服穿，电器具买回家院。大病救助解困纾难。国家又把农税免，建设新村设施全，日日新年。

倘秀才（亦入中吕）：玉皇帝惊心破肝，下界竟如飞发展，到如今不是天宫胜似仙。餐没味，寝难安。嫉妒又钦羡。

注：①本村十二世始迁祖姓李名文行。周围十里八村对李家的戏称。意思是李家屋上一冒烟，就知道李家该烧火做饭了。②《古今注》"金吾"指秦汉时为保卫京城和宫城而设的官员。语出自东汉光武帝"仕宦当作执金吾，娶妻当得阴丽华"句。

［北曲·黄钟宫·套曲］
大美郑州

2014. 12. 28

《醉花阴·南水北调渠》：护岸扶疏绿如靛，碧水满渠蓝似练。飞跃岭和川，跨过脉和原，一路奔京燕。画轴遂潺湲，笑语欢歌齐礼赞。

《喜迁莺·高架路桥》：列队如鱼贯，马水车龙各向前。连连，若开御门出帝銮。电掣风驰云路赶。把南北东西细辨。切莫粗心大意，舍易求难。

《出对子·楼厦建筑》：看塔车旋转，轻将长臂展。沙石钢筋上云端，低矮平房全被铲，幢幢高楼鳞次连。

《刮地风·路》：道路条条修不断，好似扣连环。八方四面朝前延，织网一般。新的在建，老的连线。横向通，纵向贯，高速公路环城建。环境和谐绿化栏，沿途景观设施全。

《四门子·布局》：航空国际宏图远，全球通、来往繁。海关通畅交流遍，五湖接、四海连。建商埠，物华鲜，亚欧铁通中继站。大格局，新观念，不弃细流容纳百川。

《水仙子·人》：站台前，进进出出人似澜。棕色黄肤，黑颜白脸，拉美非洲欧亚全。语言差别费交谈，心灵互通情感连。风云际会毋迟缓，盛世史空前。

《寨儿令·物》：真全，真全，物品齐全，超级市场物流园。高质量，检查严，百姓心花绽。

《神仗儿·夜景》：流湖荡船①，绿园逮蝉②。灯火千家，星光灿烂。人头攒动，吆喝声喧。市夜景、是实如幻，此人间，胜天仙。

《尾声》：都市群中郑州看，灿似明珠耀中原，葵花向阳别样艳。

注：①指西流湖。②指绿博园。

［北曲・正宫・塞鸿秋］
南水北调中线通水

2014. 10. 28

扶疏花木夹双岸，长渠万旦蓝如练。川流不懈急如箭，欢欣快乐奔京燕。千秋勋业基，百代宏图卷。国强民富兴歌赞。

注：①前四句连璧对（平▯平），打破了格律诗的粘对关系；两个五字句可对仗，也可不对仗。②全篇皆押去上韵。

［大石调・喜秋风］饲养房里
听故事

1970 冬

生产队、饲养房，大煤火、烧得旺，屋中处处暖潮涨。　各人尽量屏声响，认真听、用心讲。

［北曲・双调・庆东原］

2007. 10

诗情放，剑气豪，未酬壮志刀难老。锄魔铲妖，斩鹰射雕，煮狗烹豹。今日诮闲人，他日闲人笑。

［北曲・南吕・四块玉］叹世

2012

日日新，天天变。路北开个快餐店，路南建所新医院。吃过饭，进医院，真利便。

［北曲・南吕・四块玉］打鱼

2013. 8

篙竹长，涟如浪，布下银罗与丝墙，鱼儿东躲西边撞。鹰嘴叼，收网纲，鱼满舱。

［北曲・商调・集贤宾］办事难

2013. 7

一个部门里多人办事，要求说法不一齐。这个说你带上身份证，再叫村镇政府开证明、就能办理，那个说身份证明没有用，你必须到档案馆、去找依据。四十年前公社时、登记结婚，几次搬家结婚证、早已遗失。我一连三天民政去，到如今、是扯闲皮。落个瞎跑腿，实在是憋屈。

［北曲・南吕・四块玉］散养

2014. 8

岛上泊，枝棚幄，喂养鸡鸭不拦着。水边过夜枝丫卧。鸡睡香，鸭唱歌，真快活。

［北曲・仙侣・端正好］夜观
轩辕湖灯会

2017. 2

夜空明，人潮涌，束束光柱起湖中。条条画舫琴声送，沉影轻波缝。（幺篇）载八仙，偕鸾凤，花王默默送真情。嫦娥凝目宫门站，俯瞰神州梦。

［北曲·仙吕宫·一半儿］

2018.10.25

翻来覆去到三更，眼涩头疼思不停。夜静风消秋暮冷。犬舁声，一半儿迷糊一半儿清。

［南曲黄钟宫·赏宫花］

恭谨做事，真心待世人。喜怒悲欢恐，咸淡苦酸辛。是是非非成昨日，回头已是百年身。

［北曲越调·天净沙］ 秋乡

2020.8

村庄道路花坛。广场台阁公园。汉瓦秦砖宅院。公交呼唤。疾行阡陌乡原。

注：天净沙，元北曲小令，宫入越调，唱腔陶然冷笑，抒情写意。清康熙朝修编词谱，又归入《康熙词谱》。

［北曲越调·天净沙］ ·秋

2020.8

苹甜菜嫩梨香。芝麻苞谷高粱。壮鸭肥鱼硕蚌。山冈眺望。喜闻田野飘香。

注：天净沙，元北曲小令，宫入越调，唱腔陶然冷笑，抒情写意。清康熙朝修编词谱，又归入《康熙词谱》。

度词（曲）

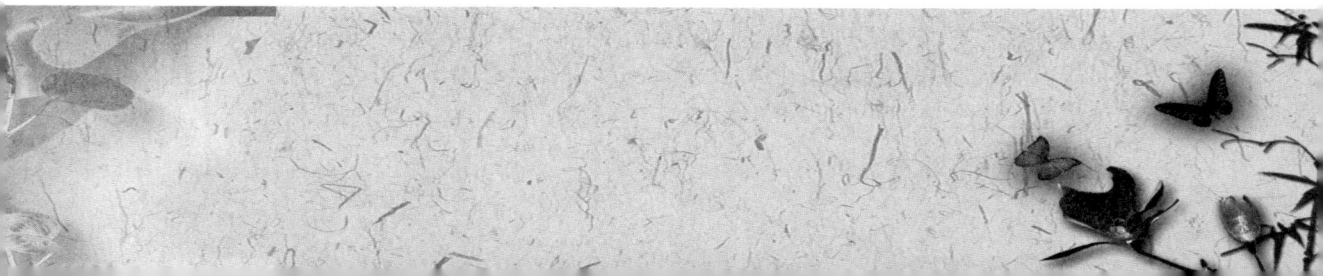

乡恋（度词）·三部曲

创作于不同时期，记录了家乡的变化。

一

刨食荒芜地，家居茅舍村。结茧手，壮黑身。代代播撒粮囤满，年年收获果饥贫。命定是穷根。　身背希冀去，家留思念存。心颤颤，泪纷纷。细小川流归大海，铭心刻骨水滴恩。不变是吾心。　流淌沂河韵，千秋百代春。浇热土，浸甘霖。化作春风暖万家，融成汁乳育人民。永远报生身。

二

阡陌无涯际，良田难望边。风暖暖，水甜甜。强劲春风坡上绿，融融秋日果实圆。这是我家园。　一水连南北，鸡鸣犬吠传。情切切，意绵绵。炎夏浇肥黄土地，寒冬浸润禾苗全。养育朴实憨。　久立村前地，心潮如浪翻。思念念，泪涟涟。水秀山清新面貌，风雕雨刻母亲颜。梦绕又魂牵。

三

机器隆隆响，货车出进稠。星夜干，日当头。一日三班忙不够，家家户户笑颜留。欣喜在心头。　收获全机械，耕耘用铁牛。街道阔，水泥修。宝马轻骑一路跑，多家新建两层楼。群众乐悠悠。　上午回村去，西山把日收。亲热话，说没头。走走停停天色晚，三哥四弟挚相留。情谊暖心头。

乡恋（度词）·回家
1985

路是尘飞路，冈还光脊梁。情更怯，意尤凉。一步一生轻叹气，一行一站犯迷茫。还是苦穷庄。　山是秃山顶，河仍照旧汤。植五谷，种杂粮。陪伴日升和日落，面朝黄土背朝阳。我的老家乡。　紧靠墙根侃，吐沫星子忙。脱色帽，老衣裳，破旧房屋高矮院，牛哞猪叫狗汪汪，暮气日中藏。

乡恋（度词）·无奈
1995.10

寒舍淋塌久，只能肥黍梁。要处理，费时长。迎检忙得要要命，分身无术再商量。无力咋帮忙。　我在他乡累，妻于学校慌。创业苦，育英忙。铁索锁门常有事，功劳簿上铸辉煌。心比命儿强。一步一回望，家乡心内装。胸口紧，泪珠汤。学校第一无念想，义无反顾上车藏。志笃抛情长。

乡恋（度词）·参拜焦裕禄墓
2009.5.22

关爱施群众，忠诚献党家。查风口，探流沙。困苦艰辛天地泣，廉洁自律万民夸。永远守斯涯。　热泪埋忠骨，情浇夙愿花。疏恶水，治丘洼。燕舞莺歌兰考变，天蓝地绿富千家。种子已结瓜。　四面齐参拜，八方共颂夸。宣誓语，伴行发。亮节高风激后进，为民勤政业绩佳。圆梦大中华。

常思乡（度词）·记忆

2011. 7

家乡美。家乡美。美在清澈汀河水。草岸柳枝俏，河中鲫鲤肥。鹭鸶悬碧空，野鸭凫绿水。头扎朝天尾。　家乡美。家乡美。美在鞭响山歌脆。山上彩云绕，家中缭绕炊。春华到秋实，遍地是翡翠。家乡令人醉。

忆初心（度词）·崖上蓬蒿抽嫩芽

2017. 12. 30

崖上蓬蒿抽嫩芽，舍前桃树又开花。叹人生苦短，坎坷曲折，恰似重洋搏浪槎。悄然间、双鬓黑发变白发。碌碌劳生，探索天涯。为地是、儿女喊声爸和妈。　拂柳春风吹面颊，泛舟学海苦挣扎。念行云流水，过溪白驹，不晓何处是我家。陪参商、驾轮金镜林泉下。丈剑悬壶，沐雨披霞。只求那、救助苍生扶困家。

春阳会（度词）

日落大河圆，光阴似箭，六高数载舞翩跹。岁月流失都不见，知向谁边？　往事几十年，搏击奋战，酸甜苦辣著诗篇。聚会师生喜泪涟，乐在晚年。

清商曲（度词）·杯酒穿肠

一杯浊酒穿肠过，忘却了南北西东。只知侃侃而论，欠虑弯弓射胸。　四十载家国风雨路，八万里春秋日月程。只换得，铁骨撑天地，丹心映日红。

入夜曲（度曲）·金乌西坠

金乌西坠，柳条拂眉，畅谈理想不归。几点铅华悬空，河中鱼儿追尾，河边激情戏水。满腔倾慕倾吐，商定他日再会。　晚霞渐退，阴阴暮垂，潭边鸭儿群归。炊烟袅袅慢上，枝头鸟儿查喳，依门怅望夜扉。一缕情丝飘飘，牵挂家人心碎。

乡愁（度曲）

2008

次次回村去，两腿千斤重，缘于愿望不成功。梦想耕耘三尺地，育得桃李满园红。到如今依然是，烂砖坑洼满街道，荒草泥垢布巷中。少见几家住高楼，更有百户赖矮平。（幺篇）回头看，欲泪零。怎不令人感叹生。开放已近三十载，观念停留在晚清。庄稼人农为本，种地打粮守祖训，娶妻生子是正经。文化本是致富钥，不重学习怎么成？

春阳会（度词）

日落大河圆，光阴似箭，六高数载舞翩跹。岁月流失都不见，知向谁边？　　往事几十年，搏击奋战，酸甜苦辣著诗篇。聚会师生喜泪涟，乐在晚年。

咏春词（度曲）（仙侣）

2021. 3. 16

雾锁楼台，雨打芭蕉。南疆北国涌春潮。青山化为桥。　　绿了川冈，红了樱桃。村园垄野碧浪涛。春姑剪技高。

新体诗

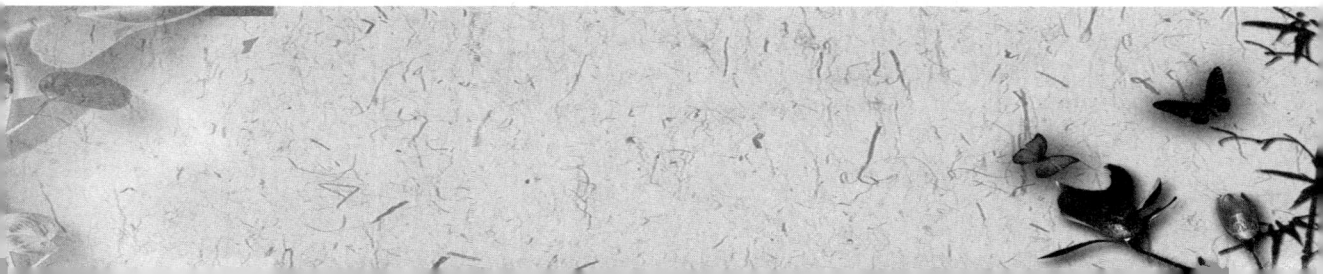

修提灌水渠

1968

基干民兵与党团，誓将荒岗换新颜。
高渠修到沂河岸，旱地终无变水田。

请示台

1969

生产队里修起了主席站像的请示台，
每天上工前，队长都要领着社员向主席
请示，收工后再向主席汇报。

请示台高二五一，导师伟像米八七。
每天汇报须三次，道路前途不会迷。

最高指示到咱村

1969

三更半夜铃声紧，惊醒疲乏沉睡人。
准备全村开大会，最高指示到咱村。
踢踏鞋子急忙跑，锣鼓鞭炮冲耳闻。
又是激情高涨夜，八村四里似锅雾。

深翻改土

1970 秋

深翻一尺半，亩产会翻番。
究竟咋么样，谁人管恁宽。

召开斗私批修会

1970 冬

小队组织批斗会，鸡猪饲养坏了规。
尾巴割掉干一场，美好前途远景随。

平整土地

1970 冬

红旗似海般，标语地头安。
架子车轮转，钢锨铲土欢。
喇叭高喊叫，群众劲冲天。
浃背汗流做，争先恐后干。

砸石子

1972 秋

昂首挺胸歌嘹亮，全班奔向石料场。
锤砸石块叮当响，一晌砸了半立方。

挖水塘

1974 春

每个坑塘十亩大，山腰修到山坡下。
犹如红线串珍珠，恰似长藤瓜果挂。

治水胜于抓教学

1974 秋

公社一声令下，学校停课，和群众
一起上山，治山治水。

公社通知停上课，全民行动治沂河。
临时教室农家找，治水先于搞教学。

修环山渠

1974 春

一条玉带缠山腰，拴住黑白二恶蛟。
水少池微不要紧，凌云壮志把田浇。

注：尾句借用文革样板戏龙江颂中江水英的一句唱词"堤内损失堤外补"。

沂河怨

1976.7

　　1976 年一场暴雨冲垮了全社人民血汗换来的新河道。站立于被冲垮的新河岸上，看着沟壑纵横的刚平整出来的堰滩田地，乱石滚滚犬牙交错的河床，令人思索连篇。

蜿转曲折九道弯，人工变做大平川。
不曾波浪扬河道，已是纵横沟壑连。

为学生写讲用报告

1976

　　学生王某（12 岁）的妈妈前几天上山修水库，乘坐人满为患的小拖拉机下山，由于新修的简易上山公路凹凸不平，拖拉机刚刚发动起来，还没有离开该生产队上山工人的住宿地，就被摔下车来，随即死亡。社里为了表彰本人，鼓励他人，发出了向王某妈妈学习的号召。教草组指示学校要写好王某的讲用报告，让王某到全公社学校作巡回报告，掀起一个向王某妈妈学习的新高潮。

兴修筑库上西山，摔下三轮赴九泉。
少女号啕哭爱母，教师含恨写发言。
英模报告十几次，泪水流成几百潭。
谁问学生该咋办，继承遗志谱新篇。

风后怨

1976.8

谷子头轻浆不满，红苕秧嫩地遮严。
高粱穗子红一半，玉米棒儿入口甜。
大豆何曾荚长饱，烟棵刷叶到中间。
集中力量修渠库，堤内损失堤外圆。

建新房

三叔要建房，邻居都帮忙。
张背一根棍，王拿锨一张。
李管车推土，许管和泥浆。
一支百花烟，开水不放糖。
中午大锅菜，黍面蒸馍香。
不求吃喝吸，只为乡情长。
忙了三天整，建起新草房。

娶媳妇

张王李赵都贺禧，遍请邻里吃酒席。
三朝不分大和小，男女老少闹新禧。
更有几个好事者，半夜三更听消息。
三天上坟拜祖宗，挨家挨户认乡里。
二毛五毛不算少，各家准备叩头礼。
忙过三晨还本色，脱去新衣换旧衣。

饯　行

堂姐要出门，慌了左右邻。
东家一笼箪，西户一瓷盆。
分明是扁食，非叫元宝金。
祝贺包其内，莫忘娘家人。

童年记忆

一

几张麻叶把蛙包，煤火旁边热炕烧。
直到叶焦出味后，剥皮吃肉乐逍遥。

二

雨过天晴树下忙，搜寻小洞喜洋洋。
成年蝉蛹该出土，美味佳肴好品尝。

三

鹂母鸡跟大过冬，雌蝈扁担和蝗虫。
汪汪狗梗作绳子，串了一绳又一绳。

注："鹂母鸡""大过冬""扁担"指的都是蝗虫。俗称蚂蚱。"蝈蝈"，蚂蚱的同类，雌蝈蝈可以烧熟食用。"汪汪狗"，学名叫狗尾巴草。

堆人形

烈日当头午不眠，呼朋唤友路边玩。
光着身子不嫌丑，四脚八叉仰观天。
同伴连忙扒土面，顺着身体挡一圈。
重将平躺人抬起，留下人形地上边。

摸鱼

净静河潭陡岸葱，二三小友泆身中。
张张严肃认真样，比赛摸鱼争首功。

洗澡

浑身泥个全，难判啥容颜。
相视哈哈笑，齐扑冷水渊。

泥身

浑身泥个全，难判啥容颜。
相视哈哈笑，齐扑冷水渊。

上学

灯笼忽忽戴月光，深沟野地夜风凉。
争当第一起床早，涉水翻沟意志强。

恶作剧

窄路挖成大小坑，弄来枝叶再封平。
一旁偷看行人过，一步一跌笑肚疼。

逮蝈蝈

编好藘笼子，寻蝈豆地中。
一呆即半晌，腿痛不出声。

掏斑鸠

后院一棵构，年年鸟筑巢。
高兴掏幼子，鸠雀绕头号。

注：我家后院有一棵构树，很大，年年都有鸟儿在上面筑巢，童心大发，也就免不了年年都掏即将出窝的幼鸟，然后把它装进笼子里养起来，挂在树上或是屋檐下，方便让老鸟来喂养。

巴拿马运河起风暴

三春之夜月如灯，喊罢哥哥又叫朋。
表演四人三句半，练习节目不能停。

注：孩提时代正是世界革命风起云涌之时，像声讨艾森豪威尔、声援亚非拉革命学生节目经常举行。

复　收

抢种抢收人倍忙，儿童拾麦也急张。
挨着地块捡仔细，一粒一颗收进仓。

注：三夏复收，不仅生产队组织，学校也要组织，上小学时是年年都要参加的。

学雷锋

雷锋小组做雷锋，五保家庭送感情。
扁担压肩桶挨地，晃摇趔趄咬牙行。

注："向雷锋学习"，是毛泽东主席亲自发出的号召，学校各年级各班纷纷成立学习雷锋小组。

溁柿子

爬树摘来青柿子，偷偷置在泉中溁。
待得过上五七天，切片品尝口塞满。

捉知了

头发做套环，系在黍杆端。
慢慢蝉头套，小心蝉翼扇。
看清已入套，猛地拉黍杆。
知了绕杆叫，心中特舒坦。

后　记

　　功夫不负有心人。《沂河浅唱》终于付梓了，犹如十月怀胎的婴儿呱呱坠地，一声啼哭，来到了这个他本应该来的新鲜的世界上，也算是我为自己还了一个多年来的心愿。尽管集子中有很多牙牙学语处，邯郸学步处，草草画鸭处，但毕竟是自己的真实心理写照，说出了自己的真心话，写出了自己的真水平，抒发了自己的真感情。符合"文章合为时而著，歌诗合为事而作"的创作规则。

　　我酷爱文学，从总角开始涉猎中国古典文学和现代、当代文学，少年时已爱上诗词，后来有很多练笔，诸如独幕小剧、快板书等，由于几次搬家，保存下来的作品已是不多。虽然"激情岁月""童趣"中有几多既不合诗词格律之规定，艺术方面又不能登大雅之堂下里巴人作品，但他们却符合历史原貌，折射着一个时代、一个地域的风土民情，也是我当时的真实水平。出书的目的是期望引起读者的某些共鸣。集子中的近体诗词，绝大部分使用古韵，也有极个别出韵，或者使用邻韵的。这是参照"中华诗词新韵十四韵"的原因。也有几首自度词。我认为：文学的发展离不开社会生活现实，历史在发展，生活在变化，而作为上层建筑的文化理应随之发展。从《诗经》到《楚辞》，从汉《乐府》到魏晋"五言诗"，再到诗歌创作巅峰的唐代"格律诗"，到"宋词""元曲"和明清"小说"，文学创作无不与时代紧密相关，既是时代的产物，又为时代服务。就像新文化运动以来所涌现的大量新诗一样，都为时代作出了特别巨大的贡献。格律诗创作可以旧瓶装新酒，词的创作也可以有新形式、新特点。如果不允许，豪放派词人辛弃疾词作"以文为词"的特点岂不是要受到诟病了吗？"全真词"生活化的语言特色岂不是要遭到批驳了吗？古代汉语单音节词居主要地位，现代汉语以双音节词为主，这都是文化发展的必然结果。况文学作品乎？诗词的一个特点就是合辙押韵，抑扬顿挫，朗朗上口，适合歌唱，感人励我，引起共鸣，起到教化作用就可。

　　本选集选收了乐府体诗 38 首、律诗 575 首、绝句 493 首、词 462 阕、曲 14 首、自度词（曲）14 首、新体五言、七言诗 32 首，共 1628 首（阕）。自由体新诗不作选收，主要是遵守传统诗词曲的格律要求以及在此基础上的创新，即旧瓶装新酒。

　　本选集犹如波涛万顷中的一朵小小浪花，犹如百花园中一朵叫不出名字的野花，犹如荫荫翳翳中的一叶，目的就是为诗词园地尽到一份责任。